夢中的女人

Dream Girl

LAURA LIPPMAN

蘿拉・李普曼——著　蘇雅薇——譯

夢中的女人書評推薦

知名作家力薦

蘿拉．李普曼是美國最接近露絲．藍黛兒的作家。

——史蒂芬．金

傑出的小說家！蘿拉．李普曼是位無畏記錄美國當下生活的小說家。

——《控制》作者吉莉安．弗琳

這是我夢想中的小說。我三天就讀完了。對#MeToo運動最犀利清醒的解讀之一，引人入勝。

——《爭歧鬥豔》原著作者梅根．亞伯特

這是一部現代黑色小說，帶有濃厚的《戰慄遊戲》氣息。我非常喜愛李普曼早前的作品《烈日下的紅髮女子》，她的文字流暢且充滿智慧。

——《列車上的女孩》作者珀拉．霍金斯

書評媒體讚譽

這部令人印象深刻的小說，展現了作家對心理的敏銳洞察和幽默表達。李普曼以多層次的猜謎遊戲呈現出她的最佳狀態。

——《出版人週刊》星級評論（*Publishers Weekly*）

李普曼不斷將情節扭轉成一個精緻的迷宮，直到令人瞠目結舌的結局。這既是一部迷人的作品，探討創作之謎，也是一部強而有力的#MeToo小說，但這僅僅是其令人驚歎的冰山一角。

——《書單》星級評論（*Booklist*）

李普曼致敬了史蒂芬．金與希區考克，但這部驚悚故事完全屬於她自己，且極具吸引力。她傳達了被困在家中依賴陌生人的恐懼，以及失去理智的恐慌感。這是一部扣人心弦、情節反轉的傑作。

——《圖書館期刊》星級評論（*Library Journal*）

《夢中的女人》致敬史蒂芬．金的《戰慄遊戲》，並兼具幽默與懸疑，結局更是讓人不寒而慄。

——《時人》雜誌（*People*）

才華橫溢的李普曼以這個故事展現一位有才但不道德之人的應得報應，結合了硬派和諷刺風格。《夢中的女人》既充滿懸疑，也妙趣橫生地嘲諷了文學界。

——《華爾街日報》（*Wall Street Journal*）

充滿社會意識（#MeToo運動成為情節的關鍵部分），並融入幽默、鬼魂與層層謎團，《夢中的女人》對於懸疑愛好者和文學諷刺迷來說，都是一部夢幻之作。

——《華盛頓郵報》（*Washington Post*）

《夢中的女人》充滿懸疑、驚喜和機智幽默，巧妙捕捉寫作生活的樂趣、挫折與奇妙之處。

——《波士頓環球報》（*Boston Globe*）

一部令人戰慄的向《戰慄遊戲》致敬之作，卻擁有完全獨特的氛圍。

——《西雅圖時報》（*Seattle Times*）

每次翻開她的書，你都會短暫脫離自己的世界，完全沉浸在她的世界裡。

——《每日郵報》（*Daily Mail*）

李普曼銳利且契合時代的驚悚小說閱讀起來十分流暢，不僅會讓忠實讀者滿意，也將吸引全新且熱情的粉絲。

——《今日美國》（*USA Today*）

毫無疑問，蘿拉・李普曼是當今最出色的小說家之一。她的名字出現在封面上，就保證了極為滿意的閱讀體驗……如果你不認識她，還有二十五本書等著你。

——《芝加哥論壇報》（*Chicago Tribune*）

這是本季最黑色幽默的驚悚小說。

——《愛爾蘭時報》（*Irish Times*）

《夢中的女人》以高度緊張為動力，生動描繪了臥床不起且依賴他人照料的羞辱感……李普曼將機智對話、複雜角色與精巧情節融入其中，帶來了一場懸疑盛宴。

——《太陽哨兵報》（*The Sun-Sentinel*）

夢中的女人

Dream Girl

目次

獻給曾與我共遊各處天堂的你，包括但不限於

安德烈・杜比斯三世

丹妮絲・杜哈梅爾

貝絲・安・芬內利

湯姆・富蘭克林

安・胡德

梅傑・傑克遜

克里斯汀・卡亞－科里塔

麥克・科里塔

丹尼斯・勒翰

勞拉・麥卡弗里

坎貝爾・麥克格拉斯

斯圖爾特・歐南

特魯迪・歐南

湯姆・佩羅塔

瑪麗娜・普魯納

麥克・魯爾曼

約翰・西爾斯

萊斯・斯坦迪福德

金伯莉・庫茲維爾・斯坦迪福德

斯特林・沃特金斯

凱西・沃特金斯

大衛・俞

傑瑞會作夢。

他躺在租來的病床上，高高位於城市之上，在建築古板低矮的巴爾的摩，他不曾想像自己能處於這麼高的位置。傑瑞睡著的時間比醒著多，他會昏睡，醒來，打盹，作夢。他會輾轉反側，但無法翻身。他是童詩裡那三個小孩，朝市中心閃爍的燈光撒網。城市的光在晚上美得欺人，大家可能願意選擇住下來，不再只是受困於此地。晚上不會，在他的夢中不會。

傑瑞的夢境和幻想、似睡和非醒之間，已經沒有明確的界線。他的頭腦總在突突地轉，卡在單一檔速，聚焦一個念頭或一個畫面。今晚他感覺他旋轉得非常緩慢，像假日酒店頂樓的老餐廳。接著他發現自己抓著附近布羅莫塞爾策塔的鐘面分針，宛如這座魅力之城的喜劇演員哈羅德·勞埃德【註】，逐漸滑落、滑落、滑落。

有人張著雙臂，等在下方的人行道上。是個女人，但他看不到她的臉。他放開手，然後——醒來了。

不過他真的醒了嗎？近來他真的有睡著，真的清醒嗎？他總是在床上，一腳懸著，由不甚開心的護理師照料起居。他想，也許不該期待一個替成人擦屁股、清尿盆維生的人，會有超出本職

註：此場景源自一九二三年無聲愛情喜劇《安全至下！》（*Safety Last!*），默劇演員哈羅德·勞埃德（Harold Clayton Lloyd, Sr., 1893—1971）雙手緊抓鐘塔指針試圖避免墜落的驚險一幕，已成無聲電影史經典畫面。

工作的表現。

是因為服藥嗎?一定是。他以前睡覺從來不會這樣。或許他不該吃藥。他需要服藥嗎?他會有成癮的危險嗎?博物館展廳都撤除鴉片類藥物大亨的家族名了【註一】,傑瑞卻仍一如既往跟不上潮流,如同他的家鄉。

他聽到樓下隱約傳來夜班護理師看電視節目的聲響,輕微的嗡嗡聲縈繞在他的思緒中,像安撫的呢喃。今晚的節目似乎是脫口秀,主持人聽起來像強尼·卡森。不可能是強尼·卡森吧。不過有個詭異的頻道,好像叫我電視,會亂播傑瑞年輕時的各種老電視節目。護理師在看我電視嗎?她看的頻道——她電視——跟他看的他電視有差嗎?如果真的是我電視,不是應該客製符合每個人的偏好嗎?強尼·卡森、《萬能神探》、《神探可倫坡》、《巴納塞克》【註二】,這些是傑瑞的我電視,說穿了其實是他母親會看的節目。媽電視。

然後本地電視台結束「每日播放時段」後會演奏《星條旗之歌》。如今,什麼都不結束了。傑瑞懷念那些結束的時刻。

明天他會問護理師他到底在吃什麼止痛藥,可能有什麼風險。手術後——由於他的傷勢嚴重,沒時間在術前說明——他拿到一本手冊,標題是「疼痛控管你能怎麼辦」。這兩句無意間形成的對句卡在他腦中。

疼痛控管
你能怎麼辦
疼痛控管
你能怎麼辦
疼痛控管
你能怎麼辦

比起十九世紀詩人威廉·卡洛斯·威廉斯，這兩句更有六〇年代詩人羅德·麥克庫恩的味道，不過又帶點極簡風。字句不斷重複便會顯得滑稽，所有文字到頭來都會如此。傑瑞的疼痛控

註一：美國知名富豪薩克勒家族（Sackler Family）所經營的普度製藥（Purdue Pharma），因遭指控長期淡化鴉片類止痛藥疼始康定（OxyContin）之成癮風險而醜聞纏身。自二〇一九年起，巴黎羅浮宮、紐約大都會博物館，以及倫敦維多利亞與艾爾伯特博物館陸續將其家族名於展廳移除。

註二：《萬能神探》（Mannix, 1967—1975）、《科倫坡》（Columbo, 1968—2003）與《巴納塞克》（Banacek, 1972—1974），三部影集均屬經典美國偵探劇，以獨具特色的偵探角色和懸疑案件著稱。

管該怎麼辦？人類從出生到死亡不就在努力判斷自己的疼痛控管該怎麼辦？傑瑞曾使誰受苦，他又控管得如何？他在心中列出名單。

他的第一任妻子露西。真希望她沒那麼好妒。

他的第三任妻子莎拉。

絕對不包括他的第二任妻子格雷琴。

也不包括瑪格，不管她怎麼嘟嘴生氣。

他的母親？他希望沒有。

他的父親？誰在乎啊？

塔拉、路克？

我有一小份名單。尼克森也有名單【註】。現在大家真的會懷念尼克森嗎？感覺太超過了。母親痛恨尼克森。他記得她在晚上尖叫。媽，怎麼了？有人槍殺羅伯特·甘迺迪。不是，媽，他們槍殺了約翰·甘迺迪。他們殺了波比！她的聲音越發歇斯底里，又發生了，又發生了。

一切又重演了。

有一封信，傑瑞告訴自己，絕對有一封信。那封信是他出意外的間接原因，寄件人不存在，不管旁人怎麼認為、宣稱、暗示，這個人都不曾存在。然而現在沒有人找得到那封信，沒有人聽說有那封信。

他相當確定有那封信。

「安德森先生，你需要再吃一顆藥。」

護理師艾琳俯視他，手裡拿著一杯水和藥。他趁白天比較清醒時——好吧，相對清醒時——看過標籤：她非常嚴守劑量。但他還是懷疑這些藥。不過他的疼痛控管該怎麼辦？他該請她減量嗎？他想減量嗎？手冊建議他從一到十分評量他的痛，他會怎麼評？他覺得非常痛，但他受了重傷，很難評量現在的感受。

七分。傑瑞給自己七分。

但痛是在他的腿還是心？痛是問題本身，還是遮掩他不想面對的問題，那些佔據夢境的兩難、恐懼與後悔，以及他辜負的人？逝去的人——他的母親和路克——至少對他還算和善。然而，在世的人，他覺得他們太過滿意他現在的窘境。當然，前提是有人知道他出了什麼事，但幾乎無人知曉。即便如此，在世的人等傑洛德．安德森得到報應很久了，雖然等到的比較像他的衰

註：前美國總統尼克森的敵人名單（Nixon's Enemies List）列出了他認為對其政府不友善或可能構成政治威脅的個人及組織，並展開行動以打擊這些政敵。該名單的存在於一九七三年水門事件聽證會中曝光。

敗。

「你的藥，安德森先生。好好吃藥很重要。」

他別無選擇，只能吞下。

第一部

夢

一月三十日

傑瑞．安德森的新公寓顛三倒四——客廳在二樓，臥室則在下層。這個建案在二〇一八年公開銷售時，在宣傳手冊上宣稱有三百六十度的環景視野，但純粹只是炒作。二五〇二號頂層公寓夾在另外兩間頂層樓中樓公寓之間，兩側的屋主一位是阿拉伯酋長，一位是奧運游泳選手，三戶雙層公寓共用一塊公共空間。可以確定的是，這是一個不公共的公共空間，能用鑰匙在電梯按下頂層按鈕的人才到得了這條水泥仿舊地面的走廊。可即便是酋長和泳將家也沒有三百六十度的環景視野。傑瑞認為這一切根本毫無意義。沒有人正確使用文字，如果你點出問題，他們會宣稱文字可自由變換，不讓文字代表講者想代表的意思，是一種壓迫和過於拘謹的行為。

舉這棟大樓的名字為例：洛克斯特角的璟觀大廈。璟觀是什麼？況且景觀應該是大樓看出去的景色，而不是大樓本身吧？但璟觀大廈是港灣另一側人們看到的景色。傑瑞聽說對岸與四季飯店相連的住宅大樓頂層公寓要價一千兩百萬美元。巴爾的摩竟有公寓要價一千兩百萬美元。

一切都沒道理了。

這間公寓花了一百七十五萬美元，傑瑞賣掉二〇〇一年秋天在紐約市買的兩房公寓時差不多就賺到這麼多。最初那些房仲在看到他老舊的廚房和沒有免治馬桶的浴室時，紛紛猛搖他們一頭滑順的金髮，彷彿他決定不重新裝修代表他這個人有嚴重的道德瑕疵。然而，他的公寓去年秋天賣了將近三百萬。就他對目前稅法的瞭解，從資本利得扣除二十五萬美元的免稅額後，剩餘的錢必須再投入新的房產避免課重稅。錢在巴爾的摩很好用，為了找到能消化資本利得的房子，空間又不會大得過分，他可費了不少工夫。最後，他住進環觀大廈，在這兒金錢似乎等於冰冷堅硬的東西——廚房用的大理石，仿舊的水泥地板，巨大的工業風燈具。

他的作家經紀人堤路．維格納拉加說：「房子真不錯。」他站在玄關，或者說在有牆的公寓裡，玄關就該在這兒。「不過傑瑞，他們有說地點在巴爾的摩嗎？」

「少開玩笑了，堤路，你明知道為什麼我在這兒買房。」

八個月前，醫生信誓旦旦地告訴傑瑞，他的母親只剩不到兩個月可活，她唯一的心願是死在自己家裡，在傑瑞「兒時」的老家。身為孝順的兒子，傑瑞認為他可以達成母親的願望。兩個月過去，三個月過去，到了第四個月，醫生終於坦承他們也會出錯，他母親的壽命可能超乎預期——她不會永遠待在家裡，但在可預見的未來她應該都會在（這句話本身就互相矛盾：人不可能預見未來）。傑瑞判斷在巴爾的摩買一間公寓能解決他所有的問題，所以即便廚房和浴室不甚理想，他仍迅速售出紐約的公寓，接著立刻出手搶下這間已經裝潢好的房子。前屋主是某詐騙科技公司的財務長，正在處理離婚的種種問題。

然而母親於十二月三十一日去世，他買下巴爾的摩的公寓才過了三天。她的個性柔順溫和，這輩子大多時候都順著他人的意，但她真的想要某樣東西時會變得很固執。她想在家裡死去，有傑瑞陪伴，她確實做到了。

四週後，全方位服務的經紀人堤路來了，要來談他聲稱是追弔的活動，包括帶傑瑞母親的骨灰去小路易餐廳用午餐。雖然母親從未在小路易餐廳吃過飯，但一九六〇、七〇年代期間，每逢重大時刻，她都選在同個地點的摩根米臘德餐廳慶祝。傑瑞中學畢業，傑瑞拿到吉爾曼學院的獎學金，傑瑞申請上普林斯頓大學，她的生日。有一次，只有一次，傑瑞說服她放下對摩根米臘德餐廳的忠誠，堅持在他第二本小說出版當天到紐約用餐。他帶她去麥可餐廳，她在那裡看到一位知名女主播，便催促傑瑞去見那位金髮搖頭娃娃，請她在節目上介紹他。傑瑞婉拒了。

小路易餐廳是頗為體面的法式餐酒館，但他不禁懷疑堤路是否在暗中評判它。相較於紐約類似的歐點和茴香酒餐廳，傑瑞其實更喜歡這裡，比較沒那麼裝腔作勢。他挺喜歡巴爾的摩的許多事物，或者也許只是現在他覺得必須在腦中列出一些巴爾的摩優於紐約之處。電影：這兒幾乎沒聽過電影能滿座。天氣：冬天稍微溫和一點，短一點。超市呢？史密斯大道上的全食超市跟紐約上西城那家一樣糟，算是扣分。

堤路表示自己被小路易餐廳迷倒了，整個北巴爾的摩都迷倒他了。隨著他們接近傑瑞在洛克斯特角的新家，踏入據稱走向上流的藍領社區（環觀大廈即為範例），他的興致似乎明顯減退。他們開進車庫，把共享汽車停在指定空位，搭電梯到一樓，傑瑞去櫃檯跟菲蘿領了郵件。這一路上堤路罕見地保持沉默，直到看見菲蘿才開心起來。她身材玲瓏有緻，傑瑞總猜不透她的種族，但他知道絕不能問她那雙眼睛、膚色、髮色是從哪兒來的。堤路可以問嗎？思考堤路是否能問這個問題有錯嗎？當代世界總是令傑瑞不知所措。

他轉動鑰匙，按下標示頂層的按鈕，不過傑瑞絕不會說他住在頂層公寓，絕對不會。「當然，你可以從車庫直接到公寓。」他說。「只要你有門禁卡。」

堤路說：「當然。」

堤路明亮的眼睛繼續打量一切，像極了他每次審視傑瑞新手稿的模樣，讓傑瑞彷彿回到那些漫長得令人難以忍受的時刻。

傑瑞問道：「你能想像這樣的公寓在紐約要花多少錢嗎？」講錢很俗氣，但堤路對他的收入瞭若指掌。當年他買下紐約的合作公寓時，還是堤路為他證明財產淨值的。

「確實，」堤路說。「但是——那樣房子就會在紐約了，傑瑞。」

「我會回去的。」他說。「我必須在這兒住上一到兩年，轉賣才不會虧太多錢。到時候我會換小一點的房子，或許試試別的社區。我本來就對上西城有點膩了。」

「所以這邊的房地產有在增值嗎？我以為巴爾的摩最近幾年，呃……還滿慘的。不是有暴動嗎？謀殺率好像也挺高的？我記得不久前才在《紐約時報》讀過相關報導。」

「Y世代對巴爾的摩很感興趣。」傑瑞複述他聽過的消息，但他不記得是誰說的。「這裡是目前美國東北他們最住得起的城市。自從……警方執法過當殺死弗雷迪·格雷【註】後，房市就有些低迷。」

在巴爾的摩，很難判斷究竟要將二〇一五年的事件稱作是「暴動」還是「起義」。傑瑞沒有多說，因為他也不知道該如何定義。

「嗯……」堤路開始在上層來回走動，連問能不能四處看看都沒問。他個子不高，頂著個大腦袋，比傑瑞大八歲。自從堤路在《喬治亞評論雜誌》讀到傑瑞寫的故事起，他們已合作四十年了，但兩人的年齡落差對傑瑞依然重要。堤路的頭髮偏長，他會往後梳成獅子般的鬃毛。曾經藍黑色的頭髮現在一片雪白，髮際線也退後了，不過髮量還是不錯，濃密且光澤。他都穿訂製西裝，考量到他的身高，大概不訂製也不行。有時他仍會令傑瑞畏懼，即使他們的合夥關係已撐過七任太太（傑瑞三任，堤路四任）。

「傑瑞，你有在寫什麼嗎？」

「你知道我不談未完成的作品。」

「小說。」

註：Freddie Gray，非裔美國男子，於二〇一五年四月因私藏彈簧刀遭巴爾的摩警方逮捕，押送期間受傷，並導致死亡。事件引發廣泛抗議和示威，並揭露了巴爾的摩市內存在的種族不平等和警察暴力問題。

傑瑞一時之間以為堤路在指責，而不是提問，可能是因為他確實在說謊【註】。他好幾個月沒動筆了，以目前的情況來看他想還算合理，雖然這輩子其他的困難時刻他都能持續寫作。

「當然，不然我還會寫什麼？你知道的，我現在對文學批評沒有興趣，大部分的美國作家都很無聊。」

「我以為你母親過世後，你可能會考慮我們談過的回憶錄。」

「你自己提的吧。回憶錄這種形式太粗俗了。」

「可是你父親的那些事寫成故事多好啊。」

「不，堤路，那些事可悲又老套。況且我把有意思的部分都用在第一本小說了，我不打算碰同樣的題材。」

「只是——你的出版社希望你簽新合約，他們有權知道你在寫什麼。」

「等我寫完新書——眾所期待的新書——他們就會知道了。我不喜歡預付版稅，堤路。當初壓低了第二本和第三本小說的價格，導致《夢中的女人》和後來的作品狀況都不同了。我不會先從還沒寫的書拿錢。我沒辦法——」

他停住了，害怕自己會說出那句他不願意大聲說出的話：我沒辦法寫了。不是真的，不可能。不過看看母親過世的原因，他怎麼可能不擔心某天也得到同樣的診斷？這種病會家族遺傳。

「好吧，景色確實很好。」堤路欽佩的口氣很真誠。「說真的，面對這樣的環景視野，我不確定我有辦法工作。我很喜歡你能看到港口營運的區域，而不只是華麗的擺設。」

「這裡以前是塔狀穀倉。」傑瑞說。「這棟大樓的地點。」

「幸好你沒有對麩質過敏。」

哈哈，很好笑喔，提路。傑瑞朝他露出一成五的微笑。

他的經紀人順著樓梯瞥看下方較暗的房間——傑瑞的辦公室、傑瑞的書房、傑瑞的臥室。這樣的格局設計幾乎無法待客，中型臥室用作辦公室，最小的臥房則專門放置那些無法擠進書房或樓上書櫃的書。假如瑪格提議來訪——不太可能，瑪格這種人絕不會對巴爾的摩有興趣——他就能說沒有空的客房，只有所謂的書房有活動式沙發床。他希望瑪格知道他的床不歡迎她了。

「這——挺有趣的。」

「這叫龍骨梯。」

「喔，我很熟悉這個概念，但放在大家看得見的開放空間不是比較合理嗎？裝在這兒多浪費。感覺像看進一張嘴，牙齒之間還有很大的縫隙。」

「公寓不是我設計的。」傑瑞解釋。「我需要馬上能入住的房子。大部分的家具都是原本用來展示的，我請他們通通保留。我從紐約只帶來我的赫曼米勒牌閱讀椅、辦公桌椅、我的書跟餐

註：fiction一詞具雙重含義，提路在前一句話中意指「小說」，但傑瑞以為他在指責自己「說謊」。

桌椅。」

堤路毛茸茸的濃密眉毛在額頭上形成完美的倒V，但很快又鬆開了。傑瑞判定堤路的調侃其實帶了點羨慕。這間公寓很美，雖然他曾費盡心思逃離巴爾的摩，但經歷紐約後，這兒感覺很寧靜。或許只要換個環境，他就能繼續工作。換個環境，不用再面對瑪格的歹戲，不用再為母親晚年的生活品質懸心，他相信自己很快就能再次動筆了。

「總之，我帶來一些寄到經紀公司的東西——常見的粉絲信。」堤路咧嘴一笑，因為這些信多半來自傑瑞的黑粉。「還有演講邀約，有些報酬不錯喔。」

堤路將裝滿信封的文件夾交給傑瑞，他注意到其中一封信的草寫地址無疑是女性筆跡，完美到他懷疑是機器模仿的手寫字體。不過信封蓋著巴爾的摩的郵戳，回郵地址也有些熟悉。菲特大道。他心頭湧現暖意，接著——腦袋陷入空白。他記不起那個人，某個只讓人感到親切和喜愛的人，住在菲特大道。這種空白的狀況越來越常發生。嚴格來講，他知道是怎麼回事。他的前額葉皮質萎縮，無法提供傑瑞想要的資訊，等會兒他放鬆後，就能輕易想起來了。但此刻他的記憶被鎖住了，就像試了一連串錯誤密碼的手機。這不是老年癡呆的跡象，不是，不是。

堤路堅持要搭優步去火車站，因為傑瑞的新助理維多利亞外出辦事還沒回來。傑瑞沒有車，除非算上母親珍愛的賓士廢車。現在車停在他的車位上，等遺產清算結束他就能合法擁有並出售了。他決定依賴共享汽車和優步，以及偶爾搭水上計程車。

堤路表示，「我很期待看看你寫的東西。」這句話也很正常，畢竟傑瑞過去四十年都在寫東西。他不是產量最高的作家，一共才寫七本書，但多虧了《夢中的女人》，他不必以量取勝。

不過他向來很有紀律，每天從八點工作到十二點，再從三點工作到六點。最近他完全無法寫作，但不是風景的錯；為了遮蔽刺眼的陽光，他樓下辦公室的窗簾都拉起來了。他的電腦有特殊的仿紙螢幕。傑瑞很訝異許多作家不清楚自己作品的紙本書樣貌，不過現在大家都用手機一段一段讀小說，或許是他脫節了吧。他有完美的桌椅，也盡量叫助理不要待在公寓，他知道寫作時他無法忍受跟活人共享空間。

然而，他還是沒有靈感。

堤路離開後，傑瑞拿著那兩綑信件乖乖走進辦公室開始分類：一疊要回收，一疊是帳單，一疊是私人和公事通信。但他沒有精力拆開任何一封。他應該委託維多利亞處理這些信嗎？她年近三十歲，做事積極，卻沒有野心。她說她熱愛閱讀，不過並不打算寫作，因此贏得這份工作。最糟的助理都是小吸血鬼，試圖把擺明乏味的工作轉為指導課程。他們會榨乾你，不論是精神上還是實質上，尤其是那些年輕女性。

現在想想，或許就是維多利亞告訴他Y世代很喜歡巴爾的摩。不過她大學才搬來，似乎純粹因為懶惰才待下來。他們後來發現，二〇一二年他在古徹學院擔任客座教授教創意寫作時，她也在同所學校，不過那時她已轉修生物，所以兩人不曾碰面。她不知道為什麼要唸生物，也不知道自己真正想做什麼。傑瑞覺得難以置信，他從十三歲就知道自己想成為作家，自此和冷漠的世界奮鬥，年過四十大家才承認他不是一本作家，能長久寫下去。他不喜歡批評年輕人，身為戰後嬰兒潮的末尾，他對那些套在自己身上的刻板印象很反感，畢竟大多都與他無關。不過他仍質疑現下對快樂的狂熱追求，套句電影《大國民》的台詞來說：如果你只想要快樂，那麼要快樂不難。

他強迫自己打開電腦，擠出幾個字。他想寫一九八〇年代初期的柏林。回憶錄！堤路怎麼能又提這件事？傑瑞避著不寫父親不是出於對母親的尊重，而是尊重自己的想像力。他的父親普通得令人厭煩，只是做了一件極為可憎的事，傑瑞不覺得那有什麼好寫的，他不會讓父親得意地佔據那麼多腦內空間。當然，父親也不會知道，他已經過世將近二十年了。

傑瑞放棄寫作，花一整個下午讀書，直到聽見維多利亞走上樓送來他的晚餐。傑瑞不下廚，也沒耐心忍受現代人對食物的過度關注。對他來說食物就只是燃料。維多利亞的工作包括每天從全食超市或哈里斯蒂特超市替他買來現成餐點當晚餐。他可以自己打理早餐——微波加熱燕麥粥、水果和優格。午餐則是火雞肉三明治，或許配點紅蘿蔔。因此傑瑞得以保持身材精瘦健康，除了走路和划船機以外不需做任何運動。划船機甚至不是他的，只是公寓擺設的一部分，房仲在他詢問是否可以包含家具時，便假定他也想留下機器。偶爾他會換上運動短褲和T恤，在二十五層樓高的地方划船，感覺像在拍該死的廣告，不過他猜划船機廣告會找年輕一點的男人拍。

他在廚房看著日落用晚餐。城市的夜景很美，缺點會消失，點點燈光閃耀。他發現他在想是否有義務聯絡父親的繼承人，告知他們母親的死訊。她的律師很確定父親的第二個家庭不能爭奪母親的遺產，一切都會由傑瑞繼承。

問題是「一切」就是那棟房子，包括三份房貸和裡面多到不行的物品。他打算叫維多利亞負責清空房子，但他也不能完全擺脫責任。事實上，母親保存了一切，包括他年少時期的作品。普林斯頓大學雖然沒有出價最高，但還是得到了他的論文，並要求提供完整的紀錄。他得逐一查看每個紙箱和板條箱，確認無遺。他想，他或許該為郵件整理出一套系統，封存電子郵件，並歸檔一般信件——

信件。菲特大道。他怎麼會忘記誰曾經住在菲特大道？好吧，他說「曾經」，因為她只存在書中，他寫的書。菲特大道是《夢中的女人》中奧貝利的住處地址。算是內行人的玩笑，稍微致敬《蘿莉塔》的作者納博科夫和書中的奧貝利．麥克菲特【註】，不過幾乎沒有人注意到這點巧思，因為菲特大道確實存在於巴爾的摩。他讓奧貝利住在希臘城中心，能聽到高速公路的車聲，徒步就能到薩摩斯餐廳。確切來說，是菲特大道和彭卡街的交會口。不過地址是杜撰的，沒有菲

註：《蘿莉塔》（Lolita）是作家弗拉基米爾．納博科夫（Vladimir Nabokov）於一九九五年出版的小說，講述一名三十多歲男子愛上十二歲少女的故事，被認為是二十世紀最具爭議的作品之一。此處提及的奧貝利．麥克菲特（Aubrey McFate）是女主角的同學，從未直接出現在故事中，敘述者韓伯特借用此名來稱呼他的惡魔。

特大道四九九九又二分之一號，沒有迷人的少女住在地下室公寓，執行她神祕的計畫，誘引對人生絕望的年長男子。信封上的地址是四九九九號嗎?他本應該會馬上注意到，但近來他太分心了。不，他覺得沒有門牌號碼，只有路名，否則他會注意到數字。馬里蘭州巴爾的摩菲特大道。

他必須知道。他跳起來，膝蓋狠狠撞上書桌底側。他踉蹌幾步，差點被划船機絆倒，跌跌撞撞滑過光滑的地板。他的腳踩上龍骨梯第一階時並不穩，於是失去平衡。他猛揮雙臂，卻什麼也抓不到，因為沒東西可抓。母親會說他摔得茶壺屁股越過茶壺頭【註】。為什麼母親會這麼說，到底什麼意思，茶壺又沒有屁股。他一直不明白，直到此刻跌下梯子，差點將自己摔碎。他試著站起來，但右腿不聽使喚，可及範圍內也沒有東西能讓他撐扶起身子。他試著把身體拖過地板，但腿實在太痛了，角度也很古怪，感覺不妙。要是移動導致傷勢惡化呢?他試著找到一個舒服的休息姿勢，但仿古水泥地這該死的設計，讓他只能等到早上維多利亞終於進來。

他盡可能擠出所有的尊嚴說道：「打一一九。」然後用手臂遮住漫長悲慘的夜間他忍不住解放的痕跡。

註：原文 tumbling ass over teakettle 是美式口語表達，用來形容一個人摔得四腳朝天。

一九六八年

醫生後來說，是熱敷墊引發了他闌尾破裂。

母親向來很晚才會找醫生，但不是因為擔心帳單；即使後來經濟拮据，她也從不會因為費用問題而縮減醫療開支。從小傑瑞就知道什麼會造成母親的財務焦慮（學校社團、東西壞掉、成長中的男孩能喝掉的牛奶量），什麼不會——基本上就是醫療帳單和節慶禮物。

在她看來，醫生是負責開刀和整骨的，也許偶爾開些處方藥，打電話找醫生就是示弱。因此，當闌尾炎開始折磨傑瑞的身體時，她逐一治療每個症狀，從未認定那些可能是致命疾病的徵兆。他父親是四處出差的推銷員，通常不在，所以沒有大人來質疑母親。嘔吐？讓孩子喝薑汁汽水，然後送他上床睡覺。發燒？吃兒用阿斯匹靈。肚子痛？她把傑瑞通常很愛的熱敷墊鋪在他的腹部。墊子是橄欖綠色，上頭有三個不同顏色的按鈕——黃、橘、紅。

等他醒來，人已經在大巴爾的摩醫療中心了。

他結束手術時父親不在，不過隔天他就趕回了馬里蘭州。傑瑞小寐醒來，發現父母站在床邊低聲嘶吼。他眼瞼顫動，假裝繼續睡去。他們從不在他面前爭吵，從來沒有。他很好奇他們以為他沒在聽時，會對彼此說什麼。

「我不在又不是我的錯。」父親說。「我在工作。」

「你在工作。」母親複述。

「對，我在工作。」父親在回覆傑瑞沒聽到的言外之意，彷彿母親說的「工作」不是字面上的意思。但還有什麼意思？

傑洛德．安德森銷售學校家具。他有個手提箱，傑瑞小時候非常喜歡，直到鄰居男孩嘲笑他玩扮家家酒，毀了他的興致。父親的樣品箱裝有書桌椅（學生及教師用）和小巧可愛的黑板。父親在家時，傑瑞偶爾仍會把手提箱打開來看，讚歎裡面的迷你模型。那是一個特別設計的箱子，每一物件都嵌得剛剛好，簡直像拼圖。父親負責俄亥俄州、伊利諾伊州和印第安納州，是相對較好的區域。一九六〇年代很適合銷售學校家具，人口飛速成長，不斷成立新學校，舊校舍也要翻新。傑瑞記得三年級課堂上在《每週讀者》【註一】讀到驚人的標題，美國人口數在他四年級時會達到兩億。現在他們住在世上最大最棒的國家，雖然尼克森剛當選總統，令母親非常失望。

他不確定父親對選舉結果怎麼想。「小鬼，男人投的票都是機密。」十月他說過，一手拍拍胸前口袋，彷彿所有祕密都藏在裡頭。

「可是我們應該要在家討論時事。」當時傑瑞這麼說。「挑一則新聞，吃晚餐時討論，然後把報導帶去學校，在課堂上報告。」

「不過不需要說我們支持誰，只要瞭解大家的立場就夠了吧？好，告訴我韓福瑞【註二】要做什麼。」

傑瑞必須用力瞇眼才能繼續閉著雙眼，於是他試著翻身側躺，但術後傷口還很敏感，害他忍不住叫出聲。

父親說：「嘿，小鬼。」

母親詢問：「感覺如何？」

「好多了。我什麼時候可以回家？」

「明天。醫生只是想確認沒有感染的風險。」

父親說：「你可以跟學校同學說你差點死掉，你媽居然還給你吃寶寶阿斯匹靈。」

母親開口替自己辯護。「我怎麼會知道？」

註一：《每週讀者》（*Weekly Reader*）是一九二八年創刊的兒童教育週刊，原名《*My Weekly Readers*》，內容涵蓋課程主題及新聞時事。二〇一二年，因數位化壓力與預算縮減，該雜誌與《*Scholastic News*》合併。

註二：Hubert Humphrey（1911—1978），美國民主黨政治人物，於一九六五年至一九六九年間出任第三十八任副總統。一九六八年代表民主黨參選總統，但敗給共和黨候選人尼克森。

這個問句懸在空中，如同無人回答的問題。她怎麼會知道他肚子痛其實另有原因？合理。她怎麼會知道丈夫成天出差去俄亥俄州、伊利諾伊州和印第安納州做什麼？他總是很晚打電話回家，利用低費率時段，要接聽者付費。他會描述當天的工作，抱怨他住的汽車旅館和食物。他打來時都過了傑瑞的上床時間，他應該要睡了。母親不知道他會熬夜到那麼晚，躲在樓梯頂端聽強尼．卡森的節目。要是她知道，掛掉電話後就不會大聲哭泣了。

有一次傑瑞從父親的箱子拿出家具樣品時，在學生用的小書桌上發現一縷金色長髮，但七歲小男孩不瞭解那代表什麼。他從椅腳拆下頭髮，這段記憶則捲進腦內，等著有一天彈出來。另一個小孩玩過這些東西。感覺並不奇怪。假如他有費心進一步思索，會想像老傑洛德在推銷時，樣品吸引了教育局長的小孩注意。或者他在學校董事會上拿出樣品，無聊的董事拿起來玩了一下。

傑瑞問父母：「我可以吃冰淇淋嗎？」

父親說：「小鬼，扁桃腺發炎才吃冰淇淋。」

母親說：「對。」

二月十二日

夜班護理師名叫艾琳，她不讀書，這幾乎是她對傑瑞提到第一件關於自己的事。當時她剛打量完佔滿二樓牆面的書架。書架是少數傑瑞需要在公寓安裝的家具，他從紐約帶來超過三十箱的書，還是狠心取捨過的結果。他的廚具只有四箱。

「你的書好多喔！我幾乎不讀書，我想我應該讀一點。」她自滿的口氣暗示她其實並不這麼想，對他的藏書表示欽佩只是出於禮貌。

「那妳空閒時間都怎麼過？」

她轉身看著他，彷彿他有點蠢。「時間自己會過，不需要我幫忙。」

他必須承認，這句話可說充滿智慧。

「我是說晚上妳在這兒的時候，一定很——」他本來要說無聊，但停了下來。沒有人想聽別人說自己的工作無聊。「孤單。」

「唉呀，我會看電視。」她說。「可能看點電影。」

「書房大概是最適合妳待著的地方，但裡面沒有電視。可惜唯一的電視在樓上。」他指向架在牆面中央的液晶螢幕，周圍現在都是書。這面牆其實不是牆，只是裝潢的一部分，房仲說是用來區隔二樓的各個生活空間。傑瑞在牆上直接裝了書架，於是電視周圍現在都是書，螢幕幾乎消失在書牆中。他很滿意這樣的視覺效果。「看起來像在藝廊會看到的作品。」堤路曾經這樣說，還補上一句。「非常乏味的藝廊。」

反正傑瑞喜歡。新聞在拼貼書牆中柔柔發光，感覺較不衝擊，更帶有背景意義。

「喔，我不需要電視。」艾琳表示。「我有平板。」她拿出iPad，外殼圖案是貓在做各種人類的活動。煮飯，騎腳踏車，打毛線，讀書。所以貓會讀書，但她不會。每次傑瑞聽到「平板」這個詞語，都會想到摩西手上拿的十誡石板。但現在平板是一大塊塑膠，可能在中國由幼童的小手組裝而成。「我聽說你有無線網路。」她舉起裝著毛線和鉤針的袋子。「我也會打毛線。如果你不太打擾我，在你不需要我的服務之前，我就能織好這塊床罩了。」

傑瑞想抗議，想堅持自己有付她薪水，自然有權隨心所欲地「打擾」她。不過他判斷她是大家所謂「有自閉傾向」的人，情商和心智都有些遲鈍，像孩子般直率，又像老年人喋喋不休。或許這種性格還挺適合從事替人擦屁股的工作。

傑瑞的傷勢嚴重，但他期待能完全康復並不過分。他身體健康，即使X光片顯示他的骨質密度已經退化。為此他大為震驚，他以為女人才有這方面的隱憂。他主要的傷是右腿雙側股四頭肌撕裂，需要躺在巨獸般的病床上八到十二週，用支架固定傷腿，避免腿部移動。他上方垂吊著「吊架」，讓他能在想更換躺姿時用手抓握借力移動，或使用艾琳所稱的「座式便桶」——名稱正確，但他聽了仍然很煩躁。

大家不斷說他很幸運——很幸運沒有撞到頭，很幸運他在地上「只」躺了十二個小時，很幸運他請得起居家護理師，不用去復健中心。艾琳每天晚上七點來，剛好帶傑瑞做一輪運動，再端晚餐給他。他服藥後沉入雜亂的夢鄉，她則待上整個晚上。她在早上七點離開，只留他獨處兩小時，接著維多利亞便會接班，從九點到下午五點。是說到底何謂「獨處」？公寓距離大樓櫃檯只有二十五層樓，打通電話就聯絡得到。不過週一到週五早上八點菲蘿上班前，櫃檯都是無人——無女人——的狀態。

由於公寓二樓有全套衛浴，包含無障礙淋浴間，他們決定讓傑瑞住在樓上，雖然他可能要好幾週後才能自己去廁所。助行器放在床邊，他想是為了激起希望。考量公寓配置，床最適合放在大房間中央，面對差點害死他的梯子，與裝有電視的牆面垂直。病床有股臭味，像在侮辱，又似侮蔑，提醒著每個人終將面對的未來。連個性不好奇的年輕人維多利亞，在租來的病床旁也顯得緊張。床上的移動式托盤除了用來吃飯，也能讓傑瑞使用他的筆電，但他無法在筆電上工作。他需要整面的螢幕，他需要辦公室的黑暗。誰能在這麼亮的地方寫作？傑瑞年輕時應該很適合在潛水艇服役，不過這等年紀的男人不必擔心是否要服兵役。

他跌跤時也嚴重傷到尾骨，給了他不用努力寫作的另一個藉口，因為即使他勉強坐起來，也撐不了多久。他腦中意識到這個詞——藉口。他一直在找藉口不要寫作，現在找到了。鈣質補品應該能修補骨頭裡鏤空的點點，艾琳每隔一天會搭配晚上的止痛藥和安眠藥給他吃。他的骨頭不會有事，他比較擔心腦袋裡鏤空的點點。

「我摔倒那天。」維多利亞端著他的午餐進來時，他說。「我摔倒那天——我想去拿放在辦公室的信件。」

「對。我……呃，找到你的時候，你有試著跟我說。」維多利亞似乎對於目睹他那副模樣感到非常尷尬，或許是因為他被迫躺著解放。然而——她仍堅持幫他復健，說她會學習所有必要做的事，這樣他就只需要請一班護理師，不用全天照護。坦白說，他也不想要。有人時時刻刻在他的屋簷下是他能想到最糟的噩夢。去年的多事之秋，瑪格基本上賴在他的紐約公寓不走，讓他意識到自己再也無法忍受與人同住。或許他一直都受不了，這也解釋了為何他的三段婚姻都以失敗收場。

不過維多利亞很快就學會如何在場卻不存在，他希望她也能教教艾琳。

他問道：「有信嗎？」

「沒什麼真的信。」信件本身對維多利亞來說就不真實，她都靠手機過活，連薪水都用應用程式入帳。但傑瑞堅持要用紙本帳單、紙本支票和紙本紀錄。

「我摔倒那天晚上，特別想找一封信，本地寄來的，字跡是——」他差點說女人寫的，但趕忙改口。「老派的草寫體。妳有找到嗎？」

她說：「你早就問過了。」

「我知道。」他不悅地說。「我只是想再確認一次。我很肯定堤路帶來的東西裡有一封私人信件。」

「沒有，」維多利亞表示。「沒有這樣的東西。」

她是個纖瘦女孩，戴大眼鏡，頭髮亂亂地盤起來，身穿寬鬆大毛衣、長裙和踝靴。在老電影中，她會摘下眼鏡，甩開頭髮，拉緊毛衣，搖身變成美女。即使是現代電影，她也可以變身，不過大概會用剪接片段呈現友善的同志幫她大改造。現在電影中同志似乎都太專心替異性戀女人尋找愛了。

真不妥當，這些念頭都很不妥當。假如他說出這些話，即使是對維多利亞，天知道會怎麼樣？文字、文字、文字——哈，這段歌詞出自描寫終極大改造的音樂劇《窈窕淑女》。說來奇怪，這是少數他跟父母共享天倫的明確回憶。

「好吧，如果妳有看到——我記得回郵地址是巴爾的摩的菲特大道。」

「你人就在巴爾的摩，為什麼有人要從巴爾的摩寄信給你，還要透過你的經紀人轉交？」

「我覺得大多數人不知道我住在這兒。」

「我記得《巴爾的摩》雜誌有提過。你的經紀人有拆開嗎？」

「《巴爾的摩》雜誌嗎？」

「那封信。他有讀嗎？他有看到寫了什麼嗎？」

「沒有，信沒有拆，我很肯定。」他越來越不確定信件是否存在，但非常肯定信沒有拆開。他心想堤路會不會記得，但八成不會。堤路很注意細節，不過僅限於合約和錢，還有華美服飾和美麗女人。

「等一下我去辦公室找找，現在我們來運動吧。」

目前他做的「運動」其實是維多利亞別開眼擺弄他健康的腿。白天他會穿厚睡褲，上半身則堅持換上T恤和毛衣。他的體態以這個年齡來說算不錯了，他頗為自豪。他單靠意志力及避開某些特定食物，成功做到不在白天有腸胃蠕動反應。那種事要交給受過訓練的夜班護理師。

「維多利亞，妳確定妳願意做這些？」

「你看過全天看護的報價了。我很樂意在你不需要復健的日子幫忙，況且這樣我還能多賺一點錢。」她忽然低聲喟嘆。「不管大家怎麼說，巴爾的摩沒有以前便宜了。」

「一九九〇年代我在這兒買了一間公寓。我一直不敢相信那一點錢能擁有那麼大的空間和採光。不過我們是從紐約搬來，我想一切都是相對的吧。」

「嗯。」每當他談起過去，維多利亞就會走神。

「大使公寓，在北區，接近霍普金斯大學。我在那兒寫出了《夢中的女人》。」

「我喜歡一樓的印度餐館。」

《夢中的女人》的主角是住在菲特大道的女孩奧貝利。《夢中的女人》這本小說改變了他的一生，造就對於他靈感來源的眾多揣測，永無止盡猜測傑瑞這種男人怎麼能神妙地寫出這名女子。近年則引發成千的修正主義論戰，討論年長男子與年輕女性的關係。（他的角色只相差十五歲，即使放在現代也不會成為醜聞。十五歲的男孩又不可能真的當爸爸，除非他是非常特別的十五歲男孩，留著鬍子，在佛斯路的酒鋪停車場邊緣遊蕩。）

《夢中的女人》是傑瑞完全憑想像力創作的作品。他瘋狂在兩個月內寫完，期間斷絕各種外界刺激，好證明小說家不需要替劇情暗置晦澀的細節或做研究，也能寫出讓讀者有共鳴的作品。他在電腦上寫完這本小說，不過是老電腦，沒有網路，上頭蓋著第一任妻子的十字繡樣布。小說發想自作家尤多拉．韋爾蒂回憶錄的最後一句話：認真的勇氣發自內心。傑瑞受訪時都說《夢中的女人》是內賊犯案，他很滿意這個文字遊戲，暗指犯罪發生在腦中。「我偷了一個瞬間，賦予其生命。」但他始終拒絕描述那個瞬間。

然而許多人還是願意相信這部小說某種程度上是真實的，認為傑瑞．安德森曾因為與一名妙齡女子七十二小時浪漫邂逅而「重生」。他們討厭發現奧貝利並非真有其人，不過讀者一向討厭被告知小說內容不是真的。

奧貝利從未存在過。

所以是誰從菲特大道寫信給他？

假設那封信真的存在。

當然有，當然有，當然有。信是真的。奧貝利不是，但信是真的。他沒有搞混什麼是真的，什麼不是。還沒有。

當他發現母親的胸罩放在冰箱裡時，他就該知道了。不過奧貝利仍不是真的。

維多利亞問道：「奧貝利是誰？」

他驚訝地意識到自己把話說出口了，更讓他意外的是，維多利亞竟然沒讀過《夢中的女人》。她在面試時明明宣稱很熟悉他的作品。啊，不過她很聰明，不斷稱讚他較早期的作品，那些夾在第一本和第四本小說之間不受關愛的中間小孩。

所以他才雇用她吧。

「有信嗎？」他拿起拆信刀。這支人造樹膠匕首上印著父親老東家的名字「阿克米學校家具公司」，把手是一名活潑的推銷員。

「你剛才問過了。」

可惡，他確實問過了。

「可以麻煩打電話給我的醫生嗎？我想詢問我的藥。」

維多利亞朝他哀傷地笑。一小時後，她回報醫生會盡量下週找時間打電話給他，傑瑞才理解她那抹笑容的含意。他覺得自己太天真了。「我的」醫生。現在大家都沒有自己的醫生了，除非支付那種高級的私人醫療服務費。傑瑞的母親曾擔任醫生助理，出於原則嚴正反對這種服務。曾經，因為她的人生早已沒有現在式，這仍然讓他難以接受。步入人生第七個十年，傑瑞的期望已不多，不過他希望能活著看到所有美國人都能享有健康照護。老天，當年他闌尾破裂能在醫院待的時間都比這次撕裂股四頭肌還久。（那時醫生有把他轉去復健中心，但不管怎麼說，照護何時變得如此馬虎？）

他轉開有線電視新聞台頻道，一切都亂成一團。別管道瓊指數了，世界需要每小時以股票漲跌模式呈現世界領袖代表的現況。今天一切都在暴跌。或許大家都得了老年癡呆症，或許這是對世界和Y世代開的最後一個玩笑。現在是病人在經營療養院。

太陽落下時，他陷入夢鄉，享受在自己的公寓獨處的短暫快樂時光。

一九八三年

「妳怎麼找到的？」

「我自有辦法。」

一分鐘前，傑瑞還在努力掩飾他在看到銀色包裝紙下的蒂芬妮盒子時有多失望。他猜是筆，昂貴的筆。他對於露西會選擇這麼老套的禮物感到驚訝，竟然浪費她的——他們的——錢購買如此普通的禮物。沒錯，他身上確實隨時帶著筆記本和筆，好從角色的觀點記下對世界的觀察。但他經常弄丟筆，所以從來不會投資買好筆。更何況是這種要補充墨水的筆，肯定更容易弄髒襯衫的胸前口袋。

然而禮物並不是筆，露西擺了他一道，八成知道這些念頭會先閃過他的腦海。他打開盒子，發現一小塊棉布上放著這把舊拆信刀。

「妳怎麼——」

「好啦、好啦——」她幾乎要繞著他起舞了。他們的樓中樓公寓廚房大而簡單，他坐在他們大多數時候用餐的那張木桌旁，手中的馬克杯裝著溫暖的飯後茶，夏末的落日將一條條橘金色的陽光灑在黑白相間的老舊油地氈上。

拆信刀是亮紅色的。父親有這把拆信刀，當然不是眼前這一把，但很類似。父親終於離家時，他的拆信刀也隨他而去。真的嗎？就傑瑞所知，這一把可能就是父親的拆信刀。他離開一年後，母親把父親所有的東西丟進箱子，送去慈善二手商店。傑瑞想像拆信刀的旅程——有人在慈善商店買了，後來可能拿去霍華街的骨董店，或在門前擺跳蚤市場時跟其他不要的東西放在孤獨的小牌桌上，然後露西——

露西問：「你不喜歡嗎？」她不再跳舞了。

他回答：「我愛死了。」他說真的。你可以愛讓你難過的東西。

她在他身旁蹲下。露西個子嬌小，長相標緻。她的造型偶像是演員芭芭拉．史坦威和瑪娜．洛伊，但她把兩人經典的簡約優雅風格穿出一九八〇年代的味道，因此看起來不像那些會在舊衣店購物、把每天都當成化裝舞會的誇張女孩。她把頭髮剪成簡單滑順的鮑伯頭，總是閃亮整齊。她擦深色唇膏，眉毛纖細弓起。即使夏日晚上穿著短褲和襯衫，她看起來仍完美無瑕，舉止優雅。短褲是硬挺的亞麻布，襯衫是無袖的格子棉布，配上絲巾和厚底鞋，她簡直像從他們喜愛的老電影直接走出來。不過，說到底，露西太有品味，不可能裝模作樣。他早該知道她不會送筆這麼普通的禮物來慶祝他簽下第一本書的合約。

露西也是作家，他們在霍普金斯大學文學碩士課程的寫作專題班認識，傑瑞仍在那兒任教。她是班上的明星學生，極具天分，充滿潛力，甚至能做到沒有嫉妒心，令傑瑞驚訝極了。大學期間她就在最好的文學期刊刊登她寫的故事，然而現在他在這兒，從一流的大出版社拿到第一本小說不錯的合約，而她毫無疑問只為他高興。對自己的能力如此有自信，以至於能慶祝他人的成功，究竟是什麼感覺呢？

「看起來全新呢，」他說。「彷彿沒用過。」

「嗯，但你會用吧？畢竟你得開始認真保存文檔了。總有一天，每所大學都會爭相競標買你的書信。」

「他們會需要一整個廂房裝所有的拒絕信。」

「別說了。」

她跳進他懷裡。他愛她的體型，她輕巧的身子和精神。他愛她。

「敬無比美好的人生。」這句敬酒詞來自他們都喜歡的短篇故事。他們互碰茶杯，兩人都不怎麼愛喝酒，不喜歡酒精擾亂感官。露西甚至沒吸過大麻。傑瑞在吉爾曼學院吸過，但只是為了融入運動男的圈圈。那些男生要他幫忙寫英文報告，再用他們寶貴的陪伴作為回報。

「好尖喔。」她悄聲說，把刀尖抵著食指。那一瞬間，他以為看見了一滴血，想像睡美人坐在紡錘前。然而只是人造樹膠的紅光反射在她的肌膚上。

現在她跨坐在他身上。露西最迷人的地方在於淑女的外表下，有著對性事的狂野熱情。他輕鬆將她托起放在桌上，脫掉那條硬挺的短褲，然後站起來。他只跟露西站著做愛過，她只有四十五公斤。

南面的窗簾沒拉上，潘柏頓老太太坐在摺疊椅上盯著他們。傑瑞心想，這像極了《冷暖人間》【註】的場景。教到低俗小說時，他喜歡帶學生讀這本作品。露西太過投入，沒有注意到，不過就算她看到了，大概也不會在乎。傑瑞確保他們待在窗框內，好讓老太太看個夠，滿足她顯然渴望的表演。

他感到露西的指甲刮過後背，或者可能是拆信刀。潘柏頓太太，好好欣賞吧。

註：《Peyton Place》是美國作家葛莉絲．梅塔利奧斯（Grace Metalious）於一九五六年出版的小說，揭露小鎮祕辛和人性黑暗面引發轟動，被譽為當代禁忌小說。一九五七年翻拍成電影，由拉娜．特納主演。

二月十四日

電話尖聲響起，雙響表示來自樓下櫃檯。傑瑞通常不會理這種來電，但維多利亞外出了，他又很無聊。他以前從來不無聊，遵從母親的格言過活：*只有無聊的人會覺得無聊*。對作家來說，這句話更是再合適不過了。

然而現在他很無聊，即便除了臥病在床，他的生活其實沒什麼改變。他本來大半時間就待在公寓，只會每天出門散步，偶爾去辦不想交付給維多利亞的雜事。被迫待在家改變了一切。起初他盡量視之為祝福，他可以讀更多書，寫更多作品，有時間靜靜沉思。

結果他卻看了很多電視，通常是有線電視新聞台，讓他感到神經緊張和不安。現在的新聞沒有洞察力，完全失去了輕重緩急的概念。全都是「特報」，全都很「緊急」。

「安德森先生？」是櫃檯的菲蘿。*喔，親愛的小派皮*，他心想，*好久沒看到妳了*。

「嗯，菲蘿？」

「樓下有一位小姐來找你。」

「小姐？」他絞盡腦汁。「醫院派她來的嗎？」

「不是，她說——」菲蘿壓低聲音。「她說她是你太太。」

「哪一位?」尷尬但必要的問題。

兩個女聲低聲交談。菲蘿聽起來禮貌但堅定,另一個聲音聽起來跋扈傲慢。

傑瑞心想,瑪格。一秒後,菲蘿也回到線上說:「瑪格?」

瑪格不是傑瑞的前妻,但她並非沒有努力過。她拚命想說服傑瑞娶她,但他覺得人一輩子只能有三任妻子,娶第四任太太會顯得荒謬。老天,他又不是結過八次婚的演員米基·魯尼。而且傑瑞毫不懷疑,如果他真娶了瑪格,她遲早會變成他的第四任前妻,這段婚姻本身恐怕會更加荒謬可笑。

他疲憊地說:「讓她上來,大門沒鎖。」他已經無聊到這種程度了。

瑪格看起來比印象中好,也不好。她的身體纖細得幾乎可怕,臉龐光滑到難以形容——像恐怖谷一樣。她向來堅持她沒有「加工」,傑瑞覺得這個說法很有趣,暗指讓身體緊緻或豐滿是工作,其他手術則不是。沒有人會說心臟「加工」。她刻意營造一種名流時尚風,不過他一直不喜歡。她五官精緻的臉龐完美對稱,連最古怪的配飾也不會失色。過大的粗框眼鏡,像演員路易絲·布魯克斯的嚴肅鮑伯頭,全黑服飾搭配「重點」項鍊,但重點是什麼?「哈囉,我很有自信,可以戴這條非常醜的大項鍊。」

即使是當初為她癡狂時,她仍令他聯想到螳螂,而眾所周知螳螂會如何處置伴侶。

「傑瑞!」她站在床尾慷慨激昂地喊道,彷彿要讓巨大劇場的最後一排都聽清楚。「老實說，你的助理說你出了意外，我一開始還不太相信呢。」

「維多利亞不該對外人隨便說這種個人資訊。」傑瑞心想，有人打電話來她也應該告知我。

「我同意不能對外人隨便說，但我不是外人。我們曾住在一起，還一度訂婚了。」

他們從未正式訂婚，沒有，從來沒有。不過既然他都擺脫她，也就無所謂了。他足夠寬宏大量，可以允許她亂編故事，讓她自我感覺好一點。

「妳怎麼會來巴爾的摩？」

「當然是來看你呀。寶貝，情人節快樂。聽說你受傷，我非來不可。你知道臀部摔傷的統計數據嗎？」

「其實不算是我的臀部——」

「重點是，」她把外套扔在沙發上，他一直看不慣她這個習慣。「公寓有點問題。」

「我把公寓賣了。四個月前就完成交易，也早早就通知妳了，現在怎麼可能有問題？」

「我放了一些東西在你的儲藏室，但東西不見了！」她講得非常誇張，宛如有線電視新聞台的主播每天從華盛頓永無止盡的政界歹戲分享一些新消息。

「儲藏室跟公寓是一起的，妳總該懂吧。」

「當然，但禮貌上應該要打電話聯絡一下我吧。」

他試著回想去年秋天忙亂的那幾週。有人告知他儲藏室還有東西嗎？他在乎嗎？他感到愧疚，又因為愧疚而生氣。他絕對有叫瑪格搬走公寓的東西，她該要理解儲藏室也涵蓋在內。

他說：「我不知道能說什麼。」他沒辦法更誠懇、更直白了。

「裡面有一些非常值錢的東西。」她說。「珠寶，和以前模特兒時期穿的衣服，那些都無可替代，是無價之寶。」

然而他懷疑那些物品最終都會標上價格，要求他付錢。瑪格是敲詐女王，技藝高超。她這種女人——這種人——天生懂得要他人照顧她。她沒有明確的收入來源，卻總是住在昂貴的城市——紐約、南塔克特、巴黎、聖巴瑟米——即使她從不吃飯，也要身穿華美的衣服，在最知名的餐廳裡不吃飯。他們相識時，她住在卡萊爾飯店，傑瑞因而假定她本身很有錢。後來才知道，她是交了已婚男友，他不得不支付她的飯店帳單，直到她找到下一個目標。正如歌詞所唱：「留著她比較便宜。」但留著瑪格可不便宜，想甩掉她更是昂貴。你必須把她硬推給別人。傑瑞母親的病給了他台階下，接著合作公寓的恐怖管委會指控她非法分租，逼瑪格搬走。傑瑞看到一線曙光，便趁機逃跑了。

「瑪格，我都不知道這些事，真抱歉。不好意思讓妳白跑一趟。」

「喔，一點都不麻煩。」她說。「我搭高鐵，花不到三小時。不過從車站過來的計程車……好吧，車子非常髒。我覺得你需要有人——」

「不用。」他說，接著放輕語調補充。「白天維多利亞在，晚上有護理師。我不需要幫手，也沒空間。」

「但是你的房子很大呀。」她四處轉轉，走向害慘他的龍骨梯。

「不用。」他又說了一次，語氣嚴厲到讓她停下腳步。「下面只有兩個房間，我的辦公室和書房，夜班護理師會用。至於我的臥房——」他絞盡腦汁想理由，什麼都好，只要避免瑪格走進主臥室。「有床蟲問題。」

這個理由太完美了。瑪格不僅從梯子處退回來，還抓起沙發上的外套穿上，彷彿這麼做就能得到保護。

「所以我才在上面。」他很滿意自己足智多謀，這是幾個月來他做過最接近寫小說的事了。「到時候要燻蒸除蟲，不過目前至少把受災範圍控制在我的臥房。他們當然把舊床組都搬走了，但蟲還在裡面，伺機而動。有天晚上護理師進去拿床頭櫃上我最喜歡的老花眼鏡，結果出來腳踝和手腕就多了一圈咬痕。」

瑪格把外套釦子扣到頂。她的脖子有加工嗎？光滑得不可思議。

她開口說：「或許我該暫住在附近。」

「附近啥都沒有。」他希望她看不到港口另一側的四季飯店。

「現在不是有個訂房平台，Air什麼的。」

「巴爾的摩沒有房源，」他說。「至少這附近沒有。」

「今天晚上我得有地方過夜。」

「高鐵每小時都有車，開到九點。」他說。「客運開到更晚。」

「你絕不會相信我吃了什麼。」她說。「還有酒，比飛機餐還糟。車上的食物啊——我沒看過更小氣的小起司拼盤，太誇張了。」

他說：「嗯，其實餐食櫃檯只賣零食而已。」

「不是，我是說送到座位上的餐點。」

所以她訂了頭等艙，這表示她為了平庸的餐點和指定座位多花了一百五十美元，真像瑪格會做的事。他猜想是誰替她付的車票錢。搞不好她還記著他的信用卡資訊，繼續用來消費。他得查查他的帳單。

維多利亞回來了，兩手都是雜物和信件。她看到瑪格時明顯很困惑，她疑惑的表情令傑瑞想起瑪格似乎在任何還算正常的場合都顯得格格不入。在正裝派對、藝廊、頭等艙貴賓室，瑪格很融入，但在巴爾的摩無法，在傑瑞的公寓也無法。

「這位是——」他頓了一下，不想說瑪格是朋友，因為她不是，但說是前任好像又太無禮。

「瑪格．巧索。」她朝維多利亞伸出修長骨感的手，不過維多利亞的手沒空，她的手忙著把購物袋緊抱在胸口。維多利亞的身形也算纖瘦，但高䠷如時尚模特兒的瑪格，卻仍有辦法讓旁人顯得龐大笨拙。傑瑞以前喜歡她這項特質。站在這位備受追捧的女人身旁照顧她，而且不僅僅是經濟上的照顧，讓他覺得自己像個英雄。只有最優秀的男人養得起瑪格。

維多利亞說：「好唷。」她像見到父親新女友的慍怒少女。

「維多利亞，今晚妳下班時，可以載瑪格去賓州車站嗎？她要搭火車回紐約。」

「我不一定要今晚走——」瑪格試圖插嘴。

「她好心來探病。」傑瑞知道對付瑪格只能繼續說下去，堅持自己的說詞。畢竟她也會這麼做。「不過她當然沒辦法住下來，臥室有床蝨問題，巴爾的摩也沒有適合的飯店。」

維多利亞點點頭，她腦袋轉得很快。

「我只需要一個小角落。」瑪格說。「幾乎不佔空間。沙發看起來舒服極了——」

「如果妳現在下班，她可以趕上四點半的車。」傑瑞接著說。「用我的美國運通卡買票，然後就回家吧，妳的班本來就快結束了。」

「我不想麻煩——」

「一點都不麻煩。」

「或許我們可以先吃晚飯，我可以搭晚一點——」

「晚餐已經準備好了。很抱歉，我都請維多利亞買很小份的食材，免得浪費。」

瑪格放棄了，至少現在她不再堅持。但如果短期內她沒有找到男人，她會再回來。傑瑞會請堤路帶她去吃午餐，他會說是賣人情給堤路，說瑪格經常提到想寫回憶錄的事。（她的確說過，但她只有一般跑趴女孩對一九九〇年代的記憶，別人早就寫過，她永遠比不上。況且瑪格不管寫什麼，不免都會大量提到傑瑞，他可不需要那種麻煩。）

他希望她會把心思都放在堤路身上，沉迷於他迷人的西裝和更迷人的態度。他看來挺有錢，或許確實如此。傑瑞很難判斷別人的財富，因為即使在《夢中的女人》出版大賣後，他也一直過得很樸實。傑瑞非常不會過富裕的生活，他是守財奴，幼時家裡的金錢問題仍是他心頭之痛。如果堤路手上有六個傑瑞，他的收入基本上就跟傑瑞一樣了吧？堤路負責的作家當中，至少三位有潛力成為傑瑞，不過他相信他帶來的收入最多，是經紀公司最重要的珍寶。

他說：「謝謝，維多利亞。」雖然極為費力，甚至很痛，他仍挺身坐成完全直角的九十度。維多利亞震驚地瞪大眼睛。她知道他坐起來有多痛，但她什麼都沒說。

瑪格說：「再聯絡。」老天，他相信她說的是真的。

因此那天晚上，當電話在半夜響起，而經常打瞌睡的艾琳沒在三響內接起，傑瑞便笨手笨腳去抓床邊的電話。二十世紀中葉的瑞典設計話機在底部有個按鈕。他的頭腦混沌，卻又足夠清醒，能假定是瑪格打來抱怨她訂到商務艙車票，必須自己去零食櫃檯拿起司拼盤。

「喂？」

「傑瑞？我很快就會去見你了。」

「請問妳是哪位？」他很肯定這不是瑪格，聲音太甜美，太尖，帶有一絲南部口音。而且太和善了。

「喔，傑瑞，你真好笑。我是奧貝利，傑瑞。我們得談談我的故事，我們之間真正發生的事，你太太的那些鳥事。我想是時候讓全世界知道我真有其人了。」

「那些鳥事——妳是誰？」

「我是奧貝利，傑瑞。別傻了。」

「沒有奧貝利這個人。」

「好吧，不是這個名字，但我存在，傑瑞。我一直知道我就是奧貝利，而且我很驕傲，很驕傲能啟發你的靈感。」

「妳是誰？」

她掛掉電話。

這支電話無法按星號加六九回撥最後一個來電號碼，天知道還有電話能這樣操作嗎？他大叫艾琳，她好整以暇睡眼惺忪緩緩走上樓梯。

「我只瞇了一下。」她辯解，彷彿他叫她來床邊是要斥責她。

「請去拿廚房的電話，查看來電紀錄，告訴我號碼。」

她聽話照做，回來後宣布：「下午之後就沒有人打來。」

「可是電話剛響了，妳有聽到吧。」

「沒有，電話沒響。這裡就看得到了。」她拿著話筒走向他。「最後一通電話是櫃檯三點八分打來的，整個晚上都沒有來電，所以我才沒醒，在你喊我之前，沒有聲音吵醒我。」

他摸索半天，找到他的老花眼鏡。沒錯，電話螢幕很堅持：最後一通來電是櫃檯，告知他瑪格到了。

是夢嗎？幻覺？藥效？還是三者綜合的結果？

他決定是藥效，一定是藥效。

拜託要是藥效。

二〇一二年

傑瑞與母親一起看初步公布的投票結果，覺得今天自己做的一切努力都顯得很可笑。他擔心這場選舉好幾週了，在ABC電視台的選情網站上模擬了所有情境。他在紐約早早投了票，然後開車到賓州約克，在選前之夜協助催票，接著又趕到馬里蘭州，開車載母親去投票，無視她合理反駁說她投票與否並不重要。馬里蘭州藍到不能再藍。

「為什麼藍色代表民主黨，紅色代表共和黨啊？」他問母親，只為了找話說。

「這個嘛，南茜．雷根喜歡紅色。」

「這應該是結果，不可能是原因吧？總之，這種劃分方式，讓選戰都簡化成夏令營的紅藍大對抗了。」

他不敢相信這輩子他投票反對——或支持——了多少糟糕的男人。一九七六年他參加第一場總統大選，投給卡特，耶。他在初選支持尤德爾，但他不記得為什麼了。一九八〇年他投給約翰．安德森，一九八四年投給孟岱爾，一九八八年投給杜卡基斯，九二和九六年都投給柯林頓，接著投給高爾，然後是約翰．凱瑞。除了柯林頓，其他都是枯燥乏味的民主黨員。傑瑞一直不懂「柯林頓是第一位黑人總統」的論調，這無疑對所有人來說都是冒犯吧？是因為他的階級背景嗎？還是他沒用的父親？

沒用的父親。他瞥了母親一眼。她閃亮的雙眼聚睛盯著電視，晚餐卻原封不動。她吃得不夠，活動量也不夠，身體既虛弱又臃腫。以年近八十的女性來說或許還行，但這棟房子似乎對她而言越來越不方便。那些階梯，那間廁所……他想至少改裝一下樓上浴室，但她拒絕他的資助。她只願意接受他的陪伴，而這恰恰是他最無法提供的，因為他住在紐約。他很自私嗎？她為他犧牲這麼多，辛苦了一輩子，他什麼都願意為她做，除了搬回巴爾的摩。他盡量每個月回來一次，但實際上往往拖到六至八週，一回來便得處理一堆烏煙瘴氣的雜事，看醫生、修繕房屋等等。許多事情他仍然親力親為，就像少年時期那樣。大家都很意外他手很巧。父親出走後，他手不巧不行。

出走。這樣形容父親做的事算好了。

傑瑞倒是每個週日晚上都會打電話給母親，聽她的話在下午五點後打。「那時候費率才會降低。」她甩不掉父親成天出差時養成的習慣，那些天知道從哪兒打來的對方付費電話。試圖解釋他用手機打給她可以免費沒有意義。

「媽——拜託吃點東西。」

「嚐起來不太對勁，」她說。「我覺得蝦子壞了。」

「鮮蝦沙拉是我們今天才剛買的。」當作犒賞。母親絕不會買格羅市場的鮮蝦沙拉，其實她根本不會去格羅市場買菜，即使從家裡徒步就到，甚至從門廊就看得見。她都開車去約克路上的捷安超市，用折價券採買，只有急需和買蛋糕才會去格羅市場。

「現在食物嚐起來都不對勁了。那天我才跟你爸爸說，他也同意。」

「媽，爸已經過世了。」他的口氣並不刻薄。

「喔，我知道我們以為他死了。不過你相信嗎，他其實是假死，好拋下他的第二個家庭。」

「嗯哼。」

「原來九一一當天他在紐約。你相信嗎？或者，他也可能只是這麼說，天知道，對吧？他的同事打電話給太太，說你爸爸在雙子星大樓的股票經紀公司有個會議，公司名跟那個蛋有關。」

他花了一會兒拆解這條線索。那個蛋，那個蛋——喔，健達出奇蛋。「建達資本？」

「對。」

「媽，我想那是一家很大的避險基金公司。為什麼爸會去那兒開會？」

「大家都需要辦公室家具。」她平和地說。「況且，他不在那裡。重點就在這兒。他看到機會，知道機不可失。他從來不愛她。」

「我不確定爸愛過任何人，那是他的詛咒。」

「他愛我。」

她用的時態令他一驚。想像父親還活著，編撰他假死的荒謬故事是一回事（傑瑞必須承認，父親完全做得出這種事），但母親堅持父親愛她，不，這太誇張了。傑瑞確定他們之間從未有過真正的愛。

他的第一本小說《與災難共舞》正是講述父母命運多舛的戀情，雖然母親在這個版本因為非法墮胎死了。「為何傑瑞．安德森的美學都仰賴女人之死」逐漸成為修正主義者討論他的作品時不斷提出的質疑。不過這本小說贏了一個鮮為人知但獎金豐厚的獎項，現在仍賣得很好，所以就這樣吧。

他問母親：「妳什麼時候見到爸？」

「喔，時間對我來說好模糊。天氣很溫暖，但可能是秋老虎，十月那一波高溫？對，是十月初。我們在室外做愛。」

「媽！」

「天色很暗。」她說。「你也知道沒有人看得到我們家後院，樹那麼多。傑瑞，我感覺彷彿又回到十五歲。」

有線電視新聞台剛宣布歐巴馬當選。傑瑞記得二〇〇八年，那是他成年後身為選民唯一純粹閃耀的希望之夜。即使學校教他要想像他人的內心世界，他仍不懂為何與他同年、薪水級距相當、教育水平相同的人，卻覺得同樣的結果是大災難。單單種族能解釋他們發自內心對歐巴馬的強烈反感嗎？

他現在會想到歐巴馬，是因為父親明明過世至少十年，母親卻仍相信他會來訪，與她做愛，而他不忍思考這背後的意義？父親在二〇〇一年九月十一日過世，當然不是在雙子星大廈。

「媽，」他問。「今年幾年？」

「二〇一二年。」

「總統是誰？」

「巴拉克．歐巴馬。」她幾乎是燦笑著說出他的名字。她好愛歐巴馬，即使二〇〇八年希拉蕊．柯林頓有參選，她仍支持歐巴馬。母親鄙視希拉蕊．柯林頓，他一直覺得這跟柯林頓夫婦的婚姻有關。

「媽——可以畫一個鐘給我看嗎？」

她狠狠瞪了他一眼，但還是畫了。她畫的鐘很好，不只很好。母親畫得很漂亮。

「傑洛德，我沒有發瘋。」

「只是——」

「有甜點嗎？」

「妳晚餐都沒碰。」

「傑瑞，我七十六歲了，如果我想吃冰淇淋，我就要吃該死的冰淇淋。」

他笑了，她說得對。她的笑話消除了他大半的擔憂。母親沒有發瘋，她只是編故事讓自己好過一點，重振很久以前喪失的自尊。

他的第一本小說原是想向她致敬，講述美麗聰慧的女人是如何與低下不值的男人在一起，結果卻深深傷了她自己。那時她說：「傑瑞，不是那樣。」那是他們最激烈的一次爭吵，也是他成年後兩人唯一一次爭執。他試著提醒她那是小說。確實是小說沒錯，但他總覺得問題是他寫得太正確了。他想說，媽，我會算數。他在父母結婚後六個月出生。他在書裡殺了她，也將自己殺死，免去她後來的痛苦。他的做法正好與莎朗．奧茲的詩相反，他願意不復存在，只為免除母親的厄運。

您的母親是否死了比較好？二〇一〇年在作家節的活動上，一名訪談人問了這個問題，試圖嚇唬他。

「這是小說，」當時傑瑞回答。「不是自傳。有人搞混兩者我也沒辦法，但我沒有興趣回答這類型的提問。」

他起身去廚房準備母親的最愛：三一牌冰淇淋的賈夢卡杏仁軟糖口味。以前他們常去的三一冰淇淋店跟摩根米臘德餐廳在同一間小商場，不過現在隨時想吃在超市都買得到。為什麼他會因此難過？

或許只是因為年紀到了，看什麼都難過，連他成年後最棒的總統連任也不例外。其實應該說這輩子，畢竟他對甘迺迪沒什麼好感。當然，他並非完全認同歐巴馬的一切。說來奇怪。卡特顯然是歷來最適合擔任總統的人。太完美了。當聖人成為總統，感覺不太舒服。大家會希望總統多跟惡魔打交道，少花時間在白宮網球場打球。

他打開冰箱，想替冰淇淋加點甜生奶油，卻意外看到母親的一件胸罩躺在層板上，小心翼翼摺好。看來是新品，比他印象中小時候在洗衣房盡量避開的內衣亮麗大膽不少。

他把冰淇淋端出來，母親正入迷地看著開票結果。

「媽，妳把妳的——」他說不出胸罩這個詞。「妳的，呃……內衣忘在冰箱裡了。」

「要宣布伊利諾伊州了。」她說。「你爸爸住在那兒。」

「媽，是俄亥俄州。」他說。「他生前住在俄亥俄州。」

「對，很多年前。他現在住在伊利諾伊州的萊克福里斯特。他是教堂司事。」

儘管不願承認，傑瑞還是對母親在幻想中的細節掌控力感到佩服。教堂司事——這倒是可以構思成小說的角色。或許不適合出現在傑瑞．安德森的小說，但安妮．泰勒寫得出來。這正是母親熬過人生的方式，靠編織虛構情節來安慰自己。而他的父親則是撒謊成性。這麼說來，傑瑞除了成為小說家，還有其他選擇嗎？

他冒險說出那個詞。「媽，妳的胸罩？」

「喔，我在哪兒讀過，聽說放在涼的地方可以穿久一點。」

二月十五日

傑瑞調整身體角度，從仰躺轉成偏側躺，只用左手敲打筆電鍵盤。動作很彆扭，但比起坐在挫傷的尾骨上沒那麼痛。幾乎什麼姿勢他都覺得痛或不舒服，長期的抽痛對他來說很陌生。他從不認為自豪於身體健康是傲慢的表現，他照顧自己，經常健走，飲食適量，鮮少飲酒，其他都是中了基因樂透——至少當別人稱讚他年輕的外貌和濃密髮量，他會謙遜地這麼回答。但如同大多數中樂透的贏家，私底下他將好運歸因於自己。

基因樂透。他只在Google的搜尋欄輸入兩個字——老年——馬上就得到一堆老年癡呆症相關的議題，包括「老年癡呆症對上阿茲海默症」，聽起來像史上最難看的系列動作電影。他把搜尋字串改成老年癡呆錯覺，最終找到加拿大阿茲海默學會的網站。他很快便釐清早該知道的差異，畢竟他對文字極為挑剔。昨晚不管是怎麼回事，都不是錯覺，而是幻覺。唉呀，美好的勝利。

他感覺自己像《時間的女兒》作者約瑟芬．鐵伊筆下的蘇格蘭場探長，於是他翻身仰躺，盡可能理性回顧昨晚發生的事。他聽到電話鈴響。（有嗎？）假設電話確實有響，他接起電話，一名女子與他對話，堅持她是奧貝利。哪種人會做這種事？

他知道什麼？

一：這個人知道他的電話號碼。他的號碼未列入公共電話簿，但傑瑞知道，只要在網路上花點錢，很容易取得這類資訊。所以，基本上任何人有點小錢都能開這個玩笑。

二：他很肯定聲音是女生，因此嫌犯的範圍縮小了一半。

三：這個人熟悉他的作品。嗯，這本小說光英文版就賣了三百萬本，天知道還有多少人翻閱過二手書或圖書館藏書。好吧，假定她是女人，知道這本書，重點是還知道他。稱他「傑瑞」顯得親暱——沒見過他的人會先稱呼他為「傑洛德」。他鄙視這個名字，因為與父親相同。如果能重來一次，他會以「傑瑞」作為筆名，但年輕的他覺得綽號很幼稚。傑瑞向來想要顯得老成、嚴肅、莊重。

現在任務成功了，老天。

女子聽起來不像瑪格。說實在話，這種疑神弄鬼也不像瑪格的風格。雖然聲音非常熟悉，但他仍無法想像任何一位前妻玩這種花招。他跟她們都好幾年沒真正聯繫了，不過母親過世時，露西和莎拉有來信悼念。母親挺喜歡她們兩人，但完全不甩格雷琴。他和莎拉的婚禮低調，符合第三次婚姻，但畢竟還是婚禮。典禮前夕，母親在所謂的預演晚宴上喝了兩杯酒，脫口而出說：「我喜歡傑瑞的每任奇數太太。」大家聽了母親的機智發言哄堂大笑，只有傑瑞聽出她的坦白是酒後一瞬的直率。

還有他在霍普金斯大學的同事雪儂·袖珍，她一度聲稱自己是奧貝利的靈感來源——他猜想

#MeToo運動是否再次替她壯膽，來堅持這種無稽之談。不可否認，傑瑞確實非常不應該與同事上床，但露西的所作所為幾乎是直接把他推向了雪儂的懷抱。明明忠貞不二卻被指控背信，他很快就累了，自然會覺得乾脆犯下她老是指控他的罪行算了。露西對傑瑞和其他女人的妄想特別傷他，她自己也知道。他很努力不要和父親一樣，然而當那一天到來，當他屈服於另一個主動追求他的女人，將她壓在辦公桌上肛交時，他哭了出來。

雪儂．袖珍。他試著上網搜尋她，但這個名字太常見了，光在領英網站上就有超過一百人，身分各有不同——醫生，髮廊老闆，獸醫。

很常見的名字，也很貼切，不是因為她個子矮小，而是因為他們之間的關係微不足道，或說本該如此。她似乎鐵了心要勾引他，只為了有東西好寫。他妥協並與她上床，因為他厭倦了露西拿不存在的外遇斥責他。看露西的妒意如何轉移變異非常有趣。她堅決不讓自己羨慕傑瑞職涯上的成就——初出版的小說獲得可敬的評論，贏得不知名但獎金豐厚的獎項——卻瘋狂嫉妒其他女人。這就叫錯覺吧，還是幻覺？不管怎麼說，露西處處都看到傑瑞花心的證據，唯獨沒看到真正出事的地方。

雪儂．袖珍現在應該快六十歲了。他們只幹了一次。真的，沒有更好的說法，那場性愛只是不帶情緒的機械動作。說來諷刺，露西唯獨沒有懷疑雪儂，可能因為看不起她。露西的偏執都專注在較優秀的作家身上。她極為害怕傑瑞的職涯發展會超越她，卻又過於驕傲，不願讓這個念頭浮現腦海。於是她捏造出莫須有的外遇，打斷他寫作的時間，對他進行指控。相較其他問題，他們分手的主要原因在這兒——還有讓他得以離婚的獎金。

平心而論，第一本小說的成功改變了他。成功總會改變人，只是未必如大家所預期。當一個人享受成功——雖然傑瑞認為沒有人能真正享受成功——親友伴侶會害怕被拋下，彷彿成功是豪華遊輪，隨便一句「要上岸的乘客請上岸」就能打發他們。傑瑞在相對年輕的年紀就取得了一點成就，他只想確保自己能繼續前進。他的第二本和第三本小說稍微失準，沒有第一本受歡迎，但他完全不介意。這兩本作品的「不同」才是重點，表示他不會只從自己單薄的人生挖掘題材。傑瑞打算當文學界的長跑選手，首要之計便是與暢銷又迷人的處女作保持距離。

他從未承認與雪儂．袖珍愚蠢的逢場作戲，但他視之為他從婚姻離場的證據。不管傑瑞是怎麼樣的人，他都不是負心漢，那是老傑洛德．安德森做的事。他只是成了夠糟的丈夫，以至於提出離婚時，露西沒有抗議。然後他搬去紐約，遭到當時較酷較時髦的作家鄙視。這是他做過最讚的事，八成對他們來說也是。十五年後，當《夢中的女人》滿足所有期待，達到聲望、銷量、電影版權和時代思潮全包的罕見文學大滿貫，雪儂．袖珍突然冒出來，出版了她的「駁斥之作」——其實是自費出版，不過她成功隱瞞了好一陣子。然而這本書實在太蠢，又寫得很差，結果毫無效果，連露西似乎都沒注意到。就算注意到了，她也懶得聯絡傑瑞。

況且雪儂的出版日期是二〇〇一年九月十一日，算是雪上加霜。

維多利亞端著他的午餐、郵件和拆信刀進來，刀是露西送他的阿克米學校家具公司人造樹膠匕首。*我是孤兒了*，傑瑞第一次這麼想。父親在他的生命中缺席已久，以至於母親過世後，他沒有意識到自己的身分轉變。*他是孤兒了*。他沒有手足，沒有後代，也沒有敵人，不算真的有。他不是應該有一長串的潛在敵手嗎？如果沒有人非常、非常恨你，你的人生還算有影響力嗎？

假如確實有人打電話來——**當然有人打電話來**——一定也是可憐人開的玩笑，就像問冰箱是否開著，店裡有沒有賣罐裝的阿爾伯特親王菸草【註】。傑瑞盡量不花時間上社群媒體，但連他都聽過有個義大利人專門散布假的死訊，建立假帳號惡整文學家，還曾捏造了一段與傑瑞的訪談。或許也有人成天打惡作劇電話給知名作家，假扮成他們的主要角色。

不過他拆開信封時，仍希望菲特大道的寄件者能再次寫信來，就算只是為了證明信件存在也好。沒有信、沒有來電紀錄——總該有合理的解釋，與他的精神狀態無關。

或者完全有關。

註：這是兩句經典的美式惡作劇電話遊戲。第一個問題是：「Is your refrigerator running?（你的冰箱開著／跑了嗎？）」得到肯定回答後，惡作劇者會接著說：「那你最好去抓住它！」而Prince Albert則是罐裝煙草品牌，惡作劇者會詢問店家：「Do you have Prince Albert in a can?（你們有罐裝的阿爾伯特親王嗎？）」如果店員回答有賣，惡作劇者便會說：「那你最好把他放出來！」

一九八六年

「我爸很絕望的時候就會喝得很保守，糟透了。」

傑瑞聽過這個故事，路克也是。他們還是普林斯頓大學新生時，塔拉就分享過她父親酗酒的事。在大學宿舍，當大家終於意識到每個人都有祕密，往往會陷入一場瘋狂的傾訴。即便在那個時候，傑瑞也很小心保守他的祕密。不過他們三人是摯友，總開玩笑說他們的飲食俱樂部【註】應該叫「爛爸爸後代俱樂部」。

然而，現在到了新的但丁俱樂部，為什麼塔拉又要講同一個故事？他們才二十八歲呀，重複往事太早了吧？

又或者，他們是不是也有點太老了，不該再待在這種酒吧？傑瑞結束婚姻搬到紐約，可不是為了坐在酒吧壓過音樂大吼。他是嚴肅的作家，沒有什麼比住在上西城違法轉租的公寓靠積蓄過活更能彰顯他的嚴肅了。堤路替他的第二本小說爭取到一點預付版稅，不過哈特韋爾獎的豐厚獎

註：Eating club 是普林斯頓大學獨特的社交和用餐俱樂部，起源於十九世紀，最初是集體用餐的場所，後成為學生社交和聚會的中心。

金才是重點。即使跟露西離婚耗掉了一半，他也能首次體驗不用教書便能過活的日子。塔拉和路克的生活與他相似，不過兩人都是靠父母資助完成他們的夢想。

與塔拉和路克一起消磨時間感覺不錯，但傑瑞不確定他們能帶出彼此最好的一面。塔拉在酗酒，男友是會打她的混蛋。路克時時刻刻都在獵豔，但似乎都做出最糟的決定。至於傑瑞——好吧，傑瑞自認沒什麼缺陷，只怪他太忠心，於是落得在吵鬧狂亂的地方跟大學朋友見面，忿忿回顧人生。

「妳會擔心，」他問塔拉。「妳可能跟妳爸一樣嗎？」

「怎麼會問這麼沒禮貌的問題？」她說。「如果我問你同樣的問題，你會怎麼想？」

「酗酒會遺傳，」他說。「妳總該知道吧。」

「才不會。」塔拉反駁。「聽你滿口屁話。」

路克笑了。

「抱歉，塔拉，我只是實話實說，沒有要刺激妳，或故意講殘酷的話。」

「哇喔，傑瑞從來不刺激別人，不講殘酷的話。」她一甩手，飲料濺得到處都是。塔拉近來喜歡喝伏特加馬丁尼，是她刻意的決定。塔拉做的一切都經過刻意盤算，有意識地打造形象。今晚她頭戴面紗小禮帽，身穿一九五〇年代的仿古洋裝。她要是穿當代其他女生穿的滑雪褲和過大上衣會好看許多。

「塔拉，我不想跟妳吵架。」

路克說：「傑瑞從來不想吵架。」他的視線掃過場內，尋找今晚的娛樂。

傑瑞起身去上廁所。這間酒吧的廁所標示是「惡魔」和「女惡魔」。一長排女惡魔在排隊，他進去時特別注意到其中一位，出來時她還在排。她看來格格不入，身穿毛衣戴珍珠項鍊，富家千金的打扮。他覺得她挺迷人，雖然那雙大腿有點粗。

「如果妳想上男廁，」他說。「我可以替妳盯著【註】。」

她顯然聽不懂健身房的慣用術語，只是瞪著他，彷彿他說了很粗魯的話。

「我是說我會幫妳看門。裡面有隔間，而且，嗯……還算乾淨。」

「沒關係，」她說。「我繼續排就好。」

他說：「我叫傑瑞。」

「我叫格雷琴。」

「我可以陪妳等嗎？」

「沒人攔著你。」

她似乎不知道這句話多老套，傑瑞覺得她更迷人了，於是他陪她排隊，等她進去上完廁所，

註：原文I'll spot you在健身房中通常指在別人進行舉重時提供協助。此處引申為「保護」或「留意」之意。

然後提議兩人可以去小餐館用餐。她只點了薯條，沾美乃滋而非番茄醬，優雅地吃著。他沒見過如此真誠的人。他走路送她回家，走到她在格拉梅西公園區的公寓，這才第一次意識到，這名雙頰紅潤的女孩有真實的人生，在股票經紀公司有真實的工作。他吻了她其中一側臉頰，就這樣，然後問：「可以給我妳的電話號碼嗎？」她用鋼筆寫在他的手腕上。

他一到家就打電話給她。

二月二十日

他的物理治療師名叫克勞德，一週會來兩次。不管怎麼看，他似乎總處於恍惚的狀態，但還算是輕微，不影響工作，傑瑞希望也不會影響他開車。克勞德生性安靜，通常傑瑞會覺得如釋重負，但他現在跟維多利亞和艾琳困在屋裡，迫切需要男性陪他聊聊。說來有趣，他從不覺得自己是混男人圈的大男人。他挺討厭男人，跟父親當然脫不了關係，而他也根本懶得花錢找心理諮商師探究原因。寫作比心理諮商好多了——同樣有效，還可以賺錢。他沒用的父親，還有吉爾曼學院的那些運動咖，他們雖然對他好，卻仍令人厭惡，總是把精力耗費在搞破壞上。當時他就注意到，那群人閒下來便特別危險，會跑去推倒牛隻或做其他無聊的惡作劇。他以前從未想過，但或許他們也會強暴約會的女生、破壞火車，做其他恐怖的事。

「克勞德，最近怎麼樣？」

「不怎麼樣。」

成年後，傑瑞基本上只有兩名男性友人：堤路和他的大學室友路克，但路克沒活到三十歲。他認識的其他男人都是泛泛之交、同儕，或對手。傑瑞喜歡把自己看作局外人，一個真正的修行者，獻身於文學這崇高的事業。但他在騙誰？他會詳記同行的表現，跟同輩所有的作家一樣，跟每一代的作家一樣。誰搶先達標，誰的耐久力最長，誰在進步，誰在走下坡，誰得了普立茲獎，誰得了美國國家圖書獎，誰提名了諾貝爾獎。這幾年，很多作家私下開始抱怨政治正確，或者他們更願稱之為「矯枉過正」。傑瑞聽過不止一位白人男性說：「要是我不是白人男生。」在他們眼中，每個獎項頒給非白人男性都是做樣子的表面平等。傑瑞不是這種愛批評的牢騷鬼。

真的嗎？被種族不明的克勞德牢牢抓著，他覺得他應該道歉。首先最該道歉他猜測克勞德的種族背景。他知道不應該，但就是忍不住好奇背後是否有點故事。對明顯與自己不同的人感興趣不好嗎？克勞德的身形像《飛越杜鵑窩》【註一】裡的印地安人。現在當然不能叫他印地安人了，不過他在書中如此自稱。好吧，是作者肯．凱西叫他說的。這段文字現在需要修改嗎？書中的拉契特護理長是否值得更令人同情的寫法，就像珍．瑞絲翻轉羅徹斯特髮妻的形象【註二】？其實這個點子還不錯，畢竟傑瑞對凱西或「垮掉的一代」沒有好感。應該要有人從護理長的視角重寫《飛越杜鵑窩》，她身邊可都是有破壞傾向的瘋男人，或許得時時刻刻提心吊膽。年少時他看了《飛越杜鵑窩》的改編電影，當時謠傳許多瘋人院的病人其實真的由精神病患扮演，大家便猜了起來。結果最後證實，不是，他們都是演員。

他問道：「克勞德，最近有什麼新鮮事嗎？」即使他沒有如此脆弱，克勞德也令他感到非常老、非常虛弱、非常蒼白。

「據說要颳暴風雪了。」

「啊，深陷冬日暴風雪的巴爾的摩，真是瘋了。克勞德，你是這裡人嗎？」

「不是。」

「老家在哪裡呢？」

「馬里蘭州東部，索爾茲伯里附近。再試一次。」

傑瑞並不想喊痛，但——真的會痛。不但痛，而且用小啞鈴做運動感覺很蠢，啞鈴還剛好是粉色的。但是他臥床期間上半身不能失去肌張力，健康的腿也必須持續運動。他目前還沒長褥瘡，不過上網搜尋照片後，他時時感到畏懼。

「你住得離這裡很遠嗎？如果真的颳暴風雪，你會擔心怎麼回家嗎？」

克勞德沒有回答。傑瑞覺得自己很蠢，克勞德什麼都不擔心。

「克勞德，你結婚了嗎？」

「現在沒有了。」

註一：《飛越杜鵑窩》（*One Flew Over the Cuckoo's Nest*）被稱為美國六〇年代嬉皮時期反文化運動的經典之作。「杜鵑窩」因此成為精神病院的代稱。作者肯・凱西（Ken Kesey）透過主角與病患及醫護人員的互動，揭露當代社會扭曲人心的現狀。

註二：Jean Rhys（1890—1979），英國作家，被公認為二十世紀重要的女性作家。在小說《夢迴藻海》（*Wide Sargasso Sea*）中，為《簡・愛》羅徹斯特第一任妻子創造了新的背景故事，顛覆原作中的形象。

「有跟誰交往或同居嗎?」

「我還好。」

傑瑞正要介紹菲蘿,不過及時打住。建議種族不明的物理治療師去約種族不明的櫃檯小姐還不夠種族歧視嗎?這個世界看你生來的身體就假定你是沙豬,想表達善意著實累人。不過他得承認,生在其他身體的人比他更辛苦。要是文化別進展這麼快就好了。五年前沒問題的笑話現在都會得罪人,文字遭到取締,變成武器。認為體重超重的人應該好好照顧自己錯了嗎?「瞎子」和「聾子」這些說法有什麼問題?好,他理解「殘障」這個詞為何會冒犯人,但有些詞彙只是描述事實而已。

克勞德只會問他「你做得到嗎」或「這週你有自己運動嗎」,不過工作需要與人親密互動時,保持距離似乎很合理。若要傑瑞選,他會選擇克勞德冷淡的沉默,而非艾琳無聊的嘮叨,感覺擺明就要踩他的雷。她總是喋喋不休閒聊名人八卦,彷彿認識他們,不斷追問他沒有看的電視劇。老天,她對天氣的興趣有夠累人。嚴格來說是她從來講不完天氣的話題,害他很累。他得準備好迎接特別無聊的一天了。

果不其然,艾琳七點抵達,馬上開始抱怨路況、通勤狀況、洛克斯特角滑溜的人行道。(她和維多利亞都必須把車停在街上,但只有艾琳會不斷抱怨大樓車庫沒有空位給她。)她端來晚餐:一罐低鹽雞湯、沙拉和茶。艾琳做的沙拉堪稱奇蹟,傑瑞的意思是難吃極了,他實在好奇這需要下多少功夫。他曾建議維多利亞買預先切好的「沙拉包」，但不知為何，他的晚餐盤上仍持續出現悲慘濕軟的結球萵苣，壓在一坨瓶裝醬料下。簡單的油醋醬連傑瑞都會做。他試圖說服艾琳別再做沙拉給他，但她堅持跟他「分享」食物很重要，彷彿那是對他好。她的晚餐通常是沙拉配上罐裝燉牛肉或微波食品。食物或許對傑瑞不重要，但他仍希望能下嚥。

他吃完晚餐，傳簡訊請艾琳來收拾餐盤。說來奇怪，她寧可他大聲喊她，但他不喜歡大叫。小時候家裡幾乎沒有人大吼大叫，即使吵得最激烈的時候也不會。他的父母偏好低聲嘶吼。或許偶爾大叫出聲比較健康，但他一直學不會。如果他跟瑪格交往久一些，搞不好就會被迫習得精髓吧。他的三任妻子都很被動，跟他一樣討厭衝突，瑪格卻熱愛誇張的戲碼，喜歡大吵一架，緊接像從爭執延伸出來的性愛，刺激又同時有點恐怖。她不止一次幾乎吵到一半便跪下來，開始扯他的褲子拉鍊，用力拉他，像要證明她有力量宰制他。她確實有這種力量，當瑪格認真做起來，沒有人比得上她，畢竟她是專業的伴遊小姐，在這一行投注了上萬小時。他推測很多男人因此願意忍受她，卻沒有一位願意娶她。瑪格說碰到他之前沒想過要結婚，或許是真的，也可能她跟每個男人都這麼說，希望讓對方感到特別。謝天謝地他終於擺脫她了。

他逐漸睡去。嗜睡是羥考酮【註】的副作用，但也可能是無聊造成。他應該要寫作。但如果不

註：Oxycodone，一種用於緩解疼痛的口服鴉片類藥物。

想動筆，重大意外的康復期不是最好的藉口嗎？連堤路都不能怪他現在不事生產。年輕時他厭惡睡眠，總試圖靠五小時的睡眠度日。他有好多事要做，好多東西要寫，好多書要讀。或許都是現在看電視的錯，雖然新聞內容往往聳動令人不安，但不斷重複的播出設計卻很催眠，例如螢幕下方的跑馬燈，或主播的聲音。總統今日表示。總統今日表示。聽起來簡直像童謠。仔細想想，《飛越杜鵑窩》的書名也是來自童謠。大家還讀凱西的作品嗎？可能會吧，那本書那麼感傷。《夢中的女人》出版五十年後，大家還會讀嗎？好的電影改編能確保原著的歷史地位，喔，但傑瑞好討厭這種諷刺的效應。

原本溫和美麗的暴風雪開始轉強，狂風在大樓周圍呼嘯。他記得母親在晚上尖叫，就他所知，她只尖叫過那一次。不過颳這種暴風雪時，她會呻吟，因為她知道她得剷掉車道和人行道的雪才能去上班。後來這成了傑瑞的工作。家門前的路有一段往下的斜坡，她學會怎麼停車才能讓車小心地滑到貝羅納大道。那條大街比較可能提早鏟好雪，他們這條小路從來沒人管。那段斜坡也挺適合滑雪橇，他記得——

電話響了。艾琳在哪兒？為什麼她不接電話？他拿起話筒，以為會聽到巴爾的摩電氣公司的警訊通知。

「嗨，傑瑞，我是奧貝利。我打來是想看看你好不好，確保你碰上暴風雪沒事。」

「妳是誰？」

「傑瑞，我是奧貝利呀。你那邊暴風雪還好嗎？需要什麼嗎？」

「來電紀錄有妳的電話號碼，我要舉報妳。妳這是騷擾，是——」

她笑了起來。天哪，她的笑聲聽起來就像他書中描寫的奧貝利，完全不帶嘲諷或惡意。

「總之，我很快就會去看你了，如果需要什麼就跟我說。」

「我怎麼會——」但她掛了電話。

他大吼叫來艾琳。她慢吞吞爬上樓梯，不停道歉。「我不知道怎麼回事，大概晚餐吃太飽，我得——」

「來電紀錄，」他說。「**去查來電紀錄。**」

她還沒拿到廚房話機就停電了。

一九六六年

「安全嗎？」

「別這麼膽小，大家都試過了。」

可是大家都有雪橇。即使在這麼紮實的深雪中，雪橇還是滑得沒有傑瑞的平底雪板快。他還不到八歲，是這裡最小的孩子，他的平底雪板比他還高。為什麼他要用平底雪板？為什麼他的父母連最基本的正常事都做不好？

今天是史上罕見的暴風雪第三天，學校已停課兩天。傑瑞家社區的孩子們設起崗哨，這樣他們就能滑下博維克街，橫越平常極為繁忙的貝羅納大道。世界一片寧靜，除了他們的喊聲。幾乎沒有人開車，少數上路的人也開得很慢，車子靠近都來得及閃避。無聊的大人待在室內，他們對雪的興致在第二天就耗盡了。昨天是週一，各家的父親也跟孩子們一起玩，甚至有些母親也加入了。傑瑞的母親沒有，她不是那種母親。傑瑞的父親也沒有，他出差不在城裡，但如果沒被困在愛荷華州，他一定會出來一起玩。傑瑞很肯定，還算肯定，畢竟平底雪板是父親給他的。

傑瑞認命地拖著平底雪板來到博維克街中段。有幾段人行道已經被清理過了，但他家門前仍堆著雪，因為父親不在家。鄰居有提議要幫忙，但母親拒絕了。「傑洛德回來會鏟。」她有鏟出一條小徑通到後門，讓傑瑞進出不會把雪踩進客廳。風雪剛開始時，飄下的雪花那麼漂亮，大家都沒想到會變得如此嚴重，但那時傑瑞的母親就已經不想管了。她躲進臥房，拉起窗簾，彷彿拒絕承認風雪就能逼退惡劣天氣。然而她的沉默攻勢對暴風雪無效，如同對父親無效。

傑瑞想上廁所，但沒有人會相信他。即使大家相信，他上完也得回來，否則在學校會吃不完兜著走。當然前提是還要上學。午間新聞主播華萊士．萊特表示這週可能都會放假，母親聽到便關掉電視哭了起來。不過就傑瑞來看，他們需要的東西都備齊了。食物、衛生紙、咖啡，以及母親晚上會倒進咖啡的琥珀色液體。他沒有給母親添麻煩。經常出差的父親灌輸他這句話：「別給你媽添麻煩。」當時他還小，還在讀幼兒園，他想像自己遞給母親一個綁了蝴蝶結的盒子。可是「麻煩盒子」裡會裝什麼？他不知道，也不想知道。傑瑞沒有給母親添麻煩。

他猜她想念父親了。他本來應該週日飛回家，現在卻不斷打電話來說他的航班取消了。每天都一樣。

滑平底雪板的訣竅是要穩住板子夠久，才能坐上去。傑瑞學會要讓板子與路垂直，但動作還是要快。他喜歡能坐挺著滑，迎面吹風，好緩下速度。他把雙腳的靴子塞進雪板前端彎起處下方。雖然平底雪板有操控機制，但如何運用體重更為重要，去年冬天父親教過他了。

板子急著想衝下斜坡，差點溜出他手中。傑瑞趕忙跳上去，無視哨兵開始大喊著一整天還沒人喊過的字——

「車。有車。」

接著是：「停下來。」

傑瑞心想，喔謝天謝地，不過他絕不會說出口。

「卡車！」

原來是郵局卡車，紅、白、藍三色的郵局卡車，不過映著雪地幾乎看不見白色的部分。車子雖然開得不快，還是頗有速度。事實上，從傑瑞滑向博維克街的角度來看，這輛卡車如果停不下來，他會被撞個正著。下雪、下雨、酷暑或深夜都暢行無阻——感謝美國郵政服務。

每個男孩都在尖叫，傑瑞意識到其中八成也有些女孩，因為大吼大叫之間夾雜著刺耳高頻的驚叫。有些男孩好像只是很興奮能看到大災難發生，但女孩們是真的都嚇壞了。女孩總比男孩和善，除了她們很惡劣的時候，例如上次，有個比二年級生都高大的三年級胖女孩質問傑瑞的父親到底在做什麼工作。女孩不希望傑瑞死掉，或者她們只是不想看到他的血和內臟。

他快滑到貝羅納大道了，郵局卡車朝他逼近。他知道卡車司機可以試著剎車，但車子只會更加失控，加上四處都是小孩，司機別無選擇，只能繼續往前開。於是他盡可能拚命往左傾，平底雪板奇蹟似地急轉彎，沒有把他甩出去，或許是因為他的靴子卡在板子前端彎起處下方。他感覺雪板幾乎歪到與路面垂直，側面貼地滑行，但不可能吧。

總而言之，卡車沒有撞上他，大家歡聲雷動，成就了他這輩子最讚的一刻。他在滑雪褲裡尿了褲子，但沒有人看得出來，連一小時後他回到家，母親似乎也沒發現。他脫掉衣服，肌膚一暴露在暖氣中便產生奇怪的感受，彷彿他冷極了。他試著想辦法告訴母親事發經過，又不要惹她生氣——別給你媽添麻煩——但他找不到適當的字眼。

二月二十一日

傑瑞盯著窗外打轉的雪。雖然巴爾的摩的這個角落陷入黑暗，但其他地區看來仍有電。這可能表示他家的電很快就會恢復，也可能只有洛克斯特角停電，所以因應處置沒那麼緊急。傑瑞有印象以來，巴爾的摩市民對市政服務就有複雜的陰謀論——哪條街會優先剷雪，誰打一一九會優先處理。即使這兒蓋了幾棟華麗的摩天大廈，還有周圍像小雞環繞的新連棟別墅，洛克斯特角仍不算有權有勢的社區。如果奧運泳將真的住在他昂貴的公寓，會有幫助嗎？

艾琳坐在附近低矮的休閒椅上，平板的燈光照亮她平庸的臉，像又大又亮的滿月。她似乎在玩遊戲，不斷用食指戳螢幕。她不太放心在黑暗中待在公寓下層，於是摸索下樓拿了平板上來，詢問能不能跟他一起待在樓上。其實仔細想想，她根本沒問，直接就說她會坐在樓上陪他。傑瑞不想要她的「陪伴」，但現在她來了，他又惱怒她不努力跟他互動。通常這個時間他都睡了，但現在太安靜，他反而睡不著。他好幾週沒這麼機警了。停電有讓他錯過吃藥的時間嗎？他的疼痛似乎不受影響，雖然沒好，但也沒有比平常糟。

「越來越冷了。」艾琳終於抬起頭說。「停電就沒有暖氣，再持續下去，我們就得走了。」

「怎麼走？」他需要輪床才能離開公寓。想到這兒他不禁一驚，要是失火或發生其他災難，他會怎麼樣？「去哪裡？」

「飯店？」她聽起來近乎期待，彷彿想要體驗飯店住宿。難道傑瑞非得照顧他碰到的每個女人嗎？連付錢請來照顧他的也要？

「電梯還能用嗎？很難想像我走下二十四層的樓梯。」

她說：「我猜大樓的大型設備有備用電源。」

但如果沒有呢？要是他困在這兒，結果出事了，他要怎麼辦？

電話響了，可是只有他床頭的話機響起。不同於廚房、辦公室和臥房的多功能分機，這台話機沒有電也能運作。

他對艾琳說：「麻煩接電話好嗎？」

「你搆得到呀。」

「不是搆不搆得到的問題，我希望妳聽——我想知道——妳接就是了。」

看艾琳從椅子起身簡直像在看喜劇演員巴斯特．基頓的電影，不過完全不是默片，她滑稽的動作搭配了一系列驚人的悶哼、呻吟和咳嗽聲。電話繼續大聲鳴叫，響了超過九、十聲她才終於接起來。

她重重喘氣問：「喂？」接著她停下來聽。「喂？喂？」然後掛斷電話。「沒有人。」

他的精神振奮起來。如果不是打錯電話，那麼看起來神祕來電人只想跟他說話。假奧貝利想把他逼瘋，反而證明了他沒有真的發瘋，或胡思亂想。

當然，這也表示有人專門針對他進行騷擾，顯然不是什麼好事。而且這不是隨機的，也不像什麼常見的詐騙手段，比如假扮成奈及利亞王子【註】打電話給小說家，宣稱是他們筆下的角色。難道外頭有個女人真心相信她是奧貝利？

還是他過去認識的女人想惡整他？他到底傷了誰？

只在腦中計算人數不夠了。他伸手拿起放在一旁的小記事本，寫下熟悉的嫌犯名單。有個名字不斷撩撥他，一段回憶，或更轉瞬即逝的瞬間——悄聲呼喊、氣味、一點八卦、暗示她遭到錯待——不對，她自以為遭到錯待，這差別很重要。她並未真的踏入他的生活，但或許她想要，並誤以為某些不經意的舉動有更深的意義——

燈突然亮起，帶來如釋重負又心存感激的詭異過度反應，理所當然的事物失而復得時總會這樣。他的思緒散了。至少他不用去住飯店了。

「我要泡杯茶來喝。」艾琳踩著重重的步伐去廚房。

她甚至沒想到要給他泡一杯。顯然艾琳不知道「護理師」和「照護」有同一個字。她替自己

註：奈及利亞詐騙，又稱為「419詐騙」，名稱來自奈及利亞刑法中的第四百一十九條。通常以電子郵件傳播，自稱某位奈及利亞王子或高官，要求受害者協助轉移鉅款，即可獲得高額報酬。

泡了一杯茶，正要走下樓，這時傑瑞說：「我的藥呢？」

至少她還知道在輕忽了主要職責時面露尷尬。她去廚房替他倒了一杯水，拿來兩顆羥考酮。

「兩顆？」

「你少吃了一顆，我猜啦。」

「我覺得藥不是這樣吃的。」

「藥效是累積的，你現在不吃兩顆，早上就知道了。」

他想反駁，但也不想劇痛著醒來。他感覺自己像個孩子，仰頭盯著母親的臉，但——不，不公平。他的母親很美，母親愛他。艾琳執行母親的職責、伴侶的職責，但是有錢拿。他有三名前妻，沒有小孩，這正常嗎？他是否無意間推翻了能讓他無償獲得關愛的體制？現在什麼都簽約外包，世界因而更加貧瘠。

「我吃兩顆吧。」他說。「早上會打給妳。」

小小的玩笑，但所有玩笑都微不足道，無法引起冷淡的艾琳注意。

到了早上，昨晚的停電顯得荒謬極了；暴風雪其實雷聲大雨點小，多在颳風，幾乎沒下雪，至少沒積雪。傑瑞喜歡看當地新聞台的氣象主播努力誇大事實，像說書人意識到自己過度吹噓，達不到觀眾的期待。傑瑞知道主播的手其實在空白螢幕上移動，他上過不少地方電視台的脫口秀，尤其在巴爾的摩，畢竟他是本地金童。他知道，或者說曾經知道，攝影棚有多單調。週六早上他會坐在棚內角落，希望領養流浪狗的固定環節不要超時，佔掉他能介紹新書的短短五分鐘，而且歡樂的女主播事前沒讀過他的書，卻一點也不懊惱，實在有損他的尊嚴。不過他好幾年沒上地方電視節目了，沒有需求。

這些都發生在「內容」這個概念還未被大肆擴張之前。不過上述情況中，他本身就是「內容」之一。靜如壁紙的「內容」，盡其所能不要冒犯任何人。地方電視台節目的做法眾所皆知，報導的新聞會變，但節目形式永遠不變。先是犯罪報導，之後是交通報導，接著講一些讓觀眾對人性充滿希望的故事，再來是天氣，最後以運動賽事比分收尾。地方新聞就像背景播放的熟悉聖歌，意圖安撫平息人心。

但現在的全國新聞，哇賽，成了瘋狂嗑藥的跑趴女孩（或男孩），死都不肯離開你的公寓，嘰嘰喳喳吵個不停，毫無轉折從一個話題跳到下一個。去年《紐約時報》報導一名男子選擇再也不看新聞，結果收到大量批評。白人優勢的極限！這就叫不懂世事！

傑瑞以往「吸收」的新聞主要來自紙本的《紐約時報》及《紐約書評》。他覺得大家只是羨慕那名男子，他們都沒發現自己有權力調低音量，不管是照字面上真的去做，還是打比方。

並不是說傑瑞與社群媒體毫無互動。他有一個經認證的推特帳號，由維多利亞管理，每週發出一到兩則貼文，幾乎都是他喜歡但鮮為人知的詩作或短篇故事連結，偶爾會介紹其他國家不受矚目的作家文章。他的虛擬頭像（avatar。噁，真蠢，這個英文字完全遭到濫用。不過至少不像聖像的英文icon現在變成圖示的意思，錯得離譜）是他的書架圓形近照，近到看起來像美麗的抽象畫，可愛的破舊書背宛如柔和的珍寶。（紙書皮容易積灰塵，都收起來了。）

維多利亞還負責追蹤傑瑞姓名的Google快訊——並確保他毫不知情。盜版相關問題會轉給堤路，其他類似毀謗的內容則直接轉給律師。喔，以前傑瑞會上網搜尋自己，查看他在亞馬遜購書網站上的評分。不過當時網路才剛興起，大約是他出版第三本書的時候。那時他很年輕，好吧，還算年輕，對能取得作品的任何數據都感到極為新奇。

有一天早上，當他把最新出版的書名輸進亞馬遜購書網站的搜尋欄，他發現自己在發抖。沒有別的可能了，他認出這種感覺，即使他沒有體驗過——他就像輪盤停下前一刻的賭徒。傑瑞這輩子沒有認真賭博過，但他的朋友路克嗜賭成癮，曾向他生動描述那種感受。

因此傑瑞感到那股衝動時，馬上明白是什麼意思，並知道要盡力避開。早在其他人開始用程式限制上網前，他便規劃好自己的工作環境，確保不受干擾。他不知道公寓無線網路的密碼，出意外前都不曾在家用筆電上網。理論上他可以用手機收電子郵件，但他幾乎不會收到真正重要的信。維多利亞每天會替他刪信，透過他的官方網站管理帳號。他的網站非常原始，簡直是笑話，至少上個月有一、兩天成了笑柄。「你上熱門關鍵字了。」當時維多利亞說。「應該說#傑洛德安德森網站上熱門關鍵字了。有個知名文學部落客嘲笑你的網站，結果爆紅。」

「拜託說人話。」傑瑞沒在開玩笑。

於是今天維多利亞拿著一大疊文件和手機進來，準備討論工作和雜務時，她的開場白沒有嚇到他：「呃……在我們開始談之前，我想我得告訴你推特上有東西。」

「推特上永遠有東西。」他沒惡意，但她揪起臉，彷彿他的話很殘酷。「關於我的事嗎？」

「不是直接相關。有人發推文給你。」

「妳知道怎麼處理啊。工作或公開演講的諮詢有各自的聯絡管道，其他都可以忽略。」傑洛德·安德森的推特帳號只追蹤其他三個帳號：巴拉克·歐巴馬、上帝和他欣賞的英國專欄作家瑪麗娜·海德。然而有將近三千人追蹤他，不過維多利亞說可能至少有一半是機器人，或她所謂的假帳號。

「但這次是一個叫奧貝利的女生。我的意思是，她的用戶名是夢中的女人@奧貝利，虛擬頭像是，呃……你的書。」

「沒有奧貝利這個人。推特怎麼允許這種事？」

「我查過，看來好像沒有違反使用條款？我想可能滿常見的？」

他忍不住問：「維多利亞，妳是在問我問題，還是告訴我事實？」

「告訴你？我是說，我在告訴你事實，她沒有違規。由於奧貝利不是真人，她——他——並沒有試圖欺瞞任何人。」

傑瑞瞭解，畢竟他也追蹤上帝，即使只在推特上。

「所以我為什麼要管——」

「我想你應該要知道她寫的內容？」

每次她句尾上揚，他都想把她的頭壓到水底，這樣很糟糕嗎？

「『內容』寫了什麼？」

「嗯……這個嘛，我想我應該給你看，或換句話說，或乾脆——」

「維多利亞，請告訴我這個『奧貝利』做了什麼，害妳這麼語無倫次。」

「她在推特上談論你的陰莖。」

至少她終於講出一句直述句。

一九七五年

巴爾的摩郡警的陶森警局在七月四號相對安靜。沒在認真逮人的警員懶得把傑瑞和他的朋友關進牢房，只把他們扔在長椅上。陸續有人來接走其他男孩，亞歷、尚恩、史蒂夫、羅德里。傑瑞的母親依然沒有來，沒有來，沒有來。直到天快黑了她才到，也沒有解釋為何晚到。

他從未看過母親的臉憤怒到如此發白緊繃。不止對他，連對父親都沒有過。

他一坐進她開的二手雙門轎車，她便問：「怎麼回事？」

「路上有一堆濕葉子，亞歷開得有點快，車子失控——」

「警察說車上找到啤酒。」

「不是我們的。」

她瞪了他一眼。

「亞歷在佛斯路上的酒鋪替他爸爸拿酒，妳可以打電話問他，亞歷的爸爸就是這麼酷。還有，亞歷兩天前就滿十八歲了。」他撒了謊，只有亞歷的年齡是真的——他的父母讓他留級一年，把袋棍球打到最好——但他知道母親絕不會打電話到亞歷山大．辛普森三世的家。

「我以前就說過，現在我再說一遍——我不喜歡你跟這群放蕩的傢伙混在一起，傑瑞。」

「他們才不放蕩，」他抗議。「他們很好玩。」他甚至不確定這話對不對，但他們比其他的選擇好玩多了。他幫他們寫學校報告，他們則讓他一起鬼混，只偶爾戲弄他。他們夏天傍晚都在外到處找酒，然後藉酒壯膽去搭訕女生，但他們都不太懂得與女孩應對。他們四個人都是袋棍球明星球員，拿球棒和球能打出各種絕技，面對女生卻完全沒頭緒。整個下午他們都在埃克里吉俱樂部潑女生水，折磨她們，之後又好奇為什麼女生不想跟他們去看煙火。傑瑞暗自想著，少了亞歷這群人，他跟女生會處得更好。但沒有亞歷，他怎麼進得了埃克里吉俱樂部這麼高檔的地方？

他們搭亞歷的綠色賓士轎車，車子在佛斯路上因為濕滑的落葉失控打滑，這段也是真的。亞歷在蜿蜒的鄉間小路開得太快，車子開始打轉，感覺轉了五圈才停在車道對側。沒有人受傷，但車子撞上擋土牆，撞鬆了電瓶線。他們至少記得藏起空酒瓶，因此車上只剩完整的一手啤酒。不過前來幫忙的巴爾的摩郡警覺得該好好教訓他們危險的酒駕行為，於是帶他們回警局，要他們看完在學校早看過的影片《機械之死》【註】，才致電要父母來接人。

「你沒有本錢出錯。」母親說。「你懂嗎？其他那些男孩有父母，有父親能替他們解決問題，他們有錢。你只有在小兒科診所當辦公室主管的媽媽。」

「拜託，媽，我什麼都沒做。」

「你喝了啤酒！你跟其他喝了酒的男生上同一台車。你有可能死掉。」

「亞歷開的車要是跟我們一樣爛，我們就可能受傷。他開賓士，就算別的車直接撞上車側，也不會留下一絲刮痕。要不是電瓶線斷開，我們也不會落到警局去。」

母親仔細查看視線死角，停在路肩，然後用力甩了傑瑞一巴掌，害他眼周都看到奇怪的光線。所以俗話才會說眼冒金星，其實不是星星，而是——

「如果你在意這種愚蠢空洞的東西，那就奮發努力，或許有一天你就買得起賓士。但是你得工作，奮力工作，自己賺到每一分錢。這就是你的人生。確實不公平，也不該如此，但生命對我也不公平，你可沒聽我抱怨。」

傑瑞哭了出來。

「我會乖乖的，媽媽，我保證會乖乖的。我會買一輛賓士給妳，我發誓。」

「當個好人就好，傑瑞。我別無所求。當個好人。」

「好、好。」

註：*Mechanized Death* 是早期經典的行車安全教育影片之一，一九六一年由俄亥俄州相關單位製作。

二月二十二日

原來真的有從網路上「抹除」陰莖這回事。也是，現在都有整個產業專門協助人們管理他們的網路形象了。然而要從推特刪除提及你陰莖的內容又是另一回事了——而且更複雜。

「你沒有聽懂我的意思，我沒有發『屌照』給任何人。」傑瑞告訴堤路。「我連自拍都沒拍過，也沒讓人拍攝過我的性愛影片。我不知道這個『女人』在說什麼。容我提醒你，她沒有張貼照片，只是，嗯……宣稱知道我的個人身體結構。」

他不敢相信自己竟然要說出這些詞——屌照，自拍，性愛影片。說出這些字詞簡直有損他的尊嚴。他一直致力不讓自己的思維、工作、生活受到愚蠢的數位世界玷污，現在卻仍給拖了進去，像掉進漩渦或深淵。不過不久前，一名艷星才向全世界聲稱時任總統的陰莖形狀像蘑菇，因此現在這篇推文對傑瑞的描述不僅荒謬，更是一種模仿。

「可是你真的沒有割包皮？」

「堤路。」

「抱歉，她就是這樣寫——」

「我們還不知道這人是不是女的，我很懷疑。」

「為什麼？」

「因為我不覺得年輕女生會這麼粗俗。」傑瑞或許懷疑對方的性別，但他認定推特上每個人都很年輕。

「傑瑞，你認識年輕女生嗎？我們公司之前簽了一本二十七歲女生寫的自傳，她隨便聊聊都能讓暴力情慾小說家諾曼．梅勒的睪丸縮進去。你不會相信這些年輕女生願意——」

「堤路，別岔題了。我們能怎麼做？」

「沒什麼辦法，她沒有違反ＴＯＳ。」

「什麼？」

「使用條款。她沒有威脅你，她沒有張貼照片，她沒有毀謗你。我覺得說男人的陰莖不好看不算毀謗。無禮、主觀，但不是毀謗。」

傑瑞真的想哭。他活太久了——但他才六十一歲！他父母眼中的世界難道也是這樣，像科幻電影，一切都以曲速飛快前進嗎？他經常想，促成父親第二段婚姻的外遇，是不是對一九六〇年代初期觀念變遷的一種反應？彷彿世界變動得太快，而老傑洛德．安德森錯過了時機。

但那也是父親留下的謎團。他曾說自己於甘迺迪遇刺隔週，又或是古巴飛彈危機期間，在機場酒吧遇到第二任太太。總之都跟甘迺迪有關。老傑洛德．安德森不是一般性慾旺盛的外遇男人，而是相信自己即將滅亡的男人。當地的鄉巴佬治安官替他們主婚，什麼證明都沒看。不然老傑洛德得提供什麼證明呢？傑瑞後來沉痛地發現，離婚後再婚確實需要證明，但如果尚未擺脫現任伴侶，需要的文件就少多了。當然，他跟傑瑞的母親離婚後，又娶了那個女人第二次，兩人去度蜜月還寄了明信片來。

瑪咪姑媽【註】曾說：人生就像宴會，大部分的窮苦混蛋都要餓死了。老傑洛德．安德森也信奉類似的教條：人生就像自助餐，拿你想吃的，跳過不想要的，必要時把頭塞到飛沫檔板下去搶都行。

然而傑瑞從小就對他所謂的自助餐文化抱持懷疑態度，隨著技術革新，這種懷疑更是越發強烈。隨時隨地想看就看！還有音樂，別讓他談起音樂。他與同輩大多數男人相同，有自己精心收藏的專輯，並尊重專輯是完整的個體，而非一系列的單曲，曲目順序是由創作者特意安排的。比方說，彼特．湯森的第一張個人專輯偶有差作，也是聆聽體驗的一部分。CD可以跳過歌曲感覺已經很不妙了，接著又出現隨機播放功能，後來更演變成每個人在串流平台上都有自己的「頻道」。大家那麼擔心政治同溫層，那藝術同溫層呢？是不是再過不久，博物館也會打造虛擬實境館藏，讓訪客自行「策展」——真糟的詞，但用在這兒至少正確——創造他們想要的體驗？不，

註：《瑪咪姑媽》（*Auntie Mame*）是一九五八年上映的美國喜劇電影，由羅莎琳．羅素主演，改編自派翠克．丹尼斯（Patrick Dennis）於一九五五年發表的同名小說及一九五六年的舞台劇。

我不要馬哲威爾的作品，給我看羅斯科的作品就好。

接下來他們會對書籍開刀，允許讀者重組章節句子。犯罪小說家埃爾莫爾·倫納德有句廣為人知的名言：「刪掉讀者跳過的部分。」傑瑞尊敬他的程度跟他看待任何類型小說家差不多。他恨死這種油嘴滑舌的格言了，作家反而應該盡力放進更多讀者會想跳過的段落。拜託，在《白鯨記》寫更多捕鯨產業的細節吧！身處加速的世界，小說家的義務便是讓讀者慢下來。

但現在大家只想為了食物慢下來，什麼都是職人依古法製成。食物不過就是燃料，誰在乎你吃的馬鈴薯從哪兒來？

「傑瑞，只有十四個人追蹤那個女人。」堤路說。「現在就別管她了。」

「她用我的書封圖案當虛擬頭像，沒有侵犯繪師的版權嗎？」

「可能有，但關注網路酸民就像，像——好吧，就順了他們的意。你注意他們，他們就會成長茁壯。你的帳號有經過認證，如果出現假的傑洛德·安德森帳號，有時候我們確實會採取行動，但通常最好的辦法就是忽視他們。這只是陌生人假扮成虛構的角色。」

這個虛構角色會寫信給我，打電話給我，宣稱是虛構角色的靈感來源，但現實中沒有這個真人。這個人說我的陰莖不好看。我的陰莖才沒有不好看，只是沒割包皮，將近四十個女人都知道這件事。

傑瑞在騙誰？他知道確切的數字，三十七個人。他很晚熟，非常晚熟，部分原因是他很早就結婚了。他四十幾歲時的床伴比二十、三十幾歲加起來還多。可是沒有一個女人，妻子、女友，甚至瑪格，批評過他的陰莖，連隨口說說都沒有，即使她們第一次看到這種狀況。割包皮是虛假的美學，就像假胸部，但不知為何成了常態。他很少稱讚父母，但在美國男孩幾乎都動包皮手術的年代，傑瑞很驕傲他們拒絕了。話雖這麼說，他很肯定是父親一貫的自戀在作祟：*我的兒子必須看起來像我*。

老爸，給自己的玩笑反咬一口啦。傑瑞有遺傳到父親的膚色與金髮，但他父親個子矮小，肩膀窄。老傑洛德和傑瑞母親的關係差到谷底時，連續幾年拒絕支付贍養費，甚至一度懷疑傑瑞不是他的親生兒子。小傑瑞當時對父親說：「我真希望你說的對。」他期望不用再跟父親說一句話，結果也差不多。

跟堤路講完後，傑瑞把助理叫回來。「妳怎麼找到這個推特帳號？」

「她提及你。」

「什麼？」

「她在推文中用了你的用戶名，因此推文出現在你的通知頁面。不常有人提及你。當你——我——發布你喜歡的詩作或作品的句子，會有人轉推，很多人回覆，但很少有人在自己的原始推文中提及你。」

「有人注意到嗎？」

「她收到——」維多利亞查看她的手機。「七個讚，沒有回覆。哇喔！」

「怎麼了？」

「就這樣，她的推文顯示為不可讀了，我正在看就消失了。早知道就截圖。」

她把手機給他看。

「什麼意思？她——她——還在啊。」

「帳號還在，但推文不見了。不知道怎麼回事？你覺得你的經紀人還是去申訴了嗎？」

「沒有，他很堅持我們應該忽視她。維多利亞，我們有辦法查出這個人是誰嗎？」

「我不確定，或許搞資訊科技的人會知道怎麼做。不過我不會太擔心，別忘了——雖然你看到，但大部分的人都沒看到，現在推文也不在了。」

「可是有推特帳號的話，可能跟信和電話也有關。」

維多利亞禮貌地點頭。艾琳跟她說了嗎？她也認為那些來電是他服藥後的幻想嗎？沒錯，來電紀錄仍然沒有記到號碼，最後那通沒人說話的來電結果是打錯號碼。他請艾琳回電，對方是位年邁女士，講起話氣沖沖。

終於，終於，這一天結束了，沒有發生更多陰莖的荒唐事。傑瑞開始覺得維多利亞離開後到艾琳抵達前的兩小時是最棒的時光。即使兩個女孩（抱歉，是女人）很安靜，他仍能感知到她們的存在。獨處既像奢侈享受，又貧困匱乏。他渴望獨處，需要獨處，但現在只負擔得起幾個小時的獨處。維多利亞值班時仍會不時外出，但近來她感覺存在感更強，徘徊不去。

雖然艾琳看來盡可能躲著他——她選擇當夜班護理師似乎是因為有不少時間打盹——他也能感應到她在公寓，想像聽見她的聲音，在睡夢中像老狗打噴嚏。

白晝逐漸變長，太陽約在六點西沉。橘色光線灑滿公寓，誘引作家寫出最糟的內容。落日是畫家或攝影師的目標，作家應該不予理會。埃爾莫爾·倫納德也告誡過作家千萬別以天氣開場，然而《夢中的女人》的開頭就是天氣——

電話響了。

他放任電話響了三聲才接起來。

「傑瑞？我很抱歉。」

「妳不要再開愚蠢的玩笑了——」

「我不該亂寫，說什麼……你也知道。我昨晚有點醉。我好想你。」

「我的來電紀錄有妳的號碼。」其實這台話機上沒有，但其他話機會有。艾琳一來，他就會叫她去查。

「傑瑞，我等不及想見你，實在隔太久了。我想到好棒的點子，雖然不該先透露給你聽，但——好吧，我想好你能怎麼補償我了。」

「補償妳？」

「為了我的故事呀。我的律師說我可以告你，索賠《夢中的女人》出版以來你一半的收入，但我不想這麼過分，而且聽起來好累人——法務會計，有的沒的。要把《夢中的女人》跟你的淨值分開也很難，因為那本書就是你的淨值基礎，不是嗎？我的意思是，如果你值一千萬美元，我值得拿五——」

「妳不存在。就算妳——」

「喔，我存在，傑瑞。我存在。我們很快就會見面了。」說完，她掛斷電話。

艾琳來上班時，他請她查來電紀錄。

「確實有人打來。」她回報的聲音從廚房傳來。「六點三十七分。」

「有名字嗎？」

「威普。」

「什麼？」

「威普。」

「什麼？」

「威普。」她寫下來給他看。W——Y——P——R。

「那是本地的公共廣播電台。」

「是嗎？」

「把號碼給我看。」

「要你說請會死嗎？」

她走回廚房，用肥厚的雙手笨拙地拿話機過來。「我想你只要按回撥——」

電話響了三聲，轉成語音訊息。「感謝您致電ＷＹＰＲ，現在是下班時間。」

嚴格來講，ＷＹＰＲ隸屬約翰霍普金斯大學，至少以前是，兩者絕對有點關係。傑瑞想起《夢中的女人》浮現腦海的那一刻，那名年輕女子——

但他沒有寫那名年輕女子，他不認識那名年輕女子，他也從未告訴任何人這件事。真的沒有嗎？他是否跟誰說過卻忘了？今晚的對話是真的嗎？

二〇一五年

主持人說：「下一個問題來自巴爾的摩的格雷琴。」

傑瑞心想，但我的格雷琴在紐約，然後為了自我中心的念頭失笑。到處都有人叫格雷琴，而且這個聲音，年輕動聽的聲音，完全不像他的第二任妻子，連她二十幾歲的聲音都不像。

來電者開口：「我知道你一直對《夢中的女人》的真正靈感來源含糊其辭——」

「我沒有含糊其辭，」傑瑞表示。「我只是覺得不重要。這本作品是想像力的集大成，小說和角色，整個故事，都是我杜撰的。創造正是小說家的工作，但大家似乎都忘了這一點，反而常常談論『創意非小說文類』。我對這些報導沒有興趣，也沒耐心聽作家吹噓他們做了多少研究。引述作家尤多拉．韋爾蒂的話，我想呈現平靜的生活也可以很大膽——」

「對、對，因為所有嚴肅的挑戰都起於內心。」女子替他講完句子的感覺有些熟悉，帶著和善的不耐，彷彿是他以前的學生，或者前妻。「可是書中奧貝利的段落，我們進入她的視角時——文字充滿了精妙的層次。你的其他小說都寫不出像奧貝利這麼可信的女性角色。」

「我可不覺得喔。」他試著保持口氣愉悅，自覺還算成功。

「當然，」來電者笑了，笑聲溫暖，似乎不帶惡意。「但我非問不可——這本小說其實是你跟誰合寫的嗎？奧貝利的段落是否是由女人撰寫或大量修訂呢？」

他倒沒聽過這一招。「我沒聽過這一招。」傑瑞不著痕跡地俏皮說道，「這麼多年，沒有人想過要質疑我是否跟誰偷偷合寫。」

「或者是你讀過的內容，像是學生的報告。你在教書時——」

「《夢中的女人》二〇〇一年出版，我二〇一二年才在古徹學院教書。」

「你一九八〇和一九九〇年代也在霍普金斯大學任教，不是嗎？」

「我敢保證，我沒有——」他阻止自己說出我沒有學生的作品值得抄襲。「抱歉，妳的指控很過分喔。」

他看向主持人尋求協助，但她似乎很喜歡這段討論。他活該，誰教他出於好心接下了獨立播出的廣播節目邀約，只因為昨晚在華盛頓參加完美國筆會的活動後，可以順路來巴爾的摩一趟。

「連你也不得不承認奧貝利是你筆下的特例吧？你過去不曾寫出這麼複雜的女性角色，後來也沒有。不過你倒是殺了她，連奧貝利也得死。我不禁想到作家瑪莉．戈登的散文〈好男孩和壞女孩〉，她在文中假設——」

「我很熟那篇文章，她用同樣的方式評析了福克納、德萊賽和厄普代克的作品。」他說。

「我懂妳的論點，但單憑妳這麼說，不代表就是事實。」

「哪個部分不是事實？奧貝利是你筆下最好的女性角色，還是我對你怎麼做到的推論？」

「我不接受妳的命題，在我聽來妳的推論似是而非。」

主持人插嘴了。「抱歉時間到了。今天的來賓是巴爾的摩本地的獲獎小說家傑瑞．安德森，他最新出版的小說《孤離》平裝版現正熱銷中。」

傑瑞離開廣播電台。火車站距離不到十條街，雖然面對尋常的四月天氣——狂風大作，在陰天與湛藍晴天之間反覆無常——他仍決定步行。傑瑞無法抑制思緒，他很肯定那名女子認識他，但不是格雷琴，不是他的格雷琴，他們好幾年沒說話了。對方聲音和善，但講的內容卻惡劣逼人。沒錯，《夢中的女人》出版時許多人都讚賞傑瑞對奧貝利的描寫，稱讚他賦予她聲音和內心世界，即使小說主角丹尼爾僅視她為慾求對象。丹尼爾無法把奧貝利當作人來看待是小說的悲劇。傑瑞創作《夢中的女人》時使用的筆記本頁緣草草寫著：「像《何日卿再來》，但要好看。」

他走向車站，沿路回想年輕時怎麼發現《何日卿再來》的原作者約翰．尼可斯的。現在傑瑞瞧不起他了。命題和反命題，最後導向合成。創作的歷程不也是這樣嗎？接納，拒絕，結合兩者，繼續往下。他的路程不也是這樣嗎？他五十七歲，結婚三次，離婚三次。但——但！——他受人景仰，是文學界公認的佼佼者，還挺有錢。而且不管別人怎麼想，他的作品（他真正的毒品、真正的癡迷）可是越寫越好。

巴爾的摩的賓州車站現在看來小得荒謬，但很漂亮，紐約的賓州車站永遠比不上。他坐在挑高天花板下的木頭長椅上，等候廣播宣布他的火車抵達。他起身要去月台時，手機響了。是巴爾的摩的區碼。他有東西忘在廣播電台嗎？

女子的聲音傳來：「希望我沒惹你生氣。」原來是廣播節目的那名女子。「我是真的很好奇你怎麼創造出奧貝利。」

「我認識妳嗎？妳是誰？」

她笑了，笑聲不殘酷，但也不友善。

「傑瑞，你認識任何人嗎？你認識自己嗎？」

女子掛了電話。他打回去，但沒有人接，電話響了又響，都沒有轉到語音信箱。

二月二十六日

年少時期，傑瑞讀過推理小說家錢德勒、漢密特和約翰．D．麥克唐納的作品，不過他最喜歡羅斯．麥唐諾。上了大學後，他有些羞於自己對私家偵探文類的喜好，便不再讀了，不過他仍承認有幾位犯罪小說作家很優秀，雖然他們的成功幾乎都是意外。然而他的這份喜好從未消失。

因此他決定雇用私家偵探調查「消失推文之案」與其他事件時，有些失望自己因傷勢而無法親自造訪某間破舊的小辦公室，門上裝著毛玻璃，脫落的黑色油漆寫上事務所的名稱。那其實只是他愚蠢的幻想。就算有這種偵探，他為什麼要聘雇他？他希望對方誠實、名聲好、熟悉時事，但網路上很難找到私家偵探的評價。當然，他可以請維多利亞幫忙，這是她的工作之一，不過他試著自己上網搜尋，發現查到的資訊量多得可怕。

傑瑞想，應該是命運推了他一把，要他拿起床邊那疊《巴爾的摩》雜誌。畢竟他已經把所有《紐約客》從頭到尾都讀過一遍了。他看到最後幾頁有一個專欄叫「五個問題」。一月訪問的貴賓是黛絲．蒙納漢，私家偵探。

她是一名英氣的女性，肩膀寬闊，看來挺能幹，不過不是他的菜。她看起來大約三十幾歲，說話方式略帶諷刺，至少在訪談文字中是如此。她有一位男性搭檔，但他沒有入鏡。剛好在雜誌內頁看到私家偵探就打電話給她，會不會很蠢？好吧，管他的。他打過去，意外開心聽到真人應答，更訝異那人竟是女子本人。

「我比較喜歡當面談。」她在他說明來電原因時表示。「您不用付費。即使我接下案子，第一次諮詢也是免費的。」

即使。真有趣，他沒想到她有可能拒絕他。

「我可以安排。」他說。「不過我剛受重傷，目前臥床養病，能請妳來洛克斯特角嗎？」

「當然。就我所知，前往半島區不需要護照。」

「妳能在五點到七點之間來嗎？我只有這段時間獨處，而我希望保密。」他不確定自己為何這麼想，只知道他無法忍受維多利亞或艾琳在附近偷聽，翻著白眼聽他描述找不到的信和無來電紀錄的通話。

「今天晚上嗎？」

「可以的話。」

「我得找人顧小孩。」

「喔，妳有小孩？」這完全不符合他對私家偵探的印象。

「可以這麼說，不過她更像易怒的失婚者困在四年級學童的身體裡。如果您很急——」

「我覺得很急。」

「那我可以過去。」

她確實準時五點半抵達。她比他想得還高，二月的風把她紅棕色的頭髮吹得亂糟糟。可怕的風又開始狂嚎，或許是因為待在二十五樓，所以聽起來更糟。他在巴爾的摩北部長大，很熟悉這種女生——女運動員，大概是打袋棍球，不屑化妝打扮，卻依然迷人。

他開始描述發生的事，她的反應絲毫不帶批判，甚至很和善。她專心聆聽，只會為了確認事實打斷他。

「所以一開始是信？回郵地址符合你替虛構角色設定的地址——假的地址？可是之後信卻不見了？」

「對。我摔傷後那陣子家裡很混亂，我猜大概不小心丟掉了。」

「接著有幾通電話，然後是這一則推文？內容宣稱，呃……熟知您的私密器官。」

「對。」

「但推文在二十四小時內消失，很快帳號也不見了。」

「對，不過我的助理看到了，她可以確認兩者存在。」

「那些來電，前兩通完全沒有紀錄，而您回撥的第三次來電號碼，是WYPR的總機？」

「對。」

她點頭笑了，依舊不帶批判。「安德森先生，您覺得是怎麼回事？」

他感覺再荒唐不過。

「有人想要——我不想說煤氣燈效應，現在到處都能看到這個詞，卻沒人記得出處。」

「出自一部電影嘛，片中丈夫操弄家裡的煤氣燈【註】。」

喔，他喜歡她。「對。這個人說的話都不是真的。我創造了那個角色，大家希望書中寫的是真實故事，人們總是希望有真實故事。但我的原則是不涉入作品的這類討論，於是我的沉默成為空白，大家便自行填入瘋癲的想法。不過現在我開始懷疑——好吧，要是她要我給錢賠償她呢？要是變成某種敲詐勒索呢？再微不足道的索賠也可能燒掉不少錢，還會浪費時間。」

現在他被困在床上，沒有寫作，時間對他其實不算珍貴資產。

「那是法律問題。我合作的律師，他的專長不是智慧財產權，但他可以去找——」

「我不覺得真的會有人來討錢。」

「抱歉，安德森先生，我不懂了，您覺得是怎麼回事呢？」

「有人在騷擾我，有人想惹我生氣，但我不懂為什麼。我本來以為可能是我的第二任妻子。她放棄取得我的寫作收入，事後證明不太明智。嚴格來講，《夢中的女人》是夫妻共同財產。」

「您的第二任妻子在哪裡？」

「據我所知，她在紐約。」

「所以要她從本地廣播電台打電話，或寄出有巴爾的摩郵戳的信——」私家偵探的眼神帶著同情的笑，但他仍感到愚蠢。

「還有一個女人。」

「嗯，依照您的維基百科頁面，您還有另外兩任太太。」

他不喜歡，不過偵探調查這些應該是慣例。「我們都是和平分手。」夠貼近事實了。「我還有一個女友——」嗯，這個詞聽起來好幼稚，真糟糕。「直到約一年前，我們都在紐約同居，不過不算是正式的安排，她就自己出現，再也沒離開。後來我賣了公寓，買下這間房子。我母親生病，當時我以為會在這兒照顧她好一陣子。她過世了。」

「我很遺憾。」

她說的每句話都很坦率，令人耳目一新。或許是因為他花太多時間跟維多利亞相處，她的聲音老是不確定地上揚，而艾琳的應答總是有點不對勁，彷彿她參與的是另一場對話。

「謝謝。總之，我的前女友——瑪格——最近跑來。」

註：Gaslighting一詞是指操控他人使其質疑自身對現實的感知或記憶的一種心理操縱行為。該詞源於一九三八年的舞台劇《煤氣燈下》（*Gaslight*），以及之後一九四〇年和一九四四年的改編電影。劇情描述一名丈夫透過謊言和操控使妻子質疑自己的心智以竊取財產，其中包括暗中調整煤氣燈，並堅稱是妻子的幻想。

「然後呢？」

「她搭火車回紐約了，我幫她買的車票。但瑪格很黏人。」

「黏人。」

她重複這個詞的口氣不帶批判，但他仍覺得自己被批評了。他在批判自己。他聽起來愚蠢又疑神疑鬼，跟瑪格差不多，她深信大家都在說她閒話，密謀對她不利。他們從派對回家後，她會質問他：「那女人跟你說了什麼？」或是：「我剛好聽說委員會有人改了我在午宴的座位。」她總是自行製造誇張事件，無視她生活中唯一的誇張事件就是誰要替她的花費買單。現在傑瑞才意識到，從需求層次理論來看，這可是挺誇張的衝突。

「瑪格很不尋常，她有點像病毒，像感冒，會在宿主之間轉移。通常要擺脫她只能把她介紹給下一個——」他不想說受害者，因為他討厭那樣看待自己。況且瑪格不會刻意盤算，她自己也很無助。大家不能怪她生來如此，就像不能責怪花朵想要水分。

他突然問：「妳知道齊弗的短篇小說嗎？」

「我讀過好幾篇，我主修英文。」

「妳讀哪所學校？」

「沒有普林斯頓那麼有名。」這再次表明了她調查過他。「切斯特頓的華盛頓學院。」

傑瑞心想，他怎麼沒找到像這樣的女人。她會讀書，既能幹又平易近人。從她寬闊的肩膀來看，她應該很強壯。她才應該當他的護理師。

「我想到《火炬之歌》，女子在男人瀕死時出現。我猜瑪格因此總是遭到男人……拋棄。她很漂亮，有她陪伴很愉快，但她似乎老是在等——」

他不想說完自己的想法。

「等男人死亡嗎？她是黑寡婦嗎？她過去跟一連串過世的男人有關嗎？她會誘騙對方把她寫進遺囑嗎？」

「沒有、沒有，當然沒有。她不會害人，相對來說啦。」

私家偵探嘆了一口氣，但不顯苛刻。「這樣吧，我可以收您的錢，我喜歡錢，也總需要錢，您看起來也挺富有的。可是，唉，我太有道德，不會接我覺得查不出實質結果的案子。」

「總有什麼妳能做——」

「我可以調查您的第二任妻子，或這位瑪格，拿到她們的財務報告，查查她們最近做了些什麼。我的報告會比您上網查到的內容多，但多不了多少。或者我可以幫您大手筆做實地監控，二十四小時監看可能會更花錢。但這棟大樓滿安全的。我不知道大樓用哪種保全系統，但樓下有櫃檯，電梯也有監視錄影，人員進出都看得到。」

「妳相信我嗎？那些電話和信？」

「當然。」她說。「我為什麼會不信？」

因為我母親得癡呆症過世前出現過幻覺，我可能也有同樣的問題。可是傑瑞已在十足健康幹練的女子面前展露如此無能的身體，他不想再透露他的頭腦可能也不行了。

「信不見了，也沒有證據證明前兩通電話有打來。」

「科技並不完美。不過我還是告訴您運用科技的解決方案吧。去訂一台基本款的錄音機，那在任何電話上都能用。把錄音機接上您床頭的話機。嚴格來講，在馬里蘭州未經對方同意不得錄音，但只要您不使用錄音內容就無妨。現在我覺得您最需要的是安心，確定這些來電的真實性，對吧？」

「沒錯。」有人理解自己真是如釋重負。

她拿出手機，給他看一個名叫「間諜商店」的網頁，指出她推薦的型號。確實是解決方案，但他感到有點失望。他喜歡她的陪伴，他很樂意處在她溫柔警惕的眼神下，他想聽她笑。

「即使妳認為我不需要——要是我想雇用妳來監視呢？」

她搖搖頭。「不行。」

「不行？」

「並不是我不喜歡您。」這話讓他的心微微飛揚。「做這一行，我替很多我不喜歡的男人工作過。」現在他的心重重下沉、下沉、下沉，彷彿回到十六歲，聽瑪莉·艾倫·金恩認真保證她只把他當朋友。「也不是因為我覺得您疑神疑鬼或腦袋有問題。只是，您六十一歲了，結過三次婚，交往過更多人。我是說，上新聞搜尋網站簡單查查，就能挖出很多您的，呃……社交生活資訊。然而，您回顧過去二十幾年，卻只能想到兩名女子可能有動機。抱歉，如果您認為活到這把年紀，過您這種生活，卻沒有更多潛在敵人，那您不是腦袋有問題，而是不太有自覺。假如客戶對私家偵探撒謊，雙方當然無法合作，但多年來，我發現如果客戶自欺欺人，也行不通。」

「如果妳想要，我可以列出更完整的名單。」他的語氣僵硬，希望她聽出他很受傷，但同時腦中也重新考慮起其他可疑人選。露西最後變得疑神疑鬼，堅信他出軌。他確實背著莎拉偷吃，但只有一次，幾乎不重要的一夜情。格雷琴和莎拉之間還有他雇用的助理們，她們最後都會跟他上床，但她們本來就渴求他的性趣，說起來他才是受害者。塔拉？多年前他們最後一次聯絡有些不歡而散。嗯，或許名單比他想的還長。

「真了不起，」黛絲說。「大多數人無法接受這麼坦白的建言。」

「如果我給妳完整的名單，妳會替我調查嗎？」

「不、不。我本來不想說，因為聽起來很假，但我學會要相信我的直覺。我無法——我無法在這間公寓待太久，感覺很毛。別誤會，您的房子很漂亮，美極了，我可以凝望窗外一整天。可是，這兒不太對勁，我一進大門就感覺到了。我不確定，或許就像史匹柏拍的那部電影吧，後來發現是褻瀆了墳墓，只不過您美麗的公寓下方是埋葬了工作機會。」

「工作機會？」

「以前這裡是塔狀穀倉，半島上到處都有工作機會。巴爾的摩居民會生產商品，裝上船隻和火車。我知道看到這些公寓大廈建起來應該要開心，房地產稅收會增加，畢竟我的小孩讀公立學校。可是這個地區讓我毛骨悚然，真的。我無法在這裡監視，我的搭檔可能無所謂——」

「沒關係，那就算了。」

他不想要男人陪伴，也不需要私家偵探。他現在懂了，他需要的是朋友，開朗活潑的朋友，像這個女人，讀齊弗的作品，知道煤氣燈效應的出處，還會隨口提到電影《鬼哭神號》。即便如此，他真的想要這種女人嗎？還是他迷上她純粹是因為她左手戴的簡單金戒指、隨口提到的「孩子」，以及她對他本人毫無興趣？人生走到某一刻之後，一切都是未竟之路，眼前只是岔路岔路和岔路。

維多利亞替他訂了錄音機，確實很容易安裝。他等不及下一通電話打來了，然而電話再也不響。他會在半夜醒來，有那麼短短一瞬間心想——希望——電話響了。可是電話安靜無聲，他的思緒也很平靜。他應該開心才對——但卻不然。

終於在蒙納漢小姐來訪八天後，他在凌晨兩點八分醒來。他知道有什麼把他從無夢的沉眠中喚起，但不是電話鈴響。有人在悄聲喊著他的名字嗎？對，他聽到自己的名字，可是怎麼可能？傑瑞，傑瑞，傑瑞。艾琳難得願意叫他時，都稱他安德森先生。

他花了一會兒才意識到窗邊站著一道纖細的人影。

「喔，傑瑞。」人影說。「你家的景色真美。」

「瑪格？」

「瑪格？誰是瑪格？我是——好吧，你在書裡叫我奧貝利，但你我都知道我叫別的名字。」

他僵在床上。他一定還被困在夢裡沒有醒來，就是那種你動彈不得、無法出聲的噩夢。一會兒後，他才發現他可以開燈，他只要開燈就能看到是誰在折磨他，不過女子仍背對著他。

他只能出神望著女子轉身離開窗邊，走進廚房。原來她頭戴面紗，像黑色的養蜂人裝束，害他看不清她的臉。她可能是任何人，任何東西。他聽到通往樓梯的後門關上。

直到這時，他才開始放聲尖叫。

二〇一二年

進階創意寫作課程大綱

▼推薦閱讀書單

史都華．歐南，《飆速女王》（Stewart O'Nan, *The Speed Queen*）

菲利普．羅斯，《被解放的祖克曼》（Philip Roth, *Zuckerman Unbound*）

西奧多．德萊賽，《嘉莉妹妹》（Theodore Dreiser, *Sister Carrie*）

梅根．阿伯特，《將我深埋》（Megan Abbott, *Bury Me Deep*）

羅伯特．沃德，《瑞德．貝克》（Robert Ward, *Red Baker*）

彼得．史超伯，《鬼的故事》（Peter Straub, *Ghost Story*）

吉姆．湯普森，《亡命大煞星》（Jim Thompson, *The Getaway*）

馬里奧．普佐，《教父》（Mario Puzo, *The Godfather*）

▼推薦觀賞片單

《戰慄遊戲》（*Misery*, 1990）
《喜劇之王》（*The King of Comedy*, 1982）
《郎心如鐵》（*A Place in the Sun*, 1951）
《我要活下去！》（*I Want to Live!*, 1958）
《火線重案組》第二季（*The Wire*, season 2）
《鬼故事》（*Ghost Story*, 1981）
《亡命大煞星》（*The Getaway*, 1972）
《教父》（*The Godfather*, 1972）

傑瑞把課程大綱發給十三名學生。雖然古徹學院已男女混校三十年，學生仍大多數是女生，這門課也不例外。總共有三個男生和十個女生，其中兩位漂亮到讓人分心。他不想辛苦閱讀十幾份申請文件，因此沒有親自挑選學生，也相信英文系會仔細評估人選，替他錄取最優秀的學生。系所施壓讓他收了十三人，超過他原先要求的十二人，所以他們應該都是佼佼者。應該是才對。但他讀完學生提交的申請作品後，可沒那麼肯定了。

「這堂課我們要學習短篇小說寫作，不過書單和片單極為重要。我會安排觀影時間，具體時間將根據大多數同學方便的時間協商決定，當然你們也可以自己看。想寫長篇小說的同學必須事前取得許可，請在本週的辦公時間來找我。」

一名纖瘦的女孩緊張地舉手，她不是兩名正妹之一。「你提到的『推薦』是什麼意思？」

「推薦。」傑瑞重複一次。「鼓勵，建議，非強制要求，但能豐富妳的上課體驗。」茫然的眼神。「不影響成績。」開心的笑容。

「以下事項就絕對會影響你們的成績。準時提交作業，完整評析其他同學的作品。還有，記得來上課，出勤佔了這門課三成的分數。如果你不出席，在小說工作坊就不可能成功；如果你不出席，做什麼都不會成功。」

他將近十五年沒有教書，但一切就像肌肉記憶，話語流瀉而出，熟悉卻新穎。他好久沒這麼神采奕奕了。古徹學院名聲雖然不及霍普金斯大學，畢業校友倒是替訪問學者的職缺捐了超級大的一筆錢。身為愛琳．哈里曼創意寫作坊的第一位研究員，他可以拿到十五萬美元的薪水和生活津貼。拒絕太愚蠢了，即使他必須回到巴爾的摩。麻煩的是，母親認定他會搬回老家，但他沒搬回去，反而選了一間在陶森購物中心後方的簡單短租公寓，告訴母親他必須能徒步走到校區。她輕易接受了他的謊言，害他心生愧疚。母親難道還沒有受夠男人的謊言嗎？可是博維克街上的老家宛如出自鬼故事——不是彼得．史超伯寫的那一本，比較像雪麗．傑克森的作品。他擔心一旦回去，就永遠離不開了。

況且他算是新婚，和莎拉結婚還不到一年，每週五都會搭火車去紐約找她。

這門課他以前也算教過，阿伯特的作品是新加的，因為他意識到授課內容得包含一些女性作家。他預測學生會假定他是徹頭徹尾的小說派。他通常是，但評斷標準其實更為細膩。電影《教父》當然更勝小說《教父》，而小說《鬼的故事》則輕易打敗電影《鬼故事》。《亡命大煞星》是最棒的一對一比較，小說和電影各有優點，但小說是存在主義的噩夢，電影則是直白的愛情故事。

他認為《瑞德．貝克》和《火線重案組》這組挺有趣，小說的討論放在人性層級，《火線重案組》則有更遠大的目標。傑瑞比較喜歡前者，但他理解為何有人會推崇後者。他的目的是刺激學生，要他們產生自己的觀點。電影和影集永遠改變了原著小說，無法回頭，現在要問的只有如何前行。

學生提交的短篇故事——其實比起故事更像情境設計，不過沒關係，不然何必上課——明顯受到電影影響。非線性敘述的幾篇可歸因於《黑色追緝令》，或許還有影集《LOST檔案》，不過他沒看過後者。另外就是殭屍了，好、多、殭、屍。殭屍有什麼魅力？他真的不懂。那甚至不是很嚇人的元素。他本來希望電影《活人甡吃》能一舉消滅殭屍主題，但殭屍不愧是殭屍，總是能起死回生。

「今天是第一堂課，我們先做個練習吧。請用這個句子開頭：『他在吸地毯時電話響了。』

然後繼續寫下去。」學生聽到平淡無奇的句子看起來很失望，或者他們只是無法理解電話放在桌上還會響的世界。等他們寫完，他會告訴學生這個句子出自瑞蒙．卡佛之手，當年卡佛腦中只有這句開場白，就寫出了短篇故事。傑瑞不是卡佛的死忠書迷，但當作練習不錯。

真的不錯嗎？等他問有誰想分享自己的作品時，他很訝異學生們的想像力不是平淡無奇，就是過於誇張。有個女生在第二段就讓特種部隊出場，另一個則只寫了吸塵的動作。其中兩個男生寫得最好，他們明顯最有天分，在這個環境下有點麻煩，但還能怎麼辦？幸好第三個男生是蠢蛋，稍微平衡了一點。

其中一位標緻的女孩也意外不錯。她寫的內容著實幽默風趣，對其他人作品的評析語帶同情但很犀利。三小時的課堂結束後，傑瑞注意到那個蠢蛋把手放在漂亮女孩的後腰，如同有些男人對待女人一樣引導她。這個畫面總令傑瑞想到背後有鑰匙的發條娃娃。好吧，女孩確實像娃娃，纖瘦性感，亞洲人——

「安德森老師？」

一名學生杵在他面前，擋住他的視線。胖女孩戴著貓眼鏡框，染了一頭藍髮。

「嗯？」

「我想寫長篇小說。」

「我說過了，請在輔導時間來找我討論。」

「輔導時間是——」

「課程大綱有寫。」

「那就到時候見。」

老天救救他，是寫了特種部隊的女生。

三月六日

艾琳說：「這裡沒有人。」

「妳確定？」

「她能躲在哪兒？」她一揮粗肥的手臂，指出傑瑞家二樓一目了然的空間。真的，成人要躲只能躲在他的床下，這個發現倒是值得深思。

「我看到那個東西——她——走進廚房。」

「我打開了每個櫥櫃、每扇門。」

「有一扇後門通往樓梯。我覺得聽到關門聲。而且電梯下樓不需要鑰匙，上樓才要。」

她聳聳肩。「那就這樣啦。」

哪樣？

「但應該有錄影畫面吧？作業用走道跟電梯都有攝影機。」他和酋長及游泳選手共用的梯廳沒有攝影機，但電梯裡有。他認為有。兩台電梯都要鑰匙才能到二十五樓，櫃檯的菲蘿會替訪客插入鑰匙。

「你大概只是在作噩夢。安德森先生，我知道你不喜歡吃安眠藥，但今晚我覺得吃一點可能會有幫助。」

「安眠藥會上癮。妳有看到薩克勒家族的官司新聞吧？」

「你是說把陶森街上那棟房子燒掉的毒蟲嗎？我跟你說，這顆藥只是安必恩【註一】，沒什麼大不了的。」

「我聽說有人吃安必恩結果做怪事。夢遊、開車——」

「呃……你也走不遠，不是嗎？」

他腦中閃過一段回憶，搞笑報紙上的諷刺卡通。他用走的也走不遠。傑瑞的頭腦感覺像萬花筒，不斷把一塊塊閃亮的玻璃重新排成圖案，下一次搖頭又全部散開。

「感覺很真，」他說。「確實是真的。」

「噩夢會有這種感覺，普通的夢也是。夢境可以真實到可怕。」

「艾琳，妳的夢都是什麼？」傑瑞已經絕望到這種地步。他不希望她離開，也不想吃藥墮入夢中，在那兒他更不確定什麼是真的。

「怎麼，你不覺得我正在實現夢想嗎？【註二】」

他哼了一聲，很敬佩只看字面意思、不幽默的艾琳居然開了玩笑。然而，她顯然沒有在開玩笑，反而對他的反應感到生氣。

「你覺得我自認活得開心很好笑？我的生活就不能是誰的夢想？我沒說這是我從小的夢想，

大家小時候的夢想職業永遠都不會成真吧？像是芭蕾舞者或消防員？」

傑瑞點頭，儘管他根本不記得自己有不想當作家的時期。作家是他第一個夢想的職業，也是最後一個。在那之前，他只想要勇敢。

「可是第二個夢想，長大後選擇的夢想——重點就是安逸了。溫飽，肚子裡有足夠的食物，不用擔心車子拋錨、怎麼付帳單，或是否買得起比一般起司通心麵更好的食物。」

她的文字熟悉得詭異，可能只是因為非常枯燥乏味吧。但用「拋錨」的確很具像化——老天，他居然在研究夜班護理師的用字遣詞。什麼一般起司通心麵啊。他的思緒回到那名站在窗邊的女子上，她撇頭遮著臉，但感覺也很熟悉。

「她對我說話時讓我想起一部電影，小說很棒卻改編得很糟糕。《鬼的故事》！」他大喊出書名，害艾琳揪起臉。不過講出書名讓他更加確信他不是在作夢，他的神智沒有問題。「不知道妳有沒有讀過？」

話才說出口，他就覺得自己很蠢。艾琳早就明確表示過她不讀書。「也有拍成電影，不過上

註一：Ambien，學名唑吡坦（Zolpidem）是一種Z-drugs治療短期失眠的安眠藥。美國聯邦食品暨藥物管理局曾發聲明表示，此款藥物可能導致夢遊、夢遊駕車、暴食等行徑。

註二：傑瑞所問的問題「What were your dreams」的「dream」一詞，既可解釋為「夢境」，也有「夢想」之意。此處艾琳的回答是將傑瑞的問題解讀為：妳的夢想是什麼？

映時妳應該——」他不知道當時她會是幾歲。「太年輕沒看過，搞不好還沒出生呢。那時我二十幾歲，片中好幾位演員都非常有名。佛雷．亞斯坦，約翰．豪斯曼。」

她聽到這兩個名字卻一臉茫然，讓他有種想掐住她脖子的衝動。她一定比外表年輕，才會在聽到亞斯坦的名字時無動於衷。佛雷．亞斯坦之名總能帶來喜悅，只有缺乏靈魂和心的空殼想到亞斯坦才不會微笑，連那些（錯誤地）偏好金．凱利的人也不例外。等一下，金．凱利有出演《鬼故事》嗎？沒有，不過梅爾文．道格拉斯倒是有演。他的後代生出身材窈窕、美得冒泡的孫女，史柯西斯導演的一些電影會看到她。

傑瑞心想，真有趣，《鬼故事》中男人死亡（或沒死）的順序正好符合觀眾天生對演員的好感排序。以率先死亡的小道格拉斯．範朋克為例，根本沒有人記得他。道格拉斯的死有其邏輯，通盤看來應罪咎於他，但傑瑞不記得細節了。當然冷酷的豪斯曼也得死。

但亞斯坦永遠不會死，他連在《火燒摩天樓》都活下來了。

O．J．辛普森也是。

他在艾琳的協助下從電視的「智能選單」中找到可租借的版本，並邀請她一起看。她一臉懷疑地說：「現在看恐怖片感覺不太明智。」不過傑瑞向她保證恐怖的部分只是突然嚇人的畫面。他在古徹學院讓學生讀過原著小說後，有播放電影給他們看。這項作業希望學生看出書寫文字暗示的力量，而相較之下空有無數炫技的電影卻對此束手無策。他可以看《鬼故事》的電影一整晚，最多不過是感到不耐。然而就算打賭，他也不敢在晚上讀原著小說。那本書寫得駭人極了，而且意外博大精深，講述教學的段落無比精妙——位於權力巔峰的講師，後續跌落神壇的過程——不比其他傑瑞讀過的文字差，甚至跟他寫的一樣好。

然而，他覺得這個場景才剛上演，他自己的《鬼故事》——一名女子，撇過頭，用美麗的聲音說話。

他偷走的聲音。

他偷走的聲音。

他並非奪自現實中的奧貝利，因為事實上她並不真的存在。當他賦予筆下的創作聲音——他以前怎麼沒發現——他用了這部電影中女演員美妙的母音。她也有演出《火戰車》，在他二十幾歲時，她幾乎無所不在，然後突然就消失了。社會對年輕貌美的女子有無盡的需求，像火山，需要一個又一個犧牲品。只有少數女人有長久的演藝生涯，而她們往往不是絕世美女。

不過社會也這樣對待年輕男子，而且不限長相英俊的，甚至不限演員！傑瑞出版《夢中的女人》後寫過更好的作品，連書評都同意，然而相較那轉瞬即逝的一刻，他的重要性卻再也沒有提升，講到他都必須提起這本小說，但較年長的作家卻能超越單一作品。傑瑞總覺得他跟前一個世代的作家更有共鳴，他們是用磚頭蓋房子的小豬，傑瑞的同儕則較常用稻草和木頭。

喔，人們多愛吹倒他們的房子呀。每個人都吹呀吹，意圖毀掉一切。現在大家都怎麼說？取消文化。

老天，這部電影真的很難看，比他印象中還糟。他希望史超伯因此賺了很多錢。不過電影極為赤裸，真的是畫面上美好的裸露，完全不像現在的電影。艾麗絲．克里奇——啊，對，女演員叫這個名字——的胸部非常自然，露出來不少次。男主角的陰莖也有露出來，雖然觀眾看到時他正從高處墜落而死，但仍是裸露機會均等的案例。

「這部電影裡的女人都無所事事，只會對男人發牢騷。」艾琳一度抱怨。「這麼好的演員，真浪費。」

「愛爾瑪是很重要的角色，她是一切的核心。」

「不是她，我是說那些太太。其中一位是……嗯，那一位——」她指出螢幕上跟亞斯坦站在一起的帕翠夏．尼爾。「她很有名吧？」

「對，可是我說不出她演過的任何一部電影。」

「《第凡內早餐》。」艾琳立刻回答。「說來好笑，她根本不該——總之她有演，還有《玫瑰怨》。」

她沒聽過亞斯坦，卻看過這些電影？「艾琳，妳幾歲呀？」

她僵住了。「怎麼可以問淑女這個問題。我比外表看起來老，別再問了。」

真好笑，他倒覺得是反過來，她的體重和儀態使她顯老。「妳在巴爾的摩長大嗎？妳記得

『週日午間電影』這個節目嗎？」

她的視線直盯著螢幕。電影宣稱的嚇人橋段對她似乎毫無效果，不過本來就不怎麼可怕，她又是護理師。她極為專注，沒有回答他的問題，電影結束前都不發一語，最後才說：「根本沒道理，那個女人還是死了，他們還是殺了她，為什麼他們可以活下來？」

「原著裡——」

「我，」她停下來，幾乎像是出於某種尊重要努力壓制怒火，但不太成功。「我不管小說怎麼寫。這是電影，我在看電影。根據這部電影，四個男人把女生關進車裡，再把車推進湖裡，讓她活活淹死，結果其中一個人最後可以帶太太去法國玩！」

傑瑞說明：「他不是最錯的。」他心想，而且他是佛雷．亞斯坦，不能殺掉佛雷．亞斯坦。在《火燒摩天樓》中，珍妮佛．瓊絲死了，但亞斯坦活了下來。傑瑞在老圓頂電影院看了那部片，他在那家戲院看了許多電影：《聖杯傳奇》，還有大部分伍迪．艾倫的作品。《洛基恐怖秀》在巴爾的摩上映時也是在那間電影院嗎？好期——說吧——待！不對，那部片在另一間更大的戲院上映。圓頂電影院又黑又臭，位在算是小商場的磚造大樓狹窄走道旁。傑瑞在那兒跟幾個女生親熱過，真懷念。上次開車經過時，封閉的老購物中心周圍都是新大樓，電影院現在分離出來，改名叫「電影餐酒館」。電影餐酒館是什麼鬼？用字怎麼回事了？

艾琳暗自嘟囔，大步走下樓。傑瑞幾天來第一次睡得比較好，電影乏味的恐怖特效竟矛盾地讓他放鬆。或許他該多看電影，少看新聞。

隔天起床後，一等菲蘿上班，他就請她檢查監視錄影機的檔案。她哼哼哈哈抱怨，說她不該替住戶調影片，但他哄騙脅迫她，直到他得逞。

大約早上十一點，她回電了。

她說：「我看了半夜到凌晨三點的畫面。」

「然後呢？」

「安德森先生，您的樓層沒有動靜。沒有人進出，誰都沒有。電梯也沒有人。」

「怎麼可能？」

「我想其實沒有人去見您囉？」

「怎麼可能？」

這是反詰問句，但認真的菲蘿仍試圖回答：「那個時間去拜訪很奇怪。」

那天晚上，他像小孩一樣醒著等待聖誕老人，像小孩一樣撐不過整晚，像小孩一樣什麼都沒看見。

像小孩一樣仍然相信。

一九七〇年

十二歲的傑瑞已經夠大，不相信聖誕老人了。然而父親搬走後的第一個聖誕節，他決定假裝還相信，盡量取悅母親。他甚至寫了信，跟餅乾牛奶一起擺著，並保證不會太早叫她起來。

只不過今年他很容易就睡著了，也知道在床上躺到合理的時間不是難事。

聖誕夜天氣陰鬱不變，沒有要下雪的意思。隔天預計會很冷，大概負十度上下。即使真的收到他渴求已久的新腳踏車，有香蕉坐墊那一輛，他也會跟母親一起被困在屋裡，無處可去。

他頗確定不會收到新腳踏車，而且價格只是部分原因。一週前，母親努力了好幾個小時才把聖誕樹固定在底座上，中間一度走進廚房偷哭。不過後來她出來，雙眼仍是沒乾，但終究把樹架起來了。

但他還是無法想像母親組裝腳踏車。明天他會收到什麼？他當然仔細檢視過樹下的禮物，其中一、兩個夠大，值得期待，他的襪子也總會裝滿有趣的東西。

傑瑞醒來發現才凌晨四點，決定繼續睡，讓母親至少睡到八點。他想著自己為什麼醒來。喔不，她又哭了，或者在說夢話。他不止一次聽過她在晚上呼喊父親的名字，憤怒又怨嘆。至少從口氣判斷，他認為她叫的傑瑞是父親。

沒錯，又來了，是他的名字。但也是他的名字，那個拋下他們的男人。她說了一次又一次。

「喔，傑瑞。傑瑞。傑瑞，傑瑞，傑瑞。拜託，傑瑞。」

他討厭聽她喊，不過通常幾分鐘就結束了。他不曾打斷她，因為叫醒說夢話的人一定跟叫醒夢遊的人一樣糟糕。

然而今晚沒有停止，她聽起來好像不舒服。他下床躡手躡腳走到走廊。母親的房門晚上通常緊閉，今天卻開了一條縫。傑瑞把眼睛湊過去。

母親直挺挺坐在床上，上下移動，像在坐旋轉木馬，但速度很快。

她坐在一個男人身上。

她坐在父親身上。

她背對著他，深色頭髮狂亂地垂在背後。她看不到他，但父親似乎直盯著他看。傑瑞用盡全力才沒有尖叫或逃走，只是緩緩後退，回到臥房，驚歎於他們還在繼續。那年秋天他在學校上過性教育課，但他以為性事發生得很快，只需要幾秒。他也以為男生必須在上面，不過或許只有想懷孕才需要。顯然母親和離開的父親不會想要做人。

母親的聲音拔高了一些。「傑瑞，你愛我嗎？你真正愛的是我嗎？」父親低聲喃喃回答，他聽不清楚。

他用枕頭蓋住頭，不知怎麼又睡著了。當他在冰冷的屋內醒來——他們老舊的燃油火爐抵不過負十度的氣溫——母親早已更衣起床，鋪好了床。

她在廚房，單獨一人，謝天謝地。他肯定作了夢，一定是夢。這樣夢到自己的母親真是奇怪又糟糕。

「看看你，貪睡蟲。我猜你吃早餐前就想拆禮物吧，讓我泡杯咖啡就好。」

家裡還有三個人時，他們會輪流拆禮物。今年是第一次兩人過節，傑瑞先把他的禮物送給母親，是赫茲樂百貨的香水和保濕霜禮盒。

「你挑吧。」

兩個大盒子中，他知道他想先拆哪一個。他正要去拿，卻注意到更大的第三個盒子。

「這哪兒來的？」

母親說：「你看卡片吧。」

給傑瑞，爸爸。

「什麼時候送到的？」

「喔，你爸爸好幾週前就寄了。」

「到底什麼時候？妳還沒下班我就放學到家了，包裹都是我在簽收。」

母親頓了一下。在停頓的瞬間，他看出她在決定講哪個謊話。

「他知道你愛偷看，就寄去帕帕達基醫生的辦公室了。我藏在地下室好幾週，昨天晚上才拿出來。」她說。「趁你上床睡覺之後。你老媽還是有藏幾手的。」

可不是嗎。母親床上可能是別人嗎?另一個男人,不是他的父親?或許也有另一個女人。母親在整理房子迎接早晨時,她的床上有兩個陌生人。這個想法比他自認看到的畫面還合理。

父親送給他一套工具,但那是小孩用的,真侮辱人。傑瑞已經在用父親留下來的真正工具,學著在房子需要時做點小維修。他坐著,把玩具擱在大腿上,深知他早過了玩玩具的年齡。他決定下一步要去陶森的五金行替大門買鐵鍊鎖,保護他和母親晚上安全,同時避免任何人進出。

三月八日

活到六十一歲，傑瑞終於第一次享受——不對，用錯動詞了——接受醫生上門看診。安排可不容易，為了找到願意到府看診的專家，他得先加入所謂的禮賓醫療診所，跟醫生談過，再請醫生協助尋找肯到府服務的老年神經學家。所長問了許多止痛藥的問題，對他母親的老年癡呆症倒沒那麼有興趣。不過，最終她還是幫他找到一位專家。

專家有名字，叫安德烈．貝文頓，簡直像羅曼史小說會出現的人名——長相也不遑多讓。他長得很美，沒有其他說法了。美到慘絕人寰，沒有別的形容了。傑瑞從未受男人吸引，每次路克開玩笑說要掰彎他，他都不太舒服。受寵若驚，但不太舒服。可是這名男子宛如藝術品。不對，要是畫成畫像，他的美貌會顯得庸俗，像唐納．川普用自家基金會的資金買下自畫像掛在自己的鄉村俱樂部。藝術品這麼完美會感覺俗氣，但天生麗質便令大家不住讚賞。傑瑞心想，難怪你專攻老人神經疾病，如果你跟同齡的人共事，大家都會愛上你。老天，如果你是婦科醫生，女人每年都巴不得爬上診療椅三次。身為美女鑑賞家——每個異性戀男人都是吧？——傑瑞不曾花時間想過美男子。可是看看他！用這樣的身體四處閒晃是什麼感覺？醫生知道嗎？他怎麼可能不知道？他會心懷感激嗎？他最好要。

「我叫安德烈。」他伸出手說。「很高興認識你。」

他們談起傑瑞的病史：跌倒事故和他服用的止痛藥。在跌倒前有感到顫抖或身體不穩嗎？沒有？太好了。醫生想知道他所謂的「事件」發生在一天的什麼時候。

「你非常仔細，」傑瑞有一次這麼說。「也很有耐心。」接著他突然想到。「為什麼英文的『病人』和『耐心』是同一個字？你知道字源嗎？」

「Patient的名詞和形容詞字根相同，都是來自拉丁文*pati*，有『受苦』之意。我喜歡你頭腦的運作方式，傑瑞，而且看來運作沒什麼問題。不過我已經記下——」他看向用來抄寫的小筆記本。「六起事件，似乎越發嚴重。一封信，三通電話，一篇推文，一次造訪。你的助理在推文刪除前有看到，如果排除推文，其餘事件確實有規律。這些事都發生在你快睡著的時候，應該說你正在睡覺的時候。內容也極為一致，都聚焦在一個人。一名女子宣稱是你書中角色的原型，但你說沒有這個人。」

「信也不符合規律，我在白天看到的。」

「確實，而且發生在你受傷前。不過有簡單明瞭的答案能解釋那封信——你八成是收到熟悉地址寄來的郵件，就是你最初認定的垃圾信件，所以你沒有馬上打開。我想你認得出跟小說中一模一樣的地址，你給我的印象非常敏銳，注重細節。不過那封信只是垃圾信件，就丟掉了。可能是那種車輛保固險或類似的廣告，沒什麼。」

他渴望相信醫生，卻不禁懷疑這麼好看的人是否真的能勝任工作。

「你確定不是因為我的藥，或更糟的原因？我必須留意，害死我母親的疾病確實會遺傳。」

「這麼說吧，好消息是妄想症極為罕見，真的很少。況且你說的都不是一般人的妄想，太合理，太一致了。我會直覺判斷你看到的都是夢，你在經歷某種似曾相識的感覺。你知道似曾相識其實是什麼嗎？定序錯誤。癲癇患者往往發作前會有似曾相識的感覺。或者可能跟小中風有關。」

「中風！」

醫生舉起雙手。連他的手掌都很美。「你的血壓沒問題，你把自己照顧得很好。等你康復，我會建議你來照磁振造影，以防萬一。不過我也想問——傑瑞，你感覺如何？」

「你是想問什麼？」

「你不開心嗎？」

「當然啦，我不喜歡現在的狀況。不僅受傷，還碰上這些——無法解釋的現象。」

「你跌倒前開心嗎？」

他隔了很久才回答。誰想回答這種問題？所以他才逃避心理諮商這麼多年。人只要有一絲智商就會不開心，誰在這個世上能開心？

「我母親剛過世，她人生最後幾個月非常慘淒。我搬來巴爾的摩，以為會照顧她好一陣子，結果我剛買下這間公寓她就過世了。我不喜歡巴爾的摩。好吧，這樣講不太對。巴爾的摩還行，但我更喜歡紐約，我的生活圈都在那裡。我在這裡誰都不認識，工作也不順利。即使我沒有要馬上變成語無倫次的蠢蛋，我也不確定我還想寫作。我跟長期伴侶分手了。相信我，我們分了比較好，但我很孤單。這樣誰都會不開心吧？」

他說出的話讓他自己都感到訝異，不僅具體且有分量。「不開心」是很沉重的詞，一旦說出口就收不回來了。過去二十年，他都非常努力不要說出口。他很清楚自己生活中的美好事物——他的工作，錢，自由。他怎麼可能不開心？

因為他確實不開心。

「你覺得嘗試吃抗憂鬱藥物如何？」

哇喔。承認不開心是一回事，他還沒準備好直接跳到憂鬱。

「我不知道——我沒吃過那種藥。抱歉，我不喜歡吃藥，就是不喜歡。這方面我幾乎算是基督教科學派信徒了吧。」

「你可以考慮看看。如果要我賭，我的直覺是磁振造影找不出什麼。我不覺得你的頭腦有問題，傑瑞，你的腦子很好。所以囉，簡單明瞭的答案，最可能的解釋是什麼？你作噩夢了。」

「那些電話呢？」

醫生美麗的臉沉了下去。「或許真的有人在打電話鬧你，但窗邊女子——沒有其他解釋了。

目前你就先記筆記吧，別擔心。建立好的睡眠習慣，少看電視，不要看到睡著，睡前至少一小時不看螢幕。不過我很肯定你沒有癡呆症。」

傑瑞知道醫生的診斷應該要是一劑強心針。他沒有發瘋，沒有退化，有點憂鬱，誰不是呢？那些錯覺都是噩夢，電話則是——

他想到了，菲蘿。菲蘿知道他住這兒，知道他何時獨處。菲蘿有能力送人上樓，也是菲蘿替他查看監視錄影帶，至少她這麼說的。他會暗中調查菲蘿。他不懂為什麼她要這麼做，但折磨他的人顯然瘋了，而瘋子不需要邏輯或原因。

一九七八年

「我們去大西洋城吧。」

「為什麼?」

「參加美國小姐選美比賽。來賭一把吧，傑瑞，我們賭一賭。」

傑瑞沒興趣賭博，也不確定跟路克去旅行是好主意。「我們沒有車。」

「我們可以借塔拉的車。」

「那不就要邀她一起去了嗎?」

「有問題嗎?」

他說：「我們不需要做什麼事都三人行。」

「你這個蠢豬，你跟她做了吧?」

「她是我最好的朋友，實在——無法避免。」

「我才是你最好的朋友。嘿，所以你也要跟我睡嗎?」

路克在大一結束時跟傑瑞出櫃。兩人宿舍抽到同一房，後來很高興發現他們真的相處融洽，便決定繼續一起住。不過當強制的安排轉為自願，路克覺得必須告知傑瑞自己是同性戀。當年校園少數的同性戀學生都愛風騷賣弄，路克雖然性生活很亂，卻很小心。他和傑瑞一直沒有想出其中一人需要獨佔房間時的暗號，因為傑瑞大二的女友住單人房，路克則喜歡去紐約。他會週五晚上搭火車北上，週日很晚才回來。傑瑞不知道路克去哪裡做了什麼，有固定的伴侶還是喜歡跟大量陌生人上床。他也沒有相關的詞彙能詢問。

路克開玩笑說喜歡傑瑞這件事已經是萬年老梗，總讓他不太舒服。他會不舒服這件事又令他更不舒服。之後路克會一陣子不開玩笑，傑瑞反而會想他為什麼不提了。

「從塔拉的經驗來看——不要。我不該跟她做的，結果搞砸了我們的友情。」

「女人沒辦法只上床。」

「我沒辦法只上床，所以才毀了我們的友情。我們有好多共通點，能逗彼此笑。我就是想知道跟她做是什麼感覺。」

「結果呢？」

「不太好，對我們來說都是。」傑瑞至今仍深感困惑。

塔拉的評論更令他困惑。「我們的傷痛不契合。」什麼傷痛？他不覺得自己有什麼傷痛。說穿了，在他看來塔拉的父親酗酒也沒什麼大不了。

「或許你到了大西洋城會轉運。」

路克成功借到塔拉的車還擺脫塔拉本人，兩人便驅車開向海灘。傑瑞對於普林斯頓大學和大西洋城存在於同一州感到不可思議。旅途起初很愉快，他們聞著海風，看他在大富翁遊戲看過的街名經過。他喊出街名，路克則回答顏色、價格，甚至說出租金。

「肯德基大道。三棟房子，七百美元。四棟房子，八百七十五美元。」

那天傑瑞選擇玩二十一點，因為那是最接近需要技巧的遊戲，但他沒料到遊戲速度飛快，他很快就輸光了他準備的四十元賭金。路克離桌時賺了五十美元，接著改玩擲骰子。傑瑞完全看不懂這個遊戲。路克一開始手氣很順，人群便聚集過來，間接享受刺激的氛圍，或想看他的好運終結。一名身穿露背緊身衣和薄裙子的女子試圖跟他調情，但路克沒理她，也沒理開始送來的酒。傑瑞意識到路克陷入自己的小世界，只有他、骰子和籌碼存在。他又贏了一百美元，給了荷官小費，之後換去玩輪盤。傑瑞決定去找啤酒喝。他離開輪盤桌時，路克贏了兩百美元。

然而，等他回來，贏的錢全沒了。

「我賭了黑色。」路克說。「一半一半的機率，我賭輸了。你有現金嗎？」

「沒有。」

「不知道能不能預支——」

「路克，別發瘋了。」

「來這裡的目的就是要發瘋呀。傑瑞，你知道賭博最棒的一刻是什麼時候嗎？」

「當然是贏的時候。」

「不是，是贏之前的那一瞬間。球還沒落下前，牌還沒掀開前，骰子還沒停住前。在這些罕見的瞬間，你不知道接下來會怎麼樣。想想所有我們讀過的書、熱愛的電影——你有多少次真正覺得劇情令人意外？人生不也是？我們總是或多或少知道我們會走向哪裡，會發生什麼。但在賭場卻不是這樣。」

傑瑞張嘴想反駁，但他想不出哪個故事真的能推翻路克的論點。上週他們才去看新上檔的電影《月光光心慌慌》，劇情充滿驚喜，但——真的嗎？他們很清楚哪個女孩會活下來，小孩也不會受到傷害。

「聽起來很可怕，」他說。「就像盯著深淵。」

「喔不，這是世上最棒的感受。可以的話，我醒著的每一秒都想活在那個瞬間。就像《洛基恐怖秀》說的：我看你期——」他停頓得比提姆．柯瑞還久。「——待到發顫。」

「好吧，你知道我接下來要說什麼嗎？」

「一定是很理智的話吧？」

傑瑞不知怎麼成功把路克拉到海邊的木棧道散步。離開賭場後，新鮮空氣撼動肺部，兩人不顧秋日涼意，脫了鞋踩在沙灘上。

「如果不能繼續賭，我就要去找人打個砲。」路克說。「別擔心，我不會找你，至少今天晚上不會。」

「路克，我們就開車回去吧。」

「一小時後車上見。」

「路克，別鬧了——」

「怎麼了？」他佯怒道。「你以為我一小時搞不定？傑瑞，我大概十五分鐘就能搞定了。」

結果路克花了一個半小時才終於出現在車旁，手裡亮著一張二十元鈔票。「他以為我是出來賣的，我何必糾正他呢？我才想付他錢呢，只是身上剛好沒錢。我喜歡年長的男人，他們比較有經驗。」

回程傑瑞負責開車，雖然路克向塔拉保證不會讓其他人碰她寶貝的豐田轎車方向盤。已經傍晚了，但還不算晚。他們半夜前可以回到學校，到時候可以叫披薩、喝啤酒。

傑瑞無話可說，也無法理解朋友的行徑。不管路克做了什麼，現在他都累了，在車上倒頭睡去。傑瑞不斷偷看他的側臉，如此光滑完美又漂亮。長得這麼漂亮是什麼感覺？身為同性戀是什麼感覺？有人會選擇當同性戀嗎？傑瑞只跟三個女人做過，但第一次進入女人體內時，他不敢相信感覺竟然這麼棒，連他無比推崇的文學都沒有完整告訴他性的美妙。依照路克的邏輯，贏之前的瞬間——所以是射精之前，或兩人相觸前的那一刻——令他興奮。傑瑞覺得毫無道理。他認為在女人體內高潮的那一刻令他無比快樂。由於父親的前車之鑑，他知道要小心不能對這種喜悅上癮，他絕不能為了追求這種歡愉而傷害他人。

路克開心嗎？他一旦提問，必然會想到奧登的詩句：「這個問題很荒謬。」【註】路克當然不開心。他在大西洋城的行為不是開心的人會做的事，那種強迫症的行為與開心正好相反。

「我不知道，傑瑞。」路克閉著眼睛說。「你開心嗎？有人開心嗎？」

傑瑞並沒有把話說出口，他頗確定他沒有說出口。難道路克也坐在那兒，思索傑瑞的行徑，評判他的選擇嗎？

他說：「人當然能感到開心。」

「即使我們這種人？我不確定。假如我們開心，就不會想當作家了吧？」

「也有開心的作家，寫得很好。有可能，我得相信有可能。」

「到底是哪一個，傑瑞？是有可能，還是你得相信有可能？」

路克在傑瑞答不出話時嘆了一口氣，翻身側躺。「我可以摘除病因，」他喃喃道。「但除不了症狀。」

一會兒後，傑瑞才聽出路克只是說了《洛基恐怖秀》裡的〈甜蜜易裝癖〉歌詞。

註：此句出自英美詩人奧登（W. H. Auden）的詩作《無名公民》（*The Unknown Citizen*），其中一段寫道：「他自由嗎？他開心嗎？這個問題很荒謬。（Was he free? Was he happy? The question is absurd.）」

三月十二日

維多利亞問他：「你對菲蘿做了什麼？」

傑瑞回答：「沒做什麼！」他很不滿她暗示他有辦法對任何人做任何事。

「她態度變得超級冷淡。」

他心想，菲蘿態度很「苓」淡【註】。然後他記起來了，他打電話給菲蘿的主管，想確定她沒有騙他監控錄影的事。他判定女孩沒有惡意，但他認為她可能撒了謊，根本沒看電梯的監控。他向來覺得菲蘿有點懶散。他倒忘了她說過無論如何她都不該替住戶查看監控錄影。

「或許只是整體氛圍？或她特別跟妳有過節？」傑瑞想，菲蘿應該慶幸她沒丟了飯「菀」。

他用太空筆努力填寫《紐約時報》的填字遊戲。這種筆原來真的存在，不僅是影集《歡樂單身派對》裡的發明。由於傑瑞成天躺著，能以任何角度書寫的筆對他來說極為重要。他揮霍

譯註：原文為Phylloh is phrosty，以同發音的phrosty取代frosty（冷淡），形成與Phylloh（菲蘿）呼應的文字遊戲。中文則選用與「菲」同為草字頭的「苓」呈現此效果，後文的飯菀（phired）則對應fired（丟飯碗）。

一百五十美元買了三枝，小心收在床頭櫃的抽屜，跟平常收藏的筆記本放在一起。他解不完週一的填字遊戲，不禁心生恐懼。照顧母親的那幾個月，他不再每天解完填字遊戲，但受傷後又重新開始。這可不行，以前他偶爾會在題目最難的週六卡住，但週一絕對不會！週一的題目連蠢蛋都能解得了。

維多利亞說：「我想不出來我做了什麼，不過她不想跟我說話就算了。她話好多，而且都超沒營養。我只想拿了包裹就走。如果不是因為要問有沒有包裹，我會從車庫直接搭電梯到公寓，根本不經過櫃檯。」

有時候他覺得維多利亞在模仿他的個性和態度，但很不適合她。就傑瑞來看，大家往往把權利和特權掛在嘴邊，卻錯失了一些細微差異。沒錯，身為有錢的白人男性他享有特權，他想他也應該注意這些天生的好處，他確實有努力了。然而，也有特權是透過成就和純粹活得久掙來的。維多利亞沒有權利傲慢地批評他人「話多」和「沒營養」。她聽過自己說話嗎？況且傑瑞六十幾年的人生可長過二十幾歲的維多利亞，就像川普能力壓年輕小夥子。

但他要是真的說出這句話，會嚴重冒犯到她。她搞不好還會抱怨用第四十五任總統的名字做譬喻會觸發到她的痛處。觸發。依照傑瑞的思考邏輯，這個詞用得很隨便。「觸發」是指刻意扣動武器，導致非常明確的一系列後果。如果人遭到觸發，這個人就是武器或陷阱囉？痛苦回憶的重現只是日常生活的一部分，跟開槍完全不同。

他做了上半身的運動。他的頭腦依舊混沌，不過至少身體對外部刺激似乎有反應。他腰部以上日益強壯，但坐著還是非常痛，無法緩解。或許就算艾琳冷漠地堅持要他吃全劑量，他也應該減輕藥量。

電話響起，斷音般的雙響表示是櫃檯打來。他實在太無聊，便接起電話。

菲蘿說：「她又來了。」她確實很冷淡。

「誰？」

「你太太。」

「太太？」露西？格雷琴？莎拉？他迫切需要刺激，能見到其中任何一位都好，甚至包括格雷琴。

「二月來過的那位。」

菲蘿，妳在仔細記錄我的訪客嗎？

「喔，她從來不是我太太。」

「好吧，她來了。」

「我想妳可以放她上來。」

「她已經上去了，她說你在等她。」

他沒有在等她，不過突如其來正是瑪格的特色。剛開始約會的熱戀期因此刺激無比，尤其在性事上，但隨著日子過去就變得非常無趣。

「傑瑞。」她大步走進來說。「你得幫我找地方住。」

她身穿寬鬆的披風，不對——是連著類似披風的大衣。深色絲滑材質，很像那晚窗邊女子穿的外衣。不過如果晚上看貓都是灰色，那所有大衣也都是黑色。

「為什麼？」

「因為你把公寓賣了，蠢蛋。」

「對，但都過好幾個月了。妳不是有自己的住處嗎？切爾西區的套房？」

「轉租的房客不肯搬走，你相信嗎？」

他絕對相信。他也相信根本沒有房客，瑪格在切爾西區沒有自己的套房公寓，她本人就是轉租的房客。

「妳總有些法律上的權利吧？」

「堤路認為租約到期就沒事了。我循規蹈矩做事的下場就是這樣。」

現在大家不再常用這個古雅的成語，傑瑞不禁想起他為何曾醉心於瑪格。她看似愚蠢，其實聰明又飽讀詩書，他甚至不用解釋他舉的例子。跟她走到一起並沒有錯，他只錯在分手時以為會比過去幾任順利。顯然把她推給堤路沒有用，至少還沒有成效。面對女人，堤路比傑瑞聰明多了，即使他多結過一次婚——或搞不好這才是原因。

「瑪格，我必須很誠實地跟妳說，我沒辦法再供養妳了，我也沒有義務供養妳。我們那段感情很美好，但已經結束了，結束好一陣子了，我想我們都清楚。我以為六個月前我賣掉公寓搬來巴爾的摩時，妳就懂了。」

「我以為你會搬回來。」

「我也是。」他還是打算回去，只是要再等一、兩年。他現在很肯定紐約比巴爾的摩更適合養老。喔，為什麼他要賣掉原本的公寓？他再也不可能買到那麼好的房子了。紐約似乎執意要擺脫一切，唯獨甩不開億萬富翁，以及趁房市走跌時入手又永不脫手的幸運老人。

「那我該怎麼辦？我要去哪裡？」

他體驗到最詭異的似曾相識，用帥哥貝文頓醫生的話來說就是定序錯誤。他發現她其實在演《亂世佳人》的最後一幕。她像郝思嘉去監獄探望白瑞德一樣闖進來，現在則跳到了故事結尾。他不能說他不在乎，他沒那麼冷酷。

但他真的不在乎。

「瑪格，我相信一定有人能幫妳，但那個人不是我。很明顯吧，我這樣幫不了任何人。」

她瞇起眼睛。「你向來就是自私的混蛋。每個人都以為你很棒，你自己也這麼認為。但你這個人很惡劣，傑瑞。自以為是好人的壞人最糟糕了。」

「我很遺憾妳這麼想。不過，我們不再往來不是更好嗎？」

「我知道你的事，你不會希望我告訴別人。」她的聲音越來越大，在樓下辦公室工作的維多利亞都能聽到她的聲音，搞不好連內容都聽得見。「你以為你的祕密不會纏上你，但有些你擺脫不掉。傑瑞，我可以讓你的生活很痛苦。」

她威脅要揭發他，這種沒什麼價值的勒索雖然無憑無據，卻令傑瑞火冒三丈。瑪格大概也算準了他的反應。傑瑞向來懼怕他人的閒言閒語。他運氣好，結過三次婚，但大眾對作家的生活不感興趣。他從未隱瞞自己的過去，只是輕描淡寫帶過比較極端的部分。推銷員與家庭主婦的獨子，年幼時父母離異，父親再婚後有了第二個家庭。沒有人需要知道這兩個家庭重疊了將近十年。傑瑞運氣好，老傑洛德．安德森在世時沒有人試圖聯絡他，否則只要有人有興趣，老傑洛德都很樂意說、說、說個不停。

「瑪格，如果妳有故事好說，就說吧。寫下來更好，妳不是一直威脅要寫回憶錄嗎？喔，等一下，創作是妳唯一做不到的事，妳只能屈就跟能創作的男人上床。」

他知道他的話很殘酷，利用他對瑪格的深入瞭解，找到她最不安的一點，猛力攻擊。不過他還是沒料到她會賞他一巴掌，接著趁勝追擊，用指甲刮破他的臉頰，劃出血來。

他大叫一聲，多是出於驚訝而非吃痛。沒有人這樣碰過他，從來沒有。他不曾想對女人動手，直到現在。他用力推了她一把，當她反撲回來，他直覺抓住放在床邊還用不上的助行器當作盾牌兼長槍使用。腦中某個荒謬的區域得意地挖出一條資訊：長槍比武是馬里蘭州的代表運動！

很多人以為是袋棍球，但其實是長槍比武。

他戳第三次終於命中目標，撞得瑪格飛了出去。她重重跌在地上，包包摔開，裡頭的東西散落一地。傑瑞看到她仍帶著不少保險套。隨興的伴遊女郎需要做好準備，真是值得注意的矛盾。

維多利亞跑上樓，看到眼前的景象僵在原地。瑪格跪起身來，誇張地搓揉後背，但傑瑞知道尾椎骨裂傷的感覺，他很肯定如果她受重傷，早就痛得尖叫了。她爬過水泥地面，收拾東西。

不是傑瑞，而是瑪格對維多利亞說：「打電話報警。」他完全不想把警方扯進這場鬧劇，留下官方紀錄。維多利亞嚇得背貼著牆，看來跟他有志一同。

「我覺得妳不會想找警察。」他指著自己的臉說。「妳先弄傷我的。」

「你這兩棲動物，我很訝異你身上有血。」

「瑪格，妳走吧。」他說。「別回來了。如果妳再跑來，我會告知櫃檯請警衛送妳出去。必要的話我會申請禁制令。妳離我遠一點——」

「不然呢？」她嗤之以鼻。即使剛才被擊倒，她依舊敢質疑他的男性權威。她把她的東西拿到廚房流理台，收好包包，一點都不急。

「妳會後悔。」

「不，你才會後悔。我知道一些事，傑瑞。你不知道我發現了，你也不會希望別人知道。」

他完全聽不懂她在說什麼。

她在流理台看到他的皮夾。皮夾放在那兒好幾週了，主要是維多利亞叫外賣時會用，不過裡頭總有一些現金，沒有現金傑瑞就覺得不安全。瑪格拿起皮夾翻看，抽出幾張鈔票說：「你至少付我該死的計程車費吧。」

她走到大門口，停在門邊掛的小鏡子前，一旁是有鉤子掛鑰匙的收納箱和裝信的層架。她慢條斯理打理頭髮，補補唇膏。

「瑪格，可以請妳走了嗎？」

她說：「我們還沒完喔。」

「我很肯定我們完了。」她走出去，將門用力甩在身後。他感到如釋重負，他撐過瑪格．巧索的詛咒了。

當天晚上他陷入夢境時，很擔心錯覺又會回來。上次瑪格來訪後他便接到第一通電話，或他以為有接到。他吞下安必恩和鈣片，長久以來第一次享受到幾乎無夢的夜晚，感到全面的幸福喜悅。電話沒有響，也沒有可怕的幽魂打擾他。他再次睜開眼時，已過了早上七點，晨光開始滲進房內。幾天前剛實施日光節約時間，因此清晨的光線沒有一週前那麼早亮。薄紗般的灰暗中，他看著天花板，回味心中的滿足。今天早上他覺得溫暖，說來奇怪，還感到了愛，即使真心愛他的唯一一個人已經不在了。他不記得作夢，卻感覺像孩子作噩夢後被人安慰過一般。

他找到遙控器，升起窗簾。一束束橘紅色光芒射穿東方的天空。當初買下公寓時，他裝作鄙視這項高科技設計，但窗戶面向東方，窗簾非常必要。他私底下其實覺得用遙控器很刺激。小時候，壞人和花花公子的老巢總有遙控器能關上螢幕、播放音樂、降低桌子，或升起床鋪。「不，龐德先生，我想你該死了。」

他想到美國國歌作詞者法蘭西斯·史考特·基曾目睹巴爾的摩在一八一二年的戰役中堅強抵禦英軍攻擊。他的頭腦今天早上很活躍，恢復常態，在不同的文化隱喻間跳來跳去。他還是不要臉的二十幾歲小夥子時，曾到倫敦參觀聖保羅大教堂，還開心地提醒導遊威靈頓公爵墓旁以銘牌紀念的知名羅斯少將在北角之役並未獲勝。火箭閃著紅光！炸彈在空中轟鳴！整夜不斷見證。喔，你可看見？如果是在巴爾的摩金鶯棒球隊的比賽，則是唱喔喔喔喔喔喔喔喔喔，你可看見？法蘭西斯·史考特·基是法蘭西斯·史考特·費茲傑羅的祖先。傑瑞一邊想著，一邊享受思緒自由的聯想。以前他會帶女生去羅克維爾正中心的小墓園參觀費茲傑羅的墳墓。他對《大亨小傳》的感想不好不壞，但用這招幾乎無往不利。老天，他真懷念做愛。

地上那一堆深色的東西是什麼？看起來像一疊衣服，只是——那是手臂嗎？

醒來，他對自己說，醒來，醒來，醒來。但他本來就醒了。

他掙扎著坐起來。那堆衣服或床單離床邊頗近。可能是粗心的艾琳忘在這裡，她做事總是亂糟糟。雖然他動不了受傷的腿，但能靠核心肌力從床上探出頭，好看個清楚。

那堆衣服是瑪格，她的黑色披風像絲綢水坑環繞著她。他們會面的後半段是他的夢嗎？他是否推得太用力傷到她了？她不是離開了嗎？事發當時維多利亞不是在場嗎？

瑪格的臉背對著他。他拿起先前用來自衛的助行器戳戳她的身體，直到她的頭軟軟轉向他。一名開心的小推銷員似乎在瑪格臉上跳舞。

原來是父親的老拆信刀握把，阿克米學校家具公司。刀子插進瑪格的左眼，沒至刀柄。

光線充滿了房間，鮮紅的日出很快轉為藍天，積雲如帆船快速飄過。今天會是宜人的一天。

喔，你可看見？喔，你可看見？喔，你可看見？

第二部

女人

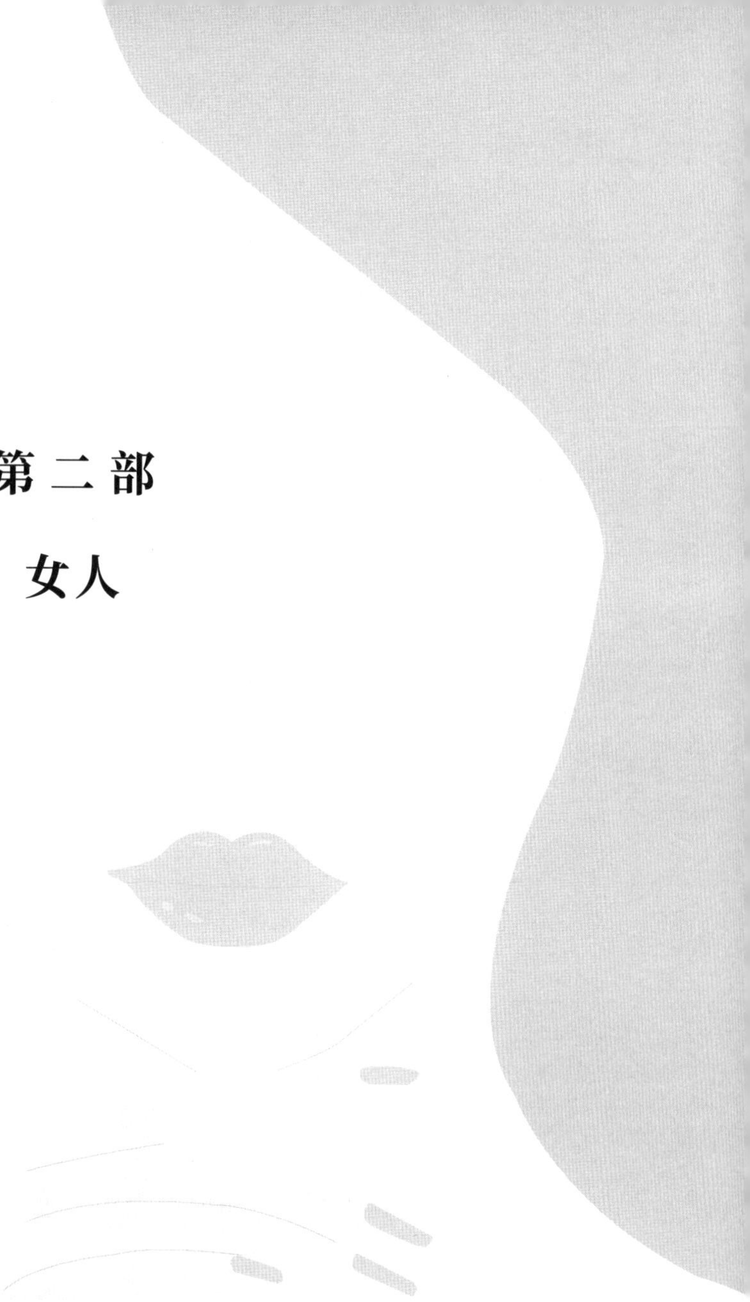

三月十三日

砰，砰，砰。砰，砰，砰。

聲音很熟悉，但傑瑞無法辨認出來。血液在耳中狂嚎，他的思緒飄忽不定，試圖理解眼前的景象。

砰，砰，砰。

也許是透露線索的心跳聲，不過要怎麼把屍體埋在灌漿水泥地板下？少來了。如果那堆黑色衣服中還有心臟在跳，瑪格受損的腦殼中還有大腦在嗡嗡運轉，那就好了。

砰，砰，砰。

原來是艾琳走上樓梯的重重腳步聲。糟糕。早上她都會上樓與他道別，不過傑瑞通常會裝睡避免跟她說話。或許他現在也應該裝睡。或許他真的還在睡。這要是夢就太好了。這是夢，一定是夢，等他醒來，地上的人就會消失，如同那晚的鬼魂。肯定是鴉片類藥物帶來的錯覺，或癡呆症，誰在乎啊？只要能解釋他自認在地上看到的東西就好。他閉上雙眼。搞不好他的眼睛一直都閉著。

砰，砰，砰。

然後——鴉雀無聲，沉默無限延長。他一直認為她會尖叫，她沒叫反而給了他希望。她的呼吸穩定，吸氣吐氣，如同平常爬完樓梯有點喘，但聽起來正常規律。

「哎呀，」她說。「發生什麼事了？」

他睜開眼。艾琳身穿蓬鬆外套站在那兒，雙手扠腰，形似不怎麼小的茶壺，又高又壯。她的編織袋掛在手肘彎上。

「我不知道，我真的不知道。」傑瑞說。「她昨天跑來，但我趕她走了。她攻擊我，她抓傷我，我擋開，但我沒有……我不會……況且那是稍早的事，維多利亞也在。我沒有……我絕不可能……我不知道怎麼……」

「她偷溜回來。」艾琳的話像在陳述，或在提問。她冷靜得不正常，不過她是護理師，見識過一般人沒經歷過的事。

「一定是，我不知道她怎麼做到的。她知道我必須讓大門開著，或許她躲在樓梯間——」

他聽起來很荒謬。可能是他動的手嗎？想像瑪格在樓梯間待上好幾個小時，聽起來也很荒謬。可是維多利亞工作到五點，艾琳七點抵達時地上也沒有屍體，事情顯然發生在半夜。他很驕傲能確切點出時間，接著感到震驚。瑪格死了，死在他的公寓。她個性再怎麼誇張，也不可能把拆信刀插進自己的眼裡。

「安德森先生，這不太妙。」他難得感謝艾琳缺乏熱誠的態度，還有她輕描淡寫的天分。

他說：「我想我們得報警。」

艾琳說：「當然。」但她沒有動。「很明顯是自衛殺人。」

「對。」他說。「我是說，我想沒錯。我什麼都不記得。」他心想，睡夢中殺人是否也是安必恩的潛在副作用。「我所做的陳述本身就是假的。」

「你需要時間。」她說。「在緊急狀況下，沒有計畫就倉促行事最糟了。」

「沒錯。」他迫切地附和。「我們可能要找律師或——」

「不行，不能找律師。相信我。」她表示。「我可以搞定。」

「怎麼做？」

她重複一次：「相信我。」她脫下外套，披在椅子上，這次他沒有斥責她。「你就把自己託付給我吧。」

這不是他會想到的畫面，但他別無選擇，只能照做。他真的無法想像採取其他方案會發生什麼事。打電話報警或找律師。告訴堤路。不行，他選擇相信艾琳。

新任務似乎帶給她活力，她語氣中帶著令人信服的自信，繼續說：「取消克勞德的約，然後打電話給維多利亞，要她今天別來。」

「用什麼理由？」

「你是作家，編個理由。」

他照做了。他打電話給維多利亞，請她開車去普林斯頓大學查看特殊藏書。「我想瞭解未來研究學者查找我的作品是什麼感覺。」他說。「跟館員說妳想看托妮．莫里森的選集，還有法蘭西斯．史考特．費茲傑羅吧。」

「你覺得這兩位是最好的，呃……比較對象嗎？」

她的問題很不敬，但傑瑞沒有餘裕質疑她對自己在美國文學界地位的評價。不過他仍忍不住提醒自己，他的著作數量比費茲傑羅多。

「我認為他們會是查詢量數一數二高的作者，圖書館員應該很習慣學者去查找他們的作品。假如館員無法處理妳的要求，我就不能指望學者查看我的作品時體驗到好的服務。」

「光開車就——」

「我知道，辛苦妳了。妳可以搭火車，但省不了多少時間，而且不管妳多有效率，都會耗上一整天。妳不如找間旅館住一晚，我可以推薦校園附近不錯的小旅店給妳。把工作拆成兩天，然後週五休假，補償妳加班的時間。」

艾琳正在擦地，這時舉起戴橡膠手套的手，朝他豎起大拇指。

艾琳今天的效率驚人。平常照顧他動作緩慢遲緩，要她移除屍體並清潔乾淨倒做得挺好。他的客廳彷彿上演真人實境節目，他坐在床上，看她拿來白色床包，八成是他替書房沒用過的沙發床準備的，接著包起瑪格的屍體，像拖平底雪板般拖下樓。

艾琳氣喘吁吁地說：「幸好你都喜歡瘦的。」

「妳要去哪裡——」

「你問的問題越少，」她告訴他。「對你越好。什麼都不知道，什麼都不記得，這可是重要籌碼呢。」

屍體移走了，地板也刷乾淨了。艾琳像愉悅的馬克白夫人，邊做事邊哼著歌。她把拆信刀洗乾淨，放回他當作床頭櫃的茶几上。

傑瑞詢問手機上的Google搜尋引擎：「警方如何在物體上找到血液證據？」這一查便掉進魯米諾試劑相關報導的兔子洞。拆信刀可不是他們唯一的問題，或許該直接把刀丟了？可是他們丟不掉灌漿水泥地板，裡頭可能永遠留下瑪格死亡的微量記憶。

「艾琳，妳覺得——」

「你得讓我來思考。」

真可怕，但他也認了。

她要了他的信用卡，打了好幾通神祕電話。他聽見她提到立方英尺和預計送達日期。艾琳一度變得毛躁。「明天不算加急，」她說。「今天才是加急。你不懂這個詞的意思嗎？」她掛了電話，改撥另一組號碼。這段對話更詭異了。「對，我知道獵鹿季節過了，但我開車撞到一頭。」

由於她平常白天都不在，今天她拿藥出現在床邊的次數也增加了。他想抗議，但對於能夠入睡這件事又充滿感激，因為他能懷抱一絲希望——希望這一切只是場噩夢，總有醒來的時候。

他拿起拆信刀，貼著自己的臉，就在眼睛下方。肌膚和骨頭都敵不過刀鋒。

二〇一六年

「你一定要嚐嚐『海栗』。」

傑瑞一臉懷疑地抬起頭。他本來以為要和堤路吃水餃，根本不知道額外巷在哪裡，只知道在下東城，結果卻被騙來高級餐廳用餐。他現在沒心情聽別人告訴他要吃什麼、喝什麼，只想盡快離開餐廳。

可惜天不從人願，百福子餐廳不是能快速用餐的地方，菜單上唯一的選項是「主廚精選」，傑瑞聽了就害怕。但這大概就是堤路挑這家餐廳的原因，他想談的議題需要花時間鋪陳。餐廳的服務過度親切，令傑瑞討厭極了。他喜歡市內小餐館服務生粗聲粗氣的冷淡態度，但這些餐廳都逐一消失了。一九八〇年代末期的紐約去哪兒了？連二十一世紀初的紐約都不在了。上了第二或第三道菜後，他乾脆放棄假裝在吃，雙手抱胸，像生氣的小孩一樣瞪著食物。

那位堅持要他試吃「海栗」的女子是另一名常客。高䠷，纖瘦，時尚，還很性感。她沒有逗留或試圖自我介紹，只是走回她的桌子。從同桌人的條紋西裝和口袋方巾來看，傑瑞推測她在跟未婚夫人選共進晚餐。

他沒發現自己仍盯著她，直到堤路彈指吸引他的注意。「傑瑞。」

「幹嘛？」

「我說，魯丁能拍出作品。」堤路開始列舉電影和影集的名字，大部分對傑瑞來說都毫無意義。

他說：「他沒有拍出《修正》。」雖然傑瑞鄙視大部分的八卦，甚至是文學八卦，但他還是會關注某些作家的職業生涯。他不認為法蘭岑是他們這一代的業界標竿，但別人這麼想，他便持續關注。《修正》的改編計畫失敗時，他真的很失望。他本來希望影集能凸顯傑瑞在小說中看到的無數缺點。

堤路說：「沒有人能事事成功。」

「我跟你說，這根本不是個好選項，出價低得誇張。」

目前為止，《夢中的女人》曾三次售出改編版權。這本小說就像綁在繩子上的惡作劇錢包，傑瑞和堤路把錢包丟在人行道上，大家就不斷去追。可是他沒辦法跟堤路說，他寧願這樣不斷重複賣出版權。他第一本小說改編的電影令人失望，主要是因為似乎沒有人在乎。傑瑞本來希望能改編得優秀出眾，不然就乾脆徹底失敗，促使觀眾熱烈讚揚原著。然而沒有人評論這部電影，好壞皆無。他們拿走他的第一個孩子，從各個層面來看都是他最甜美順從的孩子，結果改造得如此無趣。無聊，有禮，無血無肉，最終什麼都沒有。所以別想了，他不想看到《夢中的女人》成功改編，他只希望大家為此不斷掏錢。

況且他很生氣魯丁在二〇〇一年買下法蘭岑的作品改編版權，而不是他的。他不想當任何人的備胎。

「傑瑞，現在情況不同了，很難拿到那麼大一筆錢。不過女主角找到了，有人想扮演奧貝利。」堤路見自己說的名字傑瑞毫無概念，便用手機搜尋照片給他看。

「她很美，美極了。說實話，她太美了。奧貝利不是傳統的美女，書中很強調這一點。」

「老天，傑瑞，她當然要很美。你沒看過電影嗎？」

「最近沒有。我倒滿喜歡一部影集。」

「哪一部？」

「大家都在談論的那一部。」

「傑瑞，你得把範圍縮小一點。」

「他會販毒？」

「《絕命毒師》？」

「沒錯。」

「傑瑞，這部影集早就沒在播了。」

「我想我是在iTunes上看的吧。」

他嚐了「海栗」。雖然吃不出來是什麼，但他承認確實挺好吃的。

堤路問：「那接下來呢？」

「我想挑一個低俗文化類別來提升改善。」

「像《第一區》或《如果我們的世界消失了》？」

傑瑞皺眉。他向來強調他不嫉妒有才華的作家成功，但他也自認獨一無二，只聽從自己心中的鼓聲邁步。他試著平靜看待科爾森．懷特黑德近日因《地下鐵道》備受矚目，但沒那麼容易。

「是，也不是。」他說。「我對殭屍或大流行病沒興趣。我感興趣的是，別笑，肥皂劇。」

堤路的筷子掉在盤子上，濺起的醬汁差點噴上他漂亮的衣領。今天他穿方格花紋西裝，可能是特定的方格花紋，有特定的名稱，但傑瑞只知道底色是灰色，上頭隱約交叉酒紅色、金色和綠色。時尚比食物更無聊。他都穿卡其褲、牛津布上衣和GAP的棉質針織衫。

「什麼？」

「我媽會看肥皂劇，一九七〇年代，我十幾歲，不免俗也跟著看了幾部。我們家只有一台電視，她只有週四下午休假。我們會一起看ABC電視台的節目。《我的孩子們》、《只此一生》、《杏林春暖》。雖然她一週只能看一次，卻也沒錯過什麼。真了不起，劇情雖然發生了很多事，卻進展得很慢。」

沒錯，糟糕的燈光，奇怪的慢步調，每天播出的安排，編劇和演員都綁在這輛必須持續往前的車上。即使文化圈其他的一切都在狂奔、推擠、競爭，肥皂劇卻仍膽敢該死的慢慢來。肥皂劇的緩慢、安於重複和直白說明都有其優點——現在卻逐漸衰亡。如果他是年輕作家，需要關注，他會寫散文捍衛肥皂劇。現在他想擷取肥皂劇成功的因素：將節奏、人性層面，以及深陷瀕死的婚姻或婚外情的重大感受（他對後者沒有概念），放在某個大事件的框架下。不是九一一或二〇〇八年的金融海嘯，但也要是確實龐大的事件。

「聽起來——」堤路咬了一口，緩緩嚼食，逼傑瑞等他的形容好久。「有潛力。」

「我聽得出來你有點遲疑。相信我，堤路，你也知道我的直覺很準。我其實很懂——」他不想說時代思潮，他厭惡這個說法。傑瑞喜歡說他瞭解當代的弦外之音，可以看到表面下的暗流。父母的婚姻使他練就這種能力。

「你寫了多少？」

「每天都在寫，但還沒辦法加速，還不到我知道就是這本的時候。」傑瑞的失敗率很高，往往要寫三本以上，才有一本會開花結果。這也是為什麼他不再預收版稅，堅持書要寫完才賣。當然他不用擔心長年合作的編輯不出價，也不用怕價格不好看。沒有合約束縛輕鬆很多，而且因為傑瑞永遠都有作品，堤路也有籌碼能吸引多方競標。

堤路開口說：「或許把肥皂劇的點子當作回憶錄的一部——」

「不要，絕對不要。」

「連你父親過世了也不行？」

「他過世，我媽過世，我過世——永遠都不會出回憶錄。」

「我可以理解等到你母親過世——」

「建議你吃『海栗』沒錯吧？」

標緻的女子回到他們桌邊。她很明顯要走了，手臂上搭著一件顯眼的艷紅色羊毛大衣。傑瑞十分感激她再次出現，她不僅岔開關於回憶錄的話題，還十分迷人。她性感卻高雅，配上宛如螳螂的纖長四肢。他和莎拉離婚後就沒怎麼約會過。他不喜歡約會，他遇到的女人則不滿意他的偏好：在中央公園好好散步，到他最喜歡的社區餐館外帶或叫外送，看金鶯隊的轉播比賽。

「沒錯。」傑瑞說。「的確滿好吃的。我還是不知道我吃了什麼。」

「海膽。」她看到他的表情笑了出來。「其實更糟，是海膽的生殖腺。我是不介意啦，但你可能會。」

喔，她可騷了。

「那個，我不想麻煩你，我是你的書迷，我們在去年的筆會活動見過面，但我想你應該不記得了。當時你身邊都是人，我只是其中一個小粉絲。」

「不麻煩，妳會很訝異多不麻煩。」他說真的。如果每個書迷都能說：我不想麻煩你，我是你的書迷，那多美好呀。這名女子多美好呀。「再跟我說一次妳的名字？」

「瑪格·巧索。」她說。「聽起來像《坎特伯里故事集》的作者名字，但拼法是法文。輕巧的巧，繩索的索。」她的避險基金男伴走來，她伸手勾住他的手。「好好享用吧。」

他目送她離開，並記下她的名字。她的姓氏夠特別，就算在這個老影集稱作裸露的城市，有八百萬個裸露的故事，他也能查到她。從背後看，她腰部以上幾乎是裸露的，即使夜晚寒冷，她仍把大衣掛在手臂上，露出肩胛骨。他幾乎可以看到她的尾骨，但最吸引他的是那兩塊肩胛骨。骨頭銳利美麗，可以刺穿男人，而且完全值得。

堤路喊他：「傑瑞？」

「我不寫回憶錄。我還活著，堤路，我離寫回憶錄還遠。」

「我只是想知道你要不要吃完你的生殖腺。」

三月十五日

「謝天謝地星期五了。」艾琳端來他的午餐，愉快說道，「維多利亞不在，我多了三天能把事情安頓好。」

自星期三以來，她就沒離開過公寓了，頂多外出處理雜事。其中一次她帶著一個小行李箱回來，因為她需要整天待在這兒把事情做完。他發現他不知道她住哪裡，生活中有沒有其他人——家人，室友，伴侶。

「很抱歉要妳，呃……這個週末上班。」

「沒關係。」艾琳說。「我會報加班。我假定只有你能使用你的支票存款帳戶吧？你開一張支票付我加班費就好。對了，費率是一點五倍。」

他有點想抗議她在敲竹槓，但艾琳接手處理令他如釋重負，付多少錢他都會欣然同意。錢就是為了解決問題。這是誰跟他說的？肯定不是母親，她時時都在擔心缺錢。也不是父親。是瑪格說的。「錢就是為了解決問題」是標準的瑪格主義。每次她想用傑瑞的錢解決她的問題都會說。

「不過我想我得告訴會計師，」他說。「他們才能計算稅金。我向來都這樣付助理薪水，會預先扣繳，免得他們年底要付一大筆稅。」

「這樣吧，等我們算出這個週末的加班費，你在支票上寫『用品』就好，看起來就像我先墊付，再跟你申請報支。」

他說：「好。」

傑瑞不想顯得勢利，但他稱之為「意外」的事件發生後，艾琳的說話方式變了。事件當然是意外。除了雙方同意且帶點性癖的情境，傑瑞從未對人動手。莎拉喜歡別人輕輕打她屁股，她提出要求，還得說服傑瑞。當時他感覺有點蠢。他不喜歡有戀父情結的女人，他自己對父親也有糾結，不想把這種事帶進臥房。

他問：「艾琳，我們在做什麼？」

「爭取時間，」艾琳說。「好研究到底發生什麼事。或許再過一、兩天你就會想起來，我們就能再想怎麼辦。」

這麼想真美好啊。傑瑞想做正確的決定，他忍不住天真地相信有方法能解決眼前的兩難，只是他還沒想到罷了。就算瑪格趁他吃了安必恩暈頭轉向而攻擊他，他仍無法相信自己殺了她。爭取時間——對，他們只能這麼做，給他時間思考怎麼進行最好。

他說：「我懷疑我真的想得起來。」

「當下一定很震驚吧，甚至無法以夢的形式記下來。」艾琳說。「那個女人偷偷溜回來，趁你睡著不知道在搞什麼，你要保護自己很正常。拆信刀一如往常放在你旁邊，你還能怎麼做？」

「我要是能處變不驚，叫妳過來就好了。」即使陷入解離性失憶狀態，他也懼怕鬧大場面嗎？路克總說體面是傑瑞的致命傷，無法開口爭取他想要的東西最終會害死他。你連在沙漠都不會討一杯水。但偏偏是路克，那個從來不怕提要求的人，卻在三十一歲前就死了。

「真不敢相信妳什麼都沒聽到。」他說完後有些愧疚，覺得不該暗中斥責現在正努力想救他的女人。

「我睡得很熟。」她皺起眉頭，像在生自己的氣，讓傑瑞感覺更糟了。艾琳沒錯。瑪格瘋了，她的威脅——他甚至不知道她在說什麼。活了將近七十年，傑瑞的良心特別清白。沒錯，他傷過一些人，但誰不是這樣？他有善待妻子，否則他的資產會是現在的三倍。有些他做過的事不符現在的標準，但做的當下在社會上都沒有問題。

他的良心「以前」很清白，現在他的記憶中央開了孔，喪失了一連串事件。他做了糟糕的事，卻連一絲印象都沒有。他必須為此感到愧疚嗎？

瑪格自認知道他的什麼事？她的威脅難道不是虛張聲勢嗎？要是她已經把自認知道的事告訴別人了呢？

「生前」自認知道。

樓下的電鈴響了。艾琳說：「貨到了！」他從沒看過她這麼生氣勃勃。她走下樓，接著傳來大型物件移動的聲音。「試試這邊。」她指示某個人。一道低沉男聲喃喃回應。「我知道我想放哪裡。」艾琳回答。「只是暫放。我爸突然決定上網買了一整頭牛，老天保佑。他讀了什麼氣候變遷的報導，自以為跟小農買半頭牛能減少他的碳足跡。他以為半頭是，天知道，四塊牛排加一點肋排。」

怎麼回事？還是不要知道比較好。

他昏沉睡去，但不久後又被鈴聲吵醒。艾琳上樓給他下午的安必恩，他沒有抗議就吃了。接下來他睡睡醒醒，隱約聽到很吵的嗡嗡聲，令他想起某件事。現在換腿了。艾琳端來他的晚餐，拿來更多藥。她看起來充滿活力，彷彿找到了明確的目標。或許照顧六十一歲的老人不是最刺激的活動，她需要解決真正的問題。

「真神奇。」她說。「影音網站上什麼都找得到，任何事都有教學影片。」

二〇一七年

見過神經科醫生後，母親要求去艾爾帕西諾披薩店用餐，他怎麼能拒絕呢？他當然不想提醒母親他們喜愛的艾爾帕西諾餐廳在貝維迪廣場，但好幾年前因為品質下滑，他們就沒再去，後來店也關了。最近只要有辦法，他都盡量避免提醒母親記憶的漏洞。

今天是陰鬱的十一月。傑瑞在小說裡會這樣寫嗎？還是寫這種天氣太明顯了？母親聽到自己的死期後，跟兒子一起去吃披薩，這種場景適合什麼天氣？

「我要吃蒙澤塞披薩，」她說。「向來我最喜歡的口味。」

至少這點她沒記錯，但她的句法令他想哭。上週她一度陷入混亂，誤以為他是父親，從各個層面來看都搞得他頭暈。首先，他絕對不想被誤認成老傑洛德．安德森。更糟的是，他不想聽錯亂的母親急切地表白：「我還愛你，傑洛德，很高興你也發現你愛我。可是傑瑞知道了怎麼辦？」父親已經過世十六年了，母親也至少四十年沒見過他。

好在她今天狀況不錯，醫生也說這不會是最後一個好日子。然而，壞日子很快就會超越好日子了，他們必須迅速應對，在她無法自理時做好準備。他們沒有享受「正常」餐點的奢侈，「正常」已經不存在了。

他開門見山直說。

「媽──錢不是問題，妳可以住最好的，不用去住那種燈光刺眼的討厭地方，就像是去住飯店，不是──好吧，五星級飯店。」

「我想要待在我的房子，傑瑞，直到我需要安寧照護。你也聽醫生說了，反正不會太久。」

「可是妳的生活品質──他們說不用太久──」

「我知道，我會需要照護。可是傑瑞，我只想盡量在我們的家住越久越好。你不能搬過來嗎？你自己也說了，不用太久。」

或許比母親想得還短。傑瑞不得不佩服她。愛蓮娜．安德森不甘只得普通的阿茲海默症，喔不，她非要得庫賈氏病。

他想他應該心存感激，只需要照顧她一個人。跟他差不多年紀的人往往抱怨自己成了三明治世代，夾在中間，像被各種不同要求壓扁的燒焦帕尼尼。不過，即使他從十幾歲起就以自己的方式開始照顧母親，他仍覺得如果當過父母，現在會準備得更好。他缺乏基本的能力，無法想像處理母親的生理需求，因此需要全天候護理師。多位護理師。但博維克街的房子即使只多一人都狹小得令人窒息。

「妳知道那位得了諾貝爾獎的醫生嗎？他率先研究這種病，研究相關的蛋白質。我記得他跟馬里蘭州有淵源。但後來他因為性虐兒童遭到逮捕，在挪威過世。」

母親奇怪地看著他。他自知活該，但他能說什麼？只能說好，他得說好。他可以拖一陣子，但最終還是得搬到巴爾的摩照顧她。一旦她進入安寧病房，他就得留下來直到真正痛苦的結尾了。

他一點也不想，卻又恨自己如此不情願。對現在的他來說，巴爾的摩就如同死亡。儘管這裡是他構思並寫出改變生涯作品的地方，但每次回來，他都覺得在回顧自己過往的失敗。巴爾的摩曾試圖把傑瑞變得渺小。

「媽，妳需要什麼都行。」這是他欠她的。

「謝謝，傑瑞。」

「妳知道為什麼這家餐廳叫艾爾帕西諾嗎？」他問。「我們來了這麼多年，我從來沒想到要問。而且以前有——三、四家吧，現在只剩這一家了。」

「現在只剩這一家了。」母親複誦。

他們的餐點來了。傑瑞這才注意到，他的紅洋蔥蘑菇披薩名叫「金臂披薩」，應該是向傳奇四分衛強尼．尤尼塔斯在巴爾的摩開的餐廳致敬，但那間餐廳二十幾年前就關門了。

三月十八日

等週一維多利亞回來，感覺世界已經重回正軌。嗡嗡的噪音停了，公寓的一切都回復原狀，不過新買的冷凍櫃仍放在洗衣間外面。維多利亞不是好奇的人，但連她也會懷疑為何突然出現一台小冷凍櫃。

維多利亞問：「我聽說你做了一些『安必恩購物』？」她先是盡責地報告她查看普林斯頓大學特殊藏書的結果，他沒聽過更無趣的報告了。她雖然會看書，卻完全不知道怎麼講最簡單的故事，該留下哪些細節，該刪掉什麼，就直接照時間順序講出每件事。

「什麼？」

「艾琳留了字條給我，說你，呃……吃藥後怪怪的，上網訂了一整頭牛，送來時她只得趕忙弄來一台冷凍櫃。」

「喔，對。我……上週有一晚狀況不太好，大概多吃了一點安必恩。」

有一晚狀況不太好。至少沒說錯。

「不過你沒再碰到，呃……來電或其他事件？」

這個問題嚇了他一跳，隨即意識到他沒再去想折磨自己的謎團了——電話，鬼魂。瑪格是他的黑衣女子嗎？感覺很不符合她的個性。瑪格雖然有各種缺點，卻不走消極抵抗路線，總是用直接又惡毒到嚇人的態度爭論。瑪格這種人會研究出最傷人之處，並好好利用這一點。她會面對面直接把刀插進對方心臟。

插。

生前，他提醒自己，她生前是這種人。她曾嘲笑他是「媽寶」，嫌棄他是中產階級，不配有自己的錢。她不止一次說過，傑瑞，你不知道怎麼過活。他們這對情侶就像螞蟻和蚱蜢。那則《伊索寓言》的寓意是強調適當分配工作和娛樂的重要性，雖然有些當代教育家試圖柔化劇情，讓螞蟻同情蚱蜢，但在原本的故事中，螞蟻卻轉身不理，任由蚱蜢死去。

「沒有了。」他說。「該怎麼說，生活太真實了。」維多利亞一臉狐疑地看著他，於是他改口。「我是說太乏味無聊了，還有什麼比乏味無聊的生活更真實呢？」

「再過不久你就不用臥床了，」她說。「可以期待一下。」

「好棒唷。」他試圖用輕鬆的語氣來說些幽默自嘲的話，但他覺得聽起來像在自憐。

維多利亞收拾東西，準備下樓去書房工作。他急著想學藍鬍子給她一些針對冷凍櫃的指令，但那些指令正是導致藍鬍子失敗的主因。好吧，應該是導致他每任妻子死掉的原因，除了最後一任。傑瑞只能假定吃素的維多利亞對她認為裝滿牛肉的冷凍櫃沒有興趣。艾琳原先的說詞不是鹿嗎？她不是告訴至少一家冷凍櫃廠商她開車撞到鹿嗎？還是那是賣無線電鋸給她的廠商？她跟不同廠商說不同的理由可以嗎？

老天。他的人生完全依賴她的聰明才智和她對細節的注意，而這人最愛看所謂的實境節目。但他又能有什麼選擇呢？

「很不錯呀。」維多利亞說。「聽說你要把食材捐給當地的慈善廚房，畢竟你也吃不完嘛。你很少吃牛肉，除了中餐外賣和那道側腹牛排沙拉。」

「我的，呃……一時發瘋總該造福別人。」

「還附送冷凍櫃呢。不過我想肉送走後，你也就不需要了。」她頓了一下。「我應該給你看那張表，上面有寫各種肉類如何影響環境。我不指望每個人都吃素，但不同的蛋白質對地球影響不同。我們有些人賭的代價比其他人高。」

他不喜歡維多利亞的口氣，或她暗損他的年紀。他考慮斥責她放肆的態度，但他突然很想用手機查看他的信用卡帳單。傑瑞在這個部分難得擁抱科技，他不在線上繳帳單，不過喜歡監控各個信用卡帳號和餘額。

他把美國運通商務卡給了艾琳，上週的交易明細已經列出來了，家得寶買的無線往復電鋸，廚房用品店買的各樣商品，普林斯頓的旅館——也是，維多利亞把她的信用卡連到同一個帳戶。*吃素的人怎麼能花這麼多錢點客房服務？她一定點了一整瓶酒。*還有向馬里蘭州新溫莎的農場訂購半頭牛的收據，商品配送到——他不認得地址。是艾琳家嗎？他不確定自己認同她的作法。傑瑞根本不知道艾琳住哪裡，為什麼吃了安必恩發昏會填她的地址呢？

啊，算了，反正是她編的故事，讓她擔心細節吧。

那天傍晚，艾琳帶來全食超市的大型保冷袋，袋子垂吊在她手腕上，裡頭看起來是空的。早上她來道別時，袋子背在肩膀上，裡頭裝滿東西撐得鼓鼓的。

傑瑞吃了他的安必恩，沒多問問題。

一九八六年

「傑瑞，有人投訴你。」

寫作專題的負責人一臉不好意思，語氣和善，不過他的話卻重擊傑瑞。他不習慣惹麻煩，他從來不惹麻煩，他過著模範人生。這週他跟露西準備舉辦派對，於是他買了一箱酒，回到家才發現店家只收了一瓶的錢，不是十二瓶。他打電話過去，確保他們把少收的錢算在他的信用卡上。酒並不貴，一瓶甚至不到八美元，但重點是做事的原則。

「傑瑞？」

「我不知道該說什麼。是學生投訴嗎？」上學期他非常難得當了一名學生。學生沒做作業，他多次警告她，甚至延後交期到這個學期。學生向他保證會提交積欠的作業，但後來又打電話來表示註冊組允許她繼續延期。他不同意，給她打了Ｆ。這些年在霍普金斯大學很少見這種分數了。

「是你的同事，雪儂．袖珍。」

「喔。」

「她說你，呃……接近她，開始跟她交往。」

老天，這句話錯得離譜。是她「接近」他。他們並沒有交往，傑瑞很肯定這才是她申訴的原因。還有，哈利居然在這個語境下用「開始」這個詞，真令人失望。他一定是太尷尬了才會語無倫次。

他深吸一口氣。「雪儂的表現很明顯，她想跟我上床。說真的，我沒興趣，但她很固執，很堅持。有一天晚上，只有我們在看明年寫作專題的申請人選。我們上了床，只有一次。我對自己很失望，不希望再犯同樣的錯。沒有，我沒有告訴太太。露西一直講得很明白，只要我出軌，我們的婚姻就完了。」

露西對於性忠誠的看法其實更有層次，但他的老闆不需要知道。如果她聽聞雪儂的事，她確實會跟他離婚。

「雪儂的說詞不太一樣。」

「我想也是。我沒有任何不敬的意思，哈利，但非常抱歉，她的反應就像遭到唾棄的女人。好吧，不是唾棄，我想我的態度還算有禮貌，但她沒得到她想要的。我不是要為我的行為開脫。那天以來，每天我都很後悔，一直在等報應找上門來，我想就是現在吧。雖然丟臉，但她決定走正式管道，而不是打電話給露西私下報復，讓我鬆了一口氣。我想她認為申訴可能也有連帶效應吧。」

「天界沒有怒火可比由愛轉成的恨，陰間也沒有憤意可比遭唾棄的女人。」柯曼用上他做作又自以為是的朗誦語調。「你知道這是誰寫的嗎？」

「我猜是英國復辟時期的作家？」

「康格里夫，《哀悼的新娘》，他唯一寫的悲劇。大學時期我短暫迷上復辟時期的喜劇作品，在一九六九年關注復辟時期的作家感覺很激進。我真是個書呆子。」

哈利．柯曼現在仍愛像書呆子糾正著名的引言，但傑瑞不打算說出來。

傑瑞問：「接下來會怎麼樣？」

「根據你的說法，這是雙方合意的，呃……交流，你也絕對沒有採取主動。沒有打電話？沒有試圖留她一個人在吉爾曼大樓，沒有重複，呃……這種行為？」

「沒有。她這樣說嗎？」

「差不多，差不多。」

傑瑞生平第一次感到刺骨的憤怒。沒錯，他做錯了，但不是他的錯。經過好幾週、好幾個月的暗示和施壓，是她主動出手。她把手放在他大腿膝蓋上，逐漸往上移。他說了不要，他說這麼做不對。問題就在這兒，這麼做不對，卻令他性奮。露西只有一條規則，大部分男人都會欣然接受。我知道你會受到誘惑，傑瑞，沒有關係，我只有一條規則。可是露西憑什麼替他定規則？是他出版小說，是他大獲成功，還得了獎。沒有人可以指使他怎麼做，尤其是不肯承認自己在嫉妒的露西。只要露西坦白，他也會坦白，可是她沒有，她沒有，她沒有——

當他挺入雪儂．袖珍，他滿腦子只想到這件事。隔天他打電話給她，表明昨天是嚴重的錯誤，不可再犯。他說她是好女人，但他已婚。雪儂．袖珍不接受拒絕，她哄騙、威脅、大哭，甚至宣稱要自殺。那天晚上他去了她的公寓，安慰她，抱住她，然後──好吧，所以確實有第二次，搞不好還有第三次。但他從來不想要後續幾次的私會，現在她想毀了他。

「哈利，她在騙人。我犯了嚴重的錯，但她根本在公然毀謗。我跟你說，我不能接受，我不會忍受這些不實的指控。我怎麼能繼續跟這種女人共事？我瞭解眼下的情況是我的錯，我應該負責。我會去找其他課程的教職──我認識哥倫比亞大學、史丹佛大學的人──」

柯曼這下動搖了。「傑瑞，拜託別反應過度，我們能想個辦法。你懂我為什麼要找你談吧。我沒理由懷疑你的說詞，你也不是全盤否認嘛。兩名同事上床並沒有問題，別倉促做決定。」

「我不會。」

那天晚上回家，他就告訴露西他要辭掉寫作專題課程，用哈特韋爾獎的獎金來當全職作家，至少試個一、兩年。這樣太倉促了嗎？

他想自己去冒險，不想再當她的丈夫，這麼說很殘酷嗎？他違背了她唯一的規則，大部分已婚男人都求之不得的寬大規則。假如他坦白，她也會趕他出門，那何不就這麼離開，不要傷害她的感情，這樣不是最仁慈嗎？以最不會傷到她的方式分開──同時斬斷雪儂．袖珍自以為能控制他的把柄。現在離開，他能給所有人重新開始的機會。

他好厭倦女人自認為能控制他。作家福樓拜曾建議：人生要過得規律普通，才能寫出狂野獨創的作品。

去他的福樓拜。傑瑞沒道理不能兩者全拿。

三月二十一日

首先，瑪格過世了。

這句模仿《小氣財神》開場白的句子在傑瑞腦中反覆播放。他一直在等瑪格的陰魂來糾纏他，不過她不會身纏鐵鍊，而是穿香奈兒時裝。他等著見他所有的鬼魂——過去，現在，未來。然而自從瑪格過世，自從「意外」發生，一切都停止了。不再有電話打來，不再有人影「現身」。最明顯的答案就是答案：是瑪格一直在挑釁他，自認握有他的把柄。到底是什麼？

除了瑪格，大家的人生繼續。艾琳不再帶保冷袋來，冷凍櫃捐給當地的街友庇護所，外加馬里蘭州新溫莎寄來的半頭牛肉。艾琳很聰明，配送地址是庇護所，不是她家。這個故事精巧簡單，跟他以前在《希區考克懸疑故事集》讀到的一樣精明緊湊。拿羊腿殺了丈夫，再煮羊腿給警探吃。或許這只是一場夢，他終究會醒來。

彷彿收到指令，電話響了，簡短斷音表示是櫃檯打來。所以不是夢，他醒著。

「安德森先生？」是樓下櫃檯的菲蘿，口氣依舊「苓」淡。妳是瑪格的共犯嗎？他知道一定有人幫助瑪格，難道不是菲蘿嗎？這樣就說得通瑪格那晚怎麼返回公寓。

「嗯？」

「有人來見您。」

「男生嗎?」

「警——察。」

她把第一個字拖得很長，語氣充滿懷疑。菲蘿大概有許多原因和過往經歷使她認為警察並不友善，而傑瑞這個白人男性過去六十年開車、走路、跑步、活著都不用怕警察。喔，他當然懂在後照鏡瞥見警車的微微緊張感，但他怕的是罰單，不是死亡。

現在他的心臟像在猛撞肋骨，宛如受困在天花板下的鳥兒努力想逃跑。（他去上大學時，母親的房子碰過這個問題。她聽見可怕的嘶叫聲好幾天，卻無動於衷，直到傑瑞從普林斯頓大學回家，發現鳥兒餓死了，壁櫃裡長了一堆蒼蠅。）

詩人艾蜜莉．狄金生啊，妳說希望有翅膀，但恐懼也有翅膀。他的公寓死了一名女子，他可能要負責。（他絕對要負責。）屍體不在了，另一個人幫他處理掉，因此取得控制他的極大權力。傑瑞躺在床上，服用了遠超過標準劑量的安必恩。他可以拿他的病況、他的疼痛、他的腦霧為由，要警察離開。

可是警探來訪時，嫌犯總會開門。有罪的人若想假裝無辜，只能表現得坦蕩蕩。

「當然，讓他上來吧。」

幾分鐘後，一臉好奇的維多利亞讓警探進來。他不符合傑瑞知道的任何典型，不過傑瑞知道的典型警探都來自影集或文學作品。他不是講話慢吞吞的好小子，粗魯滑稽的態度背後藏著精明的智慧。他不是詞藻繁複的黑人時尚男子，也不穿縐巴巴的雨衣。他叫約翰．瓊斯，種族不明，看起來像工廠量產的商品。他唯一的特色是冰寒的藍眼，卻只讓他更像機器人。

「我隸屬紐約警局。名叫瑪格．巧索的女子失蹤了，我們認為你可能是最後幾個見到她的人之一。」

傑瑞不太記得日期，不過這對他來說是好事。他與瑪格最後一次見面時沒發生什麼大事。好吧，他們倒數第二次見面時，她攻擊他，逼他用力推她，可能留下瘀青，不過也沒有剩下皮膚能檢查了。總之，他真的記不起日期。

「我受傷後見過她兩次，兩次都是她突然來訪。」

「最後一次是什麼時候？」

「我不確定，可能一、兩週前？」因為那天對我來說不重要，因為我沒有殺她，我真的不認為我殺了她。如果吃了安必恩，什麼都不記得，還算數嗎？

「根據國鐵紀錄，她買了三月十二日到這裡的來回車票。那天是你最後一次見到她嗎？」

「聽起來應該差不多。日期、星期——現在對我來說意義不大。像我這副德行，日子都混在一起了。」

「但她有來？」

他注意到維多利亞在廚房忙東忙西，花了異常久的時間泡茶。母親會嫌她雞婆。傑瑞意識到他不知「雞婆」是什麼意思。由於母親大量閱讀又不挑，她的用詞總充滿不合時宜的神祕詞彙。

「有，她有來。我的助理那天也在。維多利亞，妳記得日期嗎？」

「你要我去普林斯頓大學前一天——對，十二號。」維多利亞端著她的茶下樓。偷聽是一回事，但她顯然不想被扯進他們的對話。很好。傑瑞不希望她講出那天下午看到的狀況，不過警探如果要求跟她談，他想他大概只能同意。

「我們只能靠火車票追蹤到她最後的行蹤。她不接電話，也沒有使用信用卡。」

「天哪，你難道是說——」傑瑞及時煞住。他不知道她死了，聽到意料外的消息，他會焦慮不安。他現在是小說的角色，他知道怎麼做能擺脫作者的全知全能，採用角色的視角。

「她根本沒有回到紐約。」

「喔。」他假裝鬆了一口氣，因為正常人、無辜的人都會假設樂觀的結局，對吧？「瑪格個性很……衝動。她可能在聖巴瑟米，或任何溫暖的地方。她討厭冬天的紐約。」

「不過冬天快結束了。」

「警探，你是這裡人，你知道冷天氣會偷偷摸摸拖到四月，然後五月底直接變成夏天。」

「她母親很擔心。」

瑪格有母親？這個消息不僅意外，還令他震怒。傑瑞沒了母親，瑪格怎麼膽敢有母親？她從未提過母親，瑪格不配有母親。

「我不知道該跟你說什麼。」這話夠真了。

「問題是——她買了來回票。國鐵確認有刷到她去程的車票，但回程的車票沒有使用。」

傑瑞想到《神探可倫坡》，他和母親一起看的另一個節目。自大的富豪壞人總是落入陷阱，試圖解釋不一致的事證。但如果你不是凶手，也不是警探，何必在意呢？

他說：「他們怎麼知道？」

「現在什麼都電子化了。她在線上買票，有個……叫什麼，小方塊給車掌掃描。總之預約系統有她的資料，預定隔天要搭車回去。」

傑瑞忍不住想告訴警探，國鐵也可能漏掉乘客，他好幾次往返紐約和巴爾的摩都沒有人來查票。他也可以說瑪格不滿意去程的餐飲品質，或許換了別的方式回紐約。現在想想，這完全符合瑪格的作風。不過不行，那些客串的大明星都會犯這種錯，想幫可倫坡破案。他不需要研究為什麼瑪格沒有用回程的車票。

「真有趣，她居然訂了隔天的回程車票。她第一次來的時候，本來預期可以在這兒過夜，但我很清楚表明不歡迎她，請維多利亞送她搭下一班火車回去。」

「你們談了什麼？」

「哪一次？」

「最後一次。」

誠實回答，或至少講出部分真相，看來是最好的險招。「她沒有地方住，非常焦慮。她無法接受我賣了紐約的房子，導致她必須自己找公寓住。」

「你已經表明不會幫她，為什麼她還期望你伸出援手呢？」

傑瑞嘆了一口氣。說來奇怪，他都快忘了地上的屍體、血跡、夜間惱人的噪音、無線手持電鋸的嗡嗡聲、來了又走的冷凍櫃。他感覺自己像這名年輕人的父親，想警告他小心女人，告訴他最糟的女人能做出什麼好事。

「瑪格生前——不對，我希望她還活著，祝她一切都好——瑪格習慣把一切視為理所當然。去年醫生告知我母親來日不長，我便搬來這裡照顧她。我以為只會待上一、兩個月，卻拖到將近二〇一八年底。於是我得賣掉公寓，但瑪格本來在那兒住得好好的。母親病情的惡化和死亡暴露出……我不會說膚淺，但凸顯我們交往並不認真。隨著年齡增長，人很容易落入這樣的安排，重新創造看似『交往』或『婚姻』的模式。不過說句不好聽的，那都只是浮雲。等我搬來巴爾的摩，我以為瑪格會轉向下一個男人。她沒有男伴的時間都不長，我幾乎敢賭上一切，確定她找到別人養她了。」

「如果是這樣，她母親也沒聽說。」

「好吧，我也沒聽說她母親還在世。」

「她住在長島，葛楚．切斯勒。看來巧索小姐二十幾歲時正式改了名字。」

傑瑞努力想記起瑪格的身世，然後意識到她幾乎沒提過。她總是表現得像維納斯，大約在一九九五年從蚌殼出現在紐約，年輕可愛又充滿野性。那時他還不認識她，他還在巴爾的摩，跟格雷琴同住，在霍普金斯大學教書。不過瑪格給他看過她黃金時期的照片，出自她偶爾參演的社會鬧劇小表演。當時他裝得很感興趣。

他貼著事實重複一次：「我連她有母親都不知道。」

「如果巧索小姐知道不能待在這兒，她為什麼來見你？」

「因為她想要錢。」他讓自己又嘆了一口氣。「她從我這兒就只想要錢。」

意外說出的事實令人鬱悶。他是飯票，她是淘金女。今天以前他都沒注意到。他們的關係不過是一場交易，瑪格所有的戀情都是交易。

「你有給她錢嗎？」

「沒有。她是五十幾歲的成年女子了，我沒有義務養她。說實在話，我從來沒有正式邀她同住，她就這樣一點一點搬進來。要是我沒有賣掉紐約的公寓，我不確定要怎麼趕她離開。」

「她母親說女兒知道一些你的事。」

又來了，模糊的威脅。她到底在暗指什麼？傑瑞的良心無愧，除了瑪格死掉這件事。

「她對我很熟，我們在一起好幾年了。」

「她母親說她知道你的祕密，說她要跟你對質。」

「對，她有來找我，但只是虛有其表的威脅。」他的視線穩定冷靜。他因傷動彈不得，不可能有嫌疑做任何事。「說來可憐，但瑪格生前——現在——很歇斯底里。為了達到目的，她什麼都說得出口。那天她非常生我的氣，還趁我躺著不能起身攻擊我。我的助理維多利亞那天也在場，她能告訴你怎麼回事。瑪格打我，抓傷我的臉，我勉強拿我還不能用的助行器推開她。」他指向助行器，他可靠的哨兵。「我大可向警方申訴，但我沒有，因為——唉，她曾是愉快的伴侶，我寧可記得美好的時光。我臉上的刮痕現在看不到了，不過夜班護理師當時有看到，她替我買了美德凝膠，幫助傷口癒合。」

瓊斯警探苦澀地笑笑。「女人哪。」接著他說。「我想跟你的助理談談，或許還有你的夜班護理師？」

糟糕，糟糕，糟糕。即便艾琳證明她很能幹，傑瑞仍覺得不妙。為什麼他們沒有提早準備，統一說詞？

「她不在，當時只有維多利亞在場。事情發生在下午，我的護理師晚上才會來。你可以跟櫃檯確認一下。」

「嗯，我有問櫃檯小姐是否記得巧索小姐。她記得，她說她那天下午抵達，大概十五分鐘後跑出去。」

那她怎麼半夜又跑回來，而且沒有人聽到或看到？傑瑞必須制止自己問警探這個問題。

「真是詭異。」於是他說。「她招了計程車，還是叫了優步？」

「沒有人知道，她就憑空消失了。」

傑瑞在腦中反覆思索這個慣用語，想著為什麼要說「憑空」，人又不是只會在空的地方消失。他也納悶瑪格回來前幾小時待在哪裡，她是怎麼進入大樓的？櫃檯晚上九點以後就沒有人員（man）值班。還是該說沒有女人（woman）？或純粹就是沒有人（people）？要有其他住戶幫忙開門，否則她需要有感應磁卡才能進入大廳，再用鑰匙上到二十五樓。她也可以從車庫直接搭電梯到公寓，但仍需要有電梯鑰匙。

*天哪，他知道了！*他知道，他知道，他知道了。他眼看瑪格從地上爬起來，拿起他的錢包，抽出幾張鈔票，說他至少可以付她的計程車費。大樓的門禁卡就在錢包裡。他現在當然用不著，因此也不會發現卡不見了。他的鑰匙掛在大門旁的鉤子上，就在她停下來打理頭髮的鏡子下方。瑪格認得他的鑰匙圈，是蒂芙尼的純銀環圈，她送給他的。他敢打賭鑰匙現在不在了。

「這座城市很危險。」傑瑞說。「我只能這麼說。」

「但五十一歲的白人女子不會在這座城市消失得無影無蹤。」

「我猜你沒聽過蘇珊·哈里森的案子。」傑瑞決定以他對一九九四年案件的瞭解來轉移警探的注意。當年他為寫作做了研究，但小說最終沒寫完。案中男女兩人受二聯性精神病所苦，不過現在這個說法大概政治不正確了，畢竟男子幾乎肯定殺了女子，哪裡是「精神病」？傑瑞覺得案件吸引人之處在於沒什麼腦袋的大剌剌酒鬼似乎差點意外犯下完美犯罪。不過深入研究後，他找不出更多能探討的內容。這個故事幾乎哀求他寫成黑色喜劇，像是糟糕的小說《憨第德》或再次模仿電影《寶貴逼人來》，但連傑瑞都知道這在二十一世紀行不通。

警探禮貌地聽他說，但明顯一臉無聊。很好，正中傑瑞下懷。他扮演困在家裡喋喋不休的老人，說個不停，迫切需要有人陪伴。他能輕易模仿這個身分，年輕人也不假思索接受這個版本的他，想想實在不舒服。他才六十一歲，不是八十一歲！兩個月前他還身強體壯，除了每天吃維他命，根本不需要吃藥。

傑瑞猜想警探容忍他漫無目的說話，是否希望他講出前後不一致的說詞，好繼續追問下去。但傑瑞作為作家的強項之一就是視角。躺在床上的男人不是他，而是「傑瑞．安德森」，一位受傷的作家，完全不知道前女友瑪格出了什麼事。他心想，瑪格到底去哪了？艾琳是怎麼處置她的？

他想起他和母親以前吃完螃蟹大餐，會開車把廚餘載去焚化爐。她很堅持甲殼和軟骨絕不能留在家裡過夜。她認為放在屋內會產生噁心的臭味，永遠除不掉。可是丟在屋外的垃圾桶又會引來浣熊，把垃圾翻得整個後院都是。於是他們會包起報紙上的螃蟹殘骸，放進垃圾袋，一路開去鎮上可怕的巨大火爐。

那是他兒時數一數二喜歡的時光。父親失蹤前負責丟廚餘，但他總是心不甘情不願，一直抱怨，也不讓傑瑞陪他去。他離開後，傑瑞會跟母親一起坐前座。還記得小孩能坐前座的年代嗎？感覺像大人一樣有威嚴。跑這一趟有出任務的感覺。

如果時間沒有太晚，他們會在風之谷冰品店停車吃霜淇淋，他會摸摸拴在那兒的迷你馬。

他知道他的頭腦同時在好幾個層面思考——作家傑瑞在講故事讓警探無聊或著迷，十二歲的傑瑞跟母親坐在老舊的福特轎車上。他覺得他像電影《蓋普眼中的世界》的角色鄧肯，握住弟弟的手，搭車衝向他們家車道的虎口，在現實與譬喻層面同時撞上父母的失職，導致一個孩子失去一眼，一個孩子死亡。

「好吧。」等傑瑞終於說完，警探說。「謝謝你的分享，我回去會好好思考。」

當然，說這種話的人都不會照做，所以傑瑞很滿意。他讓警探無聊到屈服了。

「很高興能幫上忙。」

「我能跟你的助理談談嗎？」

「當然，她在樓下。」

警探離開後，傑瑞從被子下拿出手機。維多利亞替警探開門時，他開啟了錄音功能。他愛上手機的功能和潛力。這是智慧型手機，肯定比所有替他工作的人聰明，而且通常很安靜，感謝老天。他等一下會聽錄音，把他說的話刻進記憶中。

二〇一二年

「我明天沒辦法在課堂上說話，但我不覺得應該影響我的成績。」

傑瑞手上沒有學生名單時，永遠記不得這位同學的名字，只記得她一直強調她的名字跟朱迪·布魯姆筆下一個角色名押韻，彷彿這種資訊對他有幫助。他在腦中叫她「巫師女孩」，因為她都提交巫師、術士和吸血鬼相關的奇幻故事。奇幻從來沒這麼不神奇。

「讓我確認一下，明天是支援同志日——」

「LGBT。」

「透過不說話，妳就能以盟友身分幫助他們。」盟友是她用的詞，她似乎也迫切希望傑瑞瞭解她其實不屬於那四個字母描述的任一群體，但她願意為他們保持沉默。

「雖然是象徵性的舉動，但我有權利參與。」

傑瑞心想這樣的「權利」到底哪來的。他猜測言論自由必然伴隨不發表言論的自由吧。基本上他痛恨這種態度，認為這不過是學生偷懶不參與課堂活動的懶惰方式，但何必跟她爭？什麼都不會影響巫師女孩的成績，她頂多能拿到B⁻。她不但不會寫作，更不會評析同學的作品，給的回饋都太刻板了。不用聽巫師女孩的「想法」反而讓他鬆了一口氣。

「沒關係。」他說。「只要妳有評註其他同學的稿子，帶來課堂就可以了。或許多花點工夫寫書面評論，補足妳決定不參與討論的部分。不過，拜託別寫其他同學該怎麼做，只要寫妳的想法就好。」

她怒目瞪著他，點點頭。完成來的目的後，她沒有拿起她的書和總不離手的巨大汽水杯，現在杯子上凝結的水滴得傑瑞的桌面到處都是。

「安德森教授——」

「我不是教授，只是作家。藝術創作碩士，不是博士。」他暗自認為小說家比教授優秀。

「我有潛力嗎？」

「依照定義，大家都有潛力，沒有潛力才奇怪呢。」

「但你認為我能當小說家嗎？」

他該說什麼才對？他內心交戰，既想忠於藝術，又不想傷害這名年輕女子，她感覺情緒異常敏感。不過賈桂琳．蘇珊也是小說家啊，誰都可以當小說家，她問的又不是能不能成為好的小說家。

「只要努力，養成規律的習慣，大量閱讀，當然可以。我猜妳現在的人生經驗不多，不過以後就不一樣了。相信我，以後會不一樣的。」

「可是你第一天就告訴我們人生經驗過譽了。你提到菲利普．羅斯，說他的人生相對波瀾不驚。你還引述尤多拉．韋爾蒂的話，說備受保護的生活也可以很大膽，因為所有嚴肅的挑戰都起於內心。」

該死，他的確說過。

「羅斯出版《再見，哥倫布》時二十五歲，跟十八歲還是有很大的差距。而且我們講的是羅斯，當代數一數二偉大的作家。」

「我二十二歲了。」她真是書呆子，總是專注在錯的細節上。

「對——但我還是想看妳寫一篇不是都在講巫師的作品。」

「開學第一週，我就給你看了我寫的開頭篇章，希望能寫成小說，但你說這學期我必須練習寫短篇故事。」

啊，對，她的「小說」，那短短的場景，講述難過的女孩考慮自殺，但看到日出後又重獲希望。如果要他選，他寧可選巫師。

「一個學期寫不完小說，所以我不鼓勵你們寫，我覺得把作品寫完很重要。寫小說可能迷失在其中，一鑽進去就好幾年出不來。」

「你曾經迷失在自己寫的小說裡嗎？」

這敏銳的問題嚇了他一跳。他想到那些他放棄的作品，不禁心生愧疚，彷彿它們是他的孩子。搞不好更糟，是他的妻子。然而，他沒有其他寫作的方法，為了找到他註定要寫的作品，他必須繼續寫下去。在女人這方面，他至少定下來了。三看來是他的幸運數字。

「應該有吧。」他選擇能盡快結束面談的答案。「明天見。」然後他模仿伍迪．艾倫電影裡的黛安．薇絲特，舉起一手用高高在上的沙啞聲音說。「住嘴！」

女孩皺起眉頭，開始收拾東西，彷彿遭到侮辱。即使他解釋典故，她大概還是會覺得他在侮辱她，畢竟現在已經不允許喜歡伍迪．艾倫了。他試圖挽回這一刻。

「祝妳表演《沉默女人》順利。」她一臉困惑看著他，顯然沒聽過班．強生的這齣戲。傑瑞在騙誰呀？她連班．強生都沒聽過。

隔天她來上課時，用兩條膠帶貼出一個「X」黏住嘴巴，但她必須撕掉膠帶才能喝那杯巨大的汽水。他很慶幸她不會發言，因為其中一篇討論的作品是夢娜寫的，她是班上少數優秀的學生，也長得最漂亮，不過那只是巧合罷了。

三月二十二日

「我們需要談談。」

「真巧，」他對艾琳說。「我也想跟妳談談。」

他心想，交往中的人最怕聽到這句話，但換個情境感覺就中立無害，真妙。沒錯，他和艾琳需要談談。

她說：「你先說吧。」

最近幾晚她會坐在他旁邊編織，但兩人很少交談。勾針碰撞的聲音快逼瘋他了，卻也意外能安撫他，幫助他入睡。他仍在吃的藥也有幫助。老實說，他現在很期待吃他的安必恩和羥考酮，有些晚上再加上鈣片。不吃藥他絕對睡不著。他向自己保證這只是暫時安排，他不會永遠需要吃這麼多藥，不需要吃一輩子。

他告訴她紐約警探來訪，讓她看手機上的錄音，說她想聽也可以。

「不過我想妳別聽比較好，畢竟妳不會知道這些事。重點是，如果他回頭找妳談，妳什麼都不知道。」

他的話似乎冒犯到她。「我什麼都知道。」

「當然，妳就當作在表演劇中的角色吧。妳要記得，妳從來沒碰到瑪格，沒看到她，沒聽我提到她。維多利亞有見到她，第一次她來的時候載她去火車站，還聽到我們爭執，但妳完全不知道她的事。」他頓了一下，決定提出他最怕發生的狀況。「除非妳和維多利亞會聊八卦。」

「我們要怎麼聊八卦？我們根本不會見面。」

有道理。傑瑞太疑神疑鬼了。

「然後我想通她怎麼折返進入大樓了。」

「喔。」她是說「喔」還是「喔？」。不管了，他決定告訴她。

「妳在她的錢包有找到我的鑰匙或門禁卡嗎？妳和維多利亞進出都走樓下的——」

艾琳說：「服務人員出入口。」她是說服務（Service）還是僕役（servants）？她的發音真的很糟。一段零落的記憶在他腦中亂竄。*說清楚，不要喃喃自語*。他看到鋼筆畫的醜陋小孩。奧古斯塔．格盧普。威利．旺卡。當威利．旺卡不喜歡小孩說的話，便會嫌他們喃喃自語。不過不對，旺卡是假裝聽不清楚麥克．提維說話。【註】

「總之，她就是這樣回來的。如果有人查看那天晚上的監視錄影，就會看到她半夜回來，但不會有她再次離開的畫面。」

艾琳瞪大眼睛。「我們得想辦法處理監視錄影畫面。」

「不，不行，別犯這種致命錯誤。監視錄影有好幾個小時的畫面，目前根本沒有人認為她回來過，所以沒有人會去查看。我們要按兵不動。」

「我不確定耶，或許有辦法刪掉畫面。我最近看電視，有人用磁鐵——」

「我們按兵不動。」他嚴厲地說。「每個動作都有風險，不作為的風險小多了。如果真的有人找到畫面，我們會合理表示我們不記得她有回來，沒聽見聲音，也沒看到人。我們不需要解釋為什麼畫面拍到她那天稍晚又回來，真實世界充滿了沒道理的事。」

她說：「也是。」但她仍顯得生氣又屈辱。「我只是想幫忙。你要知道，我為這件事忙得不可開交，陷得很深耶。」

艾琳陷得很深可不是什麼好看的畫面。

他說：「我沒有要裝老闆的意思。」他想，*但我確實是妳的老闆*。「但警探已經問過我了，所以我的說詞必須是官方版本。我在這裡，警探來訪，我起了頭。有些事木已成舟，不能改了。就像系列小說，什麼都收不回來。對了，妳想跟我說什麼？」

「喔，不是要說什麼。」她說。「我有事想問你。」

他繼續等，但她突然害羞地支支吾吾。

他催促她：「嗯？」

註：此段出現的人物出自羅德．達爾一九六四年出版的兒童文學《巧克力冒險工廠》。

「就是啊，我上班真的很討厭把車停在路邊。如果你能申請大樓的停車位，我就能停了。」

「我有停車位，公寓權狀有附，但車位要停我媽的車，在遺囑檢驗完成前我也束手無策。」母親的車是二〇一〇年的賓士，車身需要板金，引擎也要維修。他請人把車拖回車庫，免得在北巴爾的摩風吹雨淋。

「你不能弄到第二個車位嗎？」

「可以，但是很貴。」

「多少錢？」

「我不記得確切數字，只知道每一戶都有附一個車位，但第二個車位就會很貴。他們不想鼓勵一家開兩輛車，不過這個社區明明徒步很不方便，真是好笑。」

「嗯嗯。我只是想說，我晚上要走三、四條街，每次都好害怕，又怕又冷。」

「春天快到了，天色也越來越晚黑了。」

「傑瑞。」

她從來沒叫過他的名字，此時一叫，他才意識到怎麼回事——她來討債了。她替他擦完屁股，現在期望獲得補償。天下沒有白吃的午餐，也沒有不求回報的共犯，大家總是有目的。艾琳織的桌巾從編織袋露出來，他盯著上頭嬉鬧的貓咪，其中一隻圓眼黑貓似乎也盯著他，挑釁他，只差沒有朝他吐舌頭。*我認識你*，他心想，*我看過你*。

「艾琳，妳只需要停車位嗎？」

她說：「目前這樣就夠了。」

二〇一四年

「你不是這裡人吧？」

傑瑞在飯店酒吧。他並不想喝酒，如果他需要的只是酒，大可在大學演講後繼續待在為他舉辦的歡迎晚會。但傑瑞向來都開玩笑說，如果要他閒聊，他的演講費要加倍。

儘管如此，他還是盡責走遍全場，在歡迎會待了得體的四十五分鐘，才請學生開車載他回飯店。他問學生知不知道記者大衛．哈伯斯坦是搭學生的車出車禍過世的。學生表示知道，於是接下來二十分鐘的車程他們都不發一語，正符合傑瑞期待。

他來過哥倫布幾次，參觀過插畫小說家瑟伯的故居，有一次甚至住在頂樓樸素的公寓，正是瑟伯筆下故事中床塌陷的地方【註】。傑瑞年輕時很愛瑟伯，甚至喜歡使用瑟伯畫作的電視劇《歡迎來到我的世界》。現在他多想住在瑟伯故居呀，晚上安靜，靠近市區卻又有些距離。飯店讓他感到孤獨，於是他坐在酒吧，喝鉑仕麥威士忌。他多年前開始喝這款酒，因為父親鄙視它。「這

註：此處提及的篇章是詹姆斯．瑟伯（James Thurber, 1894—1961）一九三三年出版的自傳《想我苦哈哈的一生》（*My Life and Hard Times*）首章〈床塌之夜〉（The Night the Bed Fell）。

是什麼新教徒喝的威士忌。」獨鍾尊美醇威士忌的父親總這麼嫌棄。其實傑瑞也沒多喜歡這款酒。

跟他搭話的女子比他晚進來，挑了相隔三個位子的高腳椅，點了杯白酒，接著拿出一本書。起初他感覺對方有點眼熟，想著也許是大眾臉。她長得不錯，但算不上驚艷。淺色雙眼，金髮剪成參差的鮑伯頭，眉毛和睫毛倒是深色。他母親會說，像用髒手把眼球放進眼窩。這句愛爾蘭俚語以前較有深意，現在各地的女人都會刷黑睫毛，把眼線畫得像埃及艷后，還戴假睫毛。近來女人越來越假，傑瑞喜歡真實的女生——纖瘦，小胸，維持天然的髮色。

例如這名女子。不過她很年輕，才二十幾歲，對他來說太年輕了。

但既然她跟他搭話了，出於禮貌當然要回答。

「在飯店酒吧這麼問是打安全牌吧。」他說。「飯店裡的人通常都來自別的地方。」

「我是當地人。」

「啊。」他很肯定她在調情。他喜歡，況且閒聊幾句也無傷大雅吧？「妳經常來這裡嗎？」

「怎麼可能。這裡價格太貴，不適合常來。但我今晚下班後想犒賞一下自己，只想坐著喝酒讀書。」

她讀的書是《大師與瑪格麗特》，少數他喜愛的珍貴作品，不過他沒看過這版封面，是一隻舌頭分岔的黑貓。傑瑞請酒保把女子的夏多內白酒從基本品牌升級到酒單上最貴的那一支，然後朝她挪近一個座位。好的文學品味值得犒賞。

「我叫傑瑞．安德森。」她對這個名字毫無反應，很好。

「金姆．巴頓。」

兩小時後，女子到他房間，卻突然比她在酒吧時害羞許多。先前她在酒吧摸了他的手臂，他很確定她的腿甚至蹭了一下他的腿。

「我知道你是誰。」她說。「一開始就知道了。晚上我去聽你的演講，根據大學的經驗，我知道他們都會找大牌講者。其實我大學主修創意寫作，幫忙辦過這場系列演講。」

她的自白同時加深又抑制他的慾望，真是古怪。如果她早聽過他的名聲，感覺有點像在設計他。不過誰在乎？她有著典型的中西部美貌。嚴格來說，她的五官和膚色跟他差不多，但她的心型臉蛋有種用牛奶玉米養大的天真氣質。她看起來像——美國。

他有點興奮。

「妳怎麼知道我會在酒吧？」

「我不知道，我真的只是來享受一下。對了，你的演講很棒。我說我主修創意寫作，不過，我在養老院工作。行政部門，不是負責照護。」

她似乎覺得需要區別，即使傑瑞想不通為什麼。

他說：「我已婚了。」

「我知道，你演講時有提到她。第二任太太？」

「第三任。」

他的婚姻紀錄總是懸在頭上，像漫畫《小阿布納》的角色喬．噗呼頭上籠罩的烏雲。當下他便知道他和莎拉在一年內會離婚，他會損失慘重，而且不僅是金錢損失。莎拉．科圖拉是他如日中天時娶進門的妻子。這說法陳腐，但很貼切。她各方面都很完美，甚至更勝露西。莎拉是他替自己挑選的禮物，就像他在紐約公寓裡大手筆添置的家具。莎拉是遊樂場滾球機的頭獎，突然間終於唾手可得。她比傑瑞年輕一些，但年齡差沒有大到會讓他顯得滑稽。她是事業有成的記者，家境富裕。她實在太完美，反而有點倒胃口，即使他們最棒的性愛也感覺水平一般。他也是莎拉的獎盃丈夫。他看得出來眼前這名年輕女子想要他。她是想要他這個男人，還是想要「傑瑞．安德森」，難道有差嗎？

他將手放在她頭髮上靜靜等待。她低頭盯著大腿，但沒有躲開，於是他湊過去吻她的脖子。很快他便將她放倒在床上，把裙子往上推，毛衣往上推，臉緊貼著她的腹部。

她說：「不要。」

「讓我替妳口交。」他脫下她的褲襪，裡頭沒穿內褲，喔，這些年輕女孩。他嚐了她一口。

「我只想讓妳開心。」

「不要。拜託——不要。」但她沒有試圖從床上起身。她的背弓起來，身體回應他的觸碰。他跪著，臉埋在她的雙腿之間。如果她真的想走，輕易就能擺脫他。拜託，她可以用腳或膝蓋弄斷他的鼻子。她開始呻吟了。她很興奮，而她的興奮使他振奮。她終於高潮時高叫一聲，他看得出來這次高潮悠長，層層湧動。她不住喘氣。

他走進浴室，用漱口水漱口，再回到床上輕輕吻她，把她的手放在他的胯下。「那我呢？」她看來嚇了一跳。「我——你有保險套嗎？」

「沒有。」他不會偷吃，真的，但莎拉已經好幾個月沒有真心熱情地碰他了，而這個女孩明顯想要他。

「我可能有。」她在皮包裡翻找。

「妳會偏好戴而不是——」

「對，我覺得戴比較好。」

她翻過身趴在床上。喔，這些年輕女孩真有趣。她似乎又高潮了一次，他不確定，反正他射了比較重要。完事後，她走進浴室。他希望她不會留下來，她也確實沒有。

隔天早上，他找到她的書，裡頭寫了一個名字——金姆·卡帕斯。他注意到姓氏跟她在酒吧說的不同，不過書是二手書，可能是前任主人的名字。他猜測她是否知道他喜歡這本小說，這項資訊不難查到。或許整場邂逅都是精心設計的，就為了色誘他。

他不介意，甚至受寵若驚。他要回家，向莎拉提議離婚，告訴莎拉他們要離婚。人生苦短，他仍有太多機會，是時候好好享受了。繼續舞動，讓喜悅奔流。這輩子他都努力當好人，結果有什麼好處？

三月二十五日

傑瑞的身體狀況日益改善，他卻感覺糟透了。更長更明媚的日子透過巨大的窗戶嘲諷他，宛如歡快的明信片，來自他無法想像再次造訪的世界。他渴望巴爾的摩早春空氣特有的氣味，但位處二十五樓之高卻聞不到。有時他覺得自己什麼都聞不到。

不過有些時候，他覺得可以從維多利亞和克勞德身上嗅到「真實生活」的氣味——但艾琳從來沒有，從來不是艾琳，她聞起來像家用清潔劑和鐵礦。他想要聞鋤過的草、日光和覆蓋植物的泥土味。然後他想起這些細節來自兒時他喜歡的短篇故事，講述一群人住在百貨公司，白天假裝成人型模特，閉館後才活過來。一名詩人作家搬進百貨裡，以為自己想出了一個獨特的點子，卻驚喜地發現這些離群索居的人。然而，他愛上的女孩喜歡夜班守衛，因為守衛身上帶著外界的氣味。故事收錄在亞佛烈德．希區考克或羅德．塞林的選集，裡頭的作品往往都不錯，傑瑞小時候讀了一堆。上大學後，他很驚訝他曾讀過伊夫林．沃的小說《一掬塵土》其中一章的雛型，短篇故事〈喜愛狄更斯的男子〉。

伊夫林．沃。大家還讀伊夫林．沃的作品嗎？伊夫林．沃還重要嗎？有哪位作家還重要嗎？哇！當然，莎士比亞例外，沒有人會反駁莎士比亞的重要性。但傑瑞心裡卻想：總有一天也會。

新的史料會出土，人們會說是他的妻子寫了那些劇作，或他渴望成為女人，空閒時會男扮女裝。現在還說「男扮女裝」嗎？他知道不能再說「變裝癖」，並為自己有這種覺悟感到驕傲，但他仍不是很清楚「性別」和「性」的差異。

說到底，傑瑞極度懼怕完全康復，因為他不知道接下來該怎麼辦？只要他臥病在床，似乎就能忽視在這個房間發生的恐怖事件。一旦恢復如初，他就不得不探尋記憶，釐清責任，最終做出選擇。只要他能站起來，就真的得面對所有問題了。

維多利亞到了。即使他無法真的從她身上聞到外界的氣息，他仍能從她的穿著改變來判斷。冬天通常她都穿蓬鬆的黃色大外套搭配黑色內搭褲，看起來像迷你版的大鳥。今天她身穿輕巧的方格花紋大衣。他想，她差一點就是他的菜了。她是他以前喜歡的類型，二十幾歲時喜歡的女生，像露西。至於瑪格、在她之前的莎拉，甚至格雷琴——都是他在試圖改變喜歡的類型。莎士比亞會說，他應該忠於自我。

「早安，維多——」

「你幫艾琳申請了停車位嗎？」她看起來很努力控制情緒，不管是哪種情緒，但她仍臉頰漲紅，聲音顫抖。

「我安排讓她把車停在大樓裡。」他說。「她覺得天黑後走路過來不太安全。」

他不禁疑惑，為什麼自己的第一反應竟是想隱瞞此事，彷彿讓艾琳把車停在大樓裡只是暫時的安排。確實也是，他不會永遠需要艾琳，只是日行一善，沒什麼大不了。傑瑞向來覺得他本質上是誠實的人，而且不僅是出於美德。他靠說謊維生，不想再無緣無故說謊，況且說謊很累人，要費神記住自己編的謊言，說實話反而更方便有效率。

然而策略性的小謊，所謂的白色謊言，則是日常社交的潤滑劑，讓各種聯繫變得更加順暢，減少摩擦。不過現在還能說「白色」嗎？還是算種族歧視了？總之，錢是他的，維多利亞沒有權利問他如何使用。不管她知不知情，他都只需告訴她有必要知道的事。她怎麼會聽說艾琳有停車位？艾琳不是說她們兩人從來不會碰面？

菲蘿，他心想，是菲蘿在生事。

「我才是每天幫你跑腿，要一直進進出出的人。」維多利亞說。「要說誰需要停車位，那也該是我吧。」

「我沒有考慮到這點。」傑瑞說。「不過既然妳們的上班時間不重疊，何不共用車位呢？」

她張嘴，似乎想反駁他合理的提議，然後又閉上，僵硬地點頭。她爭取到她想要的結果了，卻仍不開心。傑瑞花了一輩子努力取悅這種女人，這些無法放下積怨和原則的女人。

「對了，你記得那封要寄到你母親家的掛號信嗎？我請你簽收的那一封？我跟郵局吵了很久，給他們看你母親的死亡證明書，再解釋為什麼你無法親自去領，他們終於同意讓我領回來了。我總共跑了三趟呢。」

維多利亞交給他一個公文信封。這是存證郵件【註】，並非掛號信，雖然差別不大，卻仍令傑瑞惱火。助理應該要注意細節。他拿出看似遺囑的文件和律師的便箋。

「完全沒道理。」他掃過文件，注意到父親和母親的名字，但其餘內容都亂成一團。

「什麼？」維多利亞天天都說「什麼」，傑瑞不清楚她是耳朵不好，還是為了有話好說才反射性開口。不管原因為何，都非常惱人。

「這封信是要告知我媽有人質疑我爸的遺囑。」

「抱歉，我不知道你父親過世了。」

「喔，他確實已經過世了，二〇〇一年九月。怎麼會有人時隔將近二十年才來質疑遺囑？而且我媽怎麼會在乎這個？」

不過，根據信件內容，並沒有二十年。

安德森太太您好，

本次來信正式通知您，針對安德森先生遺產認證的質疑已駁回，您仍是唯一的受益人……

依照他從信中看出的細節，父親在二〇一八年初夏過世，就在傑瑞搬回巴爾的摩的幾天前。當時有人試圖聯繫母親嗎？那時家裡很混亂，不同的看護來來去去，他曾辭退過一人，因為發現她偶爾會把當天未拆的信直接丟進回收桶。傑瑞一直聽說父親死於二〇〇一年，難道母親知道並非如此嗎？

是她告訴他，他才相信父親已經過世了，因為母親非常詳細地對他描述父親如何在九一一當天過世。

你爸爸來看我，我們在花園做愛。

現在回想起來，他認為那是母親老年癡呆的第一個徵兆。然而要是——

「維多利亞，」傑瑞說。「請打電話給我媽的遺囑執行人。」

傑瑞母親的遺囑執行人是家族老友，跟他們住同一條街的律師。或許這不是選擇律師最佳的方式，但母親這麼做也沒出過問題。湯姆．亞伯特溫和善良，傑瑞以前經常希望他才是自己的父親。不過即使還小，他也看得出母親和湯姆之間沒有火花。

「我覺得我理清楚了。」當天下午稍晚，他和傑瑞通了第三次電話。「你父親在六月過世，

註：存證郵件（certified mail）是美國常見的郵寄方式，提供寄件者寄出與寄達紀錄，並不一定需要收件者簽收。相比之下，掛號信（registered mail）則提供更高的安全保障，寄件者還可購買保險，並能追蹤整個寄送過程。

留下一份二〇一五年的遺囑，把一切留給你母親。『一切』沒有很多，大約二十萬美金，不過她能繼承他的社會福利金，比她自己的多。由於你母親過世時，他的遺囑仍在認證中，他的遺贈便納入她的遺產。那筆錢會由第三方代管，等你母親的遺產完成認證再交給你。」

「為什麼有人質疑他的遺囑？」雖然這不是最急迫的問題，遠遠不是，但他現在也想不出別的問題。

「接下來就有點複雜了。傑瑞，你的父母從來沒有離婚。你母親可以用棄養或通姦的名義訴請離婚，但她選擇不那麼做。他們在一九七〇年代分手時，離婚法的限制嚴格很多，你父親或許認為無法由他來申請，或是他也不想離婚，因為只要婚姻沒有正式解除，就不會收到支付贍養費的政府命令。總之，他的第二段婚姻從來都不合法。他在二〇〇一年離開那名女子，搬了出去。我不知道為什麼你會認為他死了——」

因為我媽跟我說的。「我也不確定。」

「但他不需要對事實婚的妻子負擔法律責任，他們的孩子也早就成年了。他過世後，把財產都留給你母親。他的前任對遺囑提出質疑，畢竟他們在一起將近四十年。然而，事實婚伴侶在俄亥俄州沒有法律地位，就算有，他的遺囑也合法，除非她能證明他人過度干涉，或他寫遺囑時心智不健全。他有權利把一切留給你母親，現在則交到你手上。」

傑瑞說：「我不確定我想要。」血腥錢。不對，不是血腥錢，而是冷血錢。愧疚錢。

或者——他的父母真的相愛?他忽略了這一段故事嗎?所以他的第一本小說才會傷到母親?

「今年秋天錢應該就是你的了,到時候你可以捐出去,以你母親的名義慈善捐贈。或許對你來說是小錢,但足以對世界有所幫助。」

傑瑞心想,如果我決定提早賣掉這間公寓,這筆錢也夠補償房地移轉稅和其他損失。如果他一康復就搬走,誰會怪他,誰會覺得可疑?畢竟這間公寓差點害死他,龍骨梯宛如想吞噬他的大嘴,像鯨魚吞下約拿。用父親的錢彌補他所有的稅務和房地產費用上的損失,幾乎是一種詩意的正義。

依照馬里蘭州法規,他預先告知湯姆他會用手機錄下兩人的對話,然後請維多利亞替他轉成逐字稿。雖然她抱怨了一下,但她畢竟是他的助理。

那天晚上,傑瑞難得睡了好覺。他沉沉睡到凌晨兩點十一分,才被床頭的電話吵醒。他接起來,聽到女子的聲音。

「傑瑞?傑瑞?真抱歉,這麼久沒打來。」

「不。」他說。「不、不、不。」發生瑪格事件後,電話就沒再打來過,不該再有來電。他已經拆掉私家偵探建議安裝的錄音機了。最明顯的答案就是答案。

「我們需要談談,傑瑞。」

她的聲音聽起來不一樣。有嗎?好像更甜膩,但也可能只是他的腦子還在努力醒來。他今晚頭暈腦脹，感覺像在淤泥裡游泳。

「艾琳！」他大吼。「艾琳！」

她氣喘吁吁爬上樓梯，以她來說動作算快了。「傑瑞先生，怎麼了？」

「請檢查廚房話機的來電號碼。」

她拿起廚房電話的話筒。「我一定睡著了，都沒聽到電話響。」

不要又來了，傑瑞心想，不要又來了。

「嘿——有個號碼。917。這是哪裡的區碼？」

917，紐約的區碼，大部分手機門號都用這個號碼。「請拿給我看。」

她拿過來。號碼很熟悉，但他沒馬上認出來，只知道他應該看過。使用手機讓他記得的號碼變得很少，他大概只記得博維克街母親家的電話，那個不再響起的號碼，連接到一個永遠不會再響的座機。然而，這組號碼實在太過熟悉，他拿起手機，輸入十個數字，看是否會跳出聯絡人。

他在小圓圈看到熟悉的臉龐。雖然臉很小，他還是認出那挑逗的眼神和風騷的表情。

「是瑪格。」他說。「有人拿到瑪格的手機。我以為妳——」他不想把腦中的話說出口。他以為艾琳會負責處置一切。

凌晨四點，他們兩人都坐著，無法入睡。艾琳甚至沒辦法專心編織。

「我真的處理了。」她說了不知道幾次。「我把她的包包扔進海港，很貴的柏金包，我心都碎了，那種包在網路上能賣好幾千。而且就算手機在裡頭，即使有裝防護殼也不能用了。況且——」

「況且什麼？」

「沒事。」

「妳沒有打開看她的包包？」

「為什麼要看？」

「我不知道。」

「你想聽我怎麼想嗎？」

傑瑞確實想聽，他意識到這個念頭在兩週前多麼難以想像。老天，救救他，他竟然想知道艾琳怎麼想。

「她有同夥。」

「什麼？」

「我覺得你碰到的這些事要兩個人才能執行。瑪格跟某人合作，她的手機在那個人手上。」

「怎麼做？為什麼？」傑瑞想過瑪格弄丟手機的每個情境，可能忘在餐廳、計程車或藝廊。瑪格老是弄丟手機。可是為什麼陌生人要打電話給他？「就算還有一個同謀，瑪格都失蹤了，為什麼還要繼續演？為什麼用我認得出來的號碼打來？她的目的是要逼瘋我，害我以為自己產生幻覺，不是嗎？」

艾琳從椅子上起身，重重坐在他的床上。他覺得有些古怪，這不像護理師的舉動，但他不認為自己應該抗議。她的重量晃動床墊，令他裝支架的右腿不太舒服。艾琳，首先不能傷害病人。雖然這是醫生的誓言，但護理師也該抱持同樣的態度。

「如果能讓你相信過世的瑪格從陰間打電話來，或許就能把你逼瘋吧。」

「可是她沒有說她是瑪格。而且『把我逼瘋』有什麼意義？」

「這不就是整個計畫的目的嗎？其他人都聽不到的神祕電話，還有你以為看到的神祕鬼魂，雖然我還是不知道怎麼做到的。」

假如瑪格第一次來就偷了他家的門禁卡和鑰匙，那就有可能了。真相逐漸水落石出，他感到如釋重負，幾乎像、像、像……喔，算了，傑瑞本來就討厭譬喻。總之，他沒瘋。他想的不是《煤氣燈下》，而是《最毒婦人心》的演員貝蒂·戴維斯，俯瞰密謀的情侶在下方露台笑著跳舞聊天，聊天跳舞，陶醉於他們如何讓那可憐的女人心智崩潰。母親好愛這部片，當時似乎每三個月就會在「週日午間電影」時段播出。不過，這部電影再加上《姊妹情仇》，讓年幼的傑瑞好怕貝蒂·戴維斯。

「瑪格一直暗示她有我的把柄，但電話上的聲音不是瑪格。廢話。」

艾琳點頭，敲敲她的太陽穴。「我說過了，她有同夥，搞不好對方就住在巴爾的摩，才能解釋那通本地號碼打來的電話。」

「瑪格在巴爾的摩會認識誰？為什麼別人會拿到她的手機？如果有人真的拿到她的手機，他們一定懷疑瑪格出事了。他們有所求，但是要什麼？」

「錢。」艾琳說。「錢或愛。大家多半都是為了這兩個理由做事吧？我們缺一還能活，但不能兩者皆失。」

「錢的重要性在於能滿足我們的基本需求和安全。相較於吃飽喝足和有地方遮風避雨，愛算奢侈了。」

「那為什麼沒有更多關於人們試圖吃飽喝足、找地方遮風避雨的好電影？」

「別鬧——」他決定別批評得太苛刻。「當然有這種電影，也有書。許多經典故事都在講人類對抗大自然，只求存活下來。」

「例如？」

「這個嘛……」傑瑞一時語塞。他很肯定以前演講過一模一樣的主題，但現在他只想到《老人與海》。他恨死這本小說了。「其實——」等一下，男人現在不該說「其實」了。「相信我，例子很多。不過妳說得對，不適用這個案子。瑪格可能想要我的愛，但就連她也該意識到我們玩完了。所以，好吧，就是錢了。我們就接受妳的論點，她和同夥想要錢。妳覺得同夥要錢的渴望會勝過她對瑪格安危的擔心，忽視她可能遇害嗎？」

「人貪心的時候，」艾琳表示。「會忽視很多事。」

傑瑞不得不同意。貪心、色慾、渴求都會讓人合理化一切。

「好吧，可是先前——現在——這個複雜的惡作劇要怎麼騙到錢？」

「瑪格說她有你的把柄吧？她的同夥會知道是什麼。同夥希望你認出瑪格的號碼，希望你驚慌失措。她們希望這次你會看穿她們的伎倆。」

「她們？」

「好吧，只剩她一個人了。我跟你說，欠的債總是要還的。」

傑瑞意識到，雖然之前沒有，但他現在真的有祕密要隱瞞了，真是諷刺。

「我們要怎麼辦？」

「不怎麼辦。別忘了你給的建議，不作為比採取行動更好。我們什麼都不做，按兵不動。她會再次出手。」

傑瑞搖搖頭。他說不上來，但這套說詞的邏輯不太通，有些蹊蹺。瑪格太過精明，不會認為找到一名聲稱《夢中的女人》是她生平故事的女子，會對傑瑞有任何影響。雪儂·袖珍出版她無聊的小書時，他已挺過試圖毀謗他的風暴了。喔，她的聲明或許能引起新的關注，但除非有人證實他的作品剽竊其他文本，或盜用學生的稿子——不，沒有人會在乎。瑪格在文學界攀權附貴多年，應該能懂這個道理。況且他沒有做這些事，他只是拒絕告訴大眾夢中女人是「誰」。魔術師可以保密他們的伎倆，為什麼小說家不行？

「妳覺得接下來會發生什麼事？」他問艾琳。「假如妳說得對，瑪格曾跟別人吐露資訊，那個人拿到瑪格的手機，並且有理由相信我跟她的失蹤有關，那她下一步會做什麼？」

她舉起雙手。「天知道？」

「所以妳是自由發揮型，不是預先規劃型的作家？」

「什麼？」

「當我沒說。」

二〇〇一年

「最後一個問題？然後安德森先生會很樂意替各位簽書。」

傑瑞在俄亥俄州貝克斯利的獨立書店。他頗確定他在俄亥俄州的貝克斯利，日子老早以前就混在一起了，新書活動感覺永無止盡，這是最後一站，他希望這真的是他要回答的最後一個問題。假如今晚有人告訴他不必再談論自己或《夢中的女人》，他會欣喜若狂。

書店經理選了個人。「後面那位男士？」

男子發問：「你好像不太喜歡男人。」小傑洛德．阿諾．安德森發現，這是近二十年他第一次見到老傑洛德．阿諾．安德森。上次是父親堅持出席他在普林斯頓大學的畢業典禮。（他說：「我可付了一部分學費。」雖然沒錯，但他的資助斷斷續續，並不可靠。）自那天以後，傑瑞便拒絕與父親往來。受訪時，他會盡其所能強調自己是由單親媽媽拉拔長大，父親從來不存在。出於對母親的忠誠，他省略不提父親的重婚罪。

「我筆下的角色是我的角色。」他說。「我認為作為讀者，要談論作家是否『喜歡』自己創造的角色似乎有點幼稚。那不是我寫作的重點。或許我並不適合你，我覺得你可能更像麥克唐納的讀者。」

傑瑞小時候，家裡確實有麥克唐納的小說，也是父親的偵探小說收藏帶他踏入成人作品的世界。他對麥克唐納的回憶都很美好，但父親突然出現害他亂了陣腳，以至於出口的話尖酸刻薄。他違反了新書活動的基本禮節：不管提問多麼荒謬，作者都要表現得友善親切。

即使是沒用的父親提問也一樣。唉，他就非要在傑瑞結束勝利巡迴時出現。他的書蟬聯《紐約時報》暢銷書排行榜十週，可能翻拍電影，現在出版社還要用《夢中的女人》封面的風格，重新出版他的前三本小說。

老傑瑞肯定有所圖，但他要什麼？

不是自傳，他甚至連書都沒買，但他在傑瑞簽書時仍待在長長的隊伍後。傑瑞的媒體公關是一名大胸的離婚女子，成天暗示想跟他上床，這一整天她已經開了好幾次自己是公關的玩笑。她看到他父親在書店後方徘徊，判定他是麻煩人士。傑瑞從她的肢體語言看得出來，如果老傑瑞打算靠近，她一定會擋住他的去路。然而父親待在原地，背靠著科幻小說區的書架。有人看出他們的相似之處嗎？傑瑞恨極了自己與父親相似的長相。安德森家的基因很強，少數幾張他與父親家人的合照中，大家總能看出是誰嫁進這個金髮碧眼的家族。傑瑞不滿兩歲的家族旅行照片裡，母親顯得過於嬌小，膚色過深。據說安德森奶奶還靠過來低聲詢問兒子：「她是猶太人嗎？」

簽完書，簽完庫存，收好椅子，是時候讓傑瑞離開了。老天，公關感覺急著想帶他離場。他其實沒精力做太多了，但如果她想在車上做點什麼，他倒沒問題。他是單身成年男子，無拘無束，很有意願。

他正準備從書店的後門離開時，感到肩膀被人拍了一下。

「我猜你看到我很驚訝。」

傑瑞聳聳肩。

「看來你過得不錯。這本書你賣了幾本？」

傑瑞討厭這個問題，不過至少數字終於上得了檯面了。他覺得大家好像只會這樣間接問小說家賺多少錢。

「我過得還行。」他說。「你想要什麼？」

「當然是來看我家小鬼呀。」

「我不是你的小鬼。」

「愛莉還好嗎？」

「還好。」

「我敢保證她一定驕傲極了。」

「沒錯，她一直以我為傲。」

「是啊，你出生後，她的心思就沒放在我身上了。每次我出差回家，感覺都像電燈泡，彷彿你們才是夫妻，我是小孩。」

電燈泡。傑瑞的父親總愛炫耀他會的單字，大多是從《讀者文摘》的「建立用字能力」專欄學來的。他會很認真寫測試題，如果有人膽敢在他之前先寫，都得聽他抱怨。

可是母親有把父親當作電燈泡嗎？傑瑞不認為。只要父親走進房間，母親的臉便會亮起來。他離開時，她還年輕，依然非常漂亮，但她再也沒有約會，即使有人追求。傑瑞一直很清楚，母親這輩子只愛過老傑瑞一人，他認為這段不值得付出的單戀是她這一生唯一的悲劇。

「你想要什麼？」

「我要離開柯琳了。」

「誰？」

「我的第二任太太。」

「從兩個太太到一個，最後一個都不剩。對你來說差很多吧。」

「或許我會趁機去巴爾的摩一趟，看看你媽媽。反正以前也不是沒去過。」

傑瑞的右手因為簽名發痠，但他感到手指握緊又放鬆。天哪，就算一次也好，能揍這人一拳一定大快人心。「你要離開柯琳關我什麼事？跟我有什麼關係？你跟我有什麼關係？」

「你永遠擺脫不了我。」父親指向傑瑞的頭。「我永遠都在裡頭。你是我的小鬼。」

聽起來像童話故事的詛咒，但傑瑞不相信童話故事。他抓住公關的手肘，領著她走進停車場。不幸的是，即使他只碰觸了她的手肘，也導致他不得不進行比預期更親密激烈的行為。好吧，反正他沒有結婚。他們在他的飯店外擁吻，她把手塞進他的褲子時，就算他注意到這名「離婚女子」左手無名指戴著戒指，又關他何事？

「那個人是誰啊？」他試圖把她幹到閉嘴，但失敗了。事後她躺在他的床上問道：「剛才書店那位。」

「一般常見的瘋子。」

「嗯，我們常碰到那種人。我以為你比較會吸引瘋狂女書迷。《夢中的女人》的性愛場景非常火辣呢。」

有嗎？傑瑞當初希望寫得比較搞笑，而非情色。她大概只是說她認為他想聽的話吧。

「天哪，希望我不會出現在你的下一本書。」她補上這一句，口氣暗示她非常希望他寫。

「誰知道呢。」他猜想她還跟哪些小說家睡過，他是否會認為其中哪位比他更有成就。「不說了，我明天要早起。」

「我會載你去機場。要我打電話叫你，還是直接用手戳醒你？」她替這個老笑話加了一絲自覺的嘲諷，他不得不佩服她。

傑瑞說：「打電話吧。」

四月一日

愚人節當天，維多利亞的情緒很古怪。傑瑞向來痛恨愚人節，他覺得惡作劇是特別惡質的虐待。他的父親當然熱愛惡作劇，他的笑點之低，居然認為拿會電擊的舊式震動器跟四歲兒子握手很好笑。至今傑瑞仍不喜歡握手，大家以為他有潔癖，其實是他始終無法克服那種硬物帶著電流可能刺入掌心的恐懼。

他把維多利亞的情緒歸因於天氣。三月像一頭易怒的濕身獅子離開，上週如春的短暫插曲後氣溫驟降，每幾個小時城裡便狂風暴雨。她並非態度惡劣，反而比平常更關心他，問了兩次中餐只吃火雞三明治就夠了嗎，還問他是否滿意他的茶。她確實一度詢問紐約警探有沒有再問他瑪格的事，但感覺只是想閒聊。

然而她端走他的托盤時雙手顫抖，臉色也異常蒼白。大概是感情上的煩惱吧。他認為她是神經衰弱型的女生，這種女生——女人——會在晚上獨自散步很長時間，把勃朗特三姊妹和她們筆下的女主角當作榜樣。他記得他和露西認識一位相似的年輕女性，總穿及踝的飄逸洋裝和誇張的帽子。他們與她更熟識後，才發現她驚人的一面。

維多利亞臨走前對他說：「我們應該開始討論你下一階段的照護規劃了，你不會一直需要看護。等你能用助行器，你覺得沒有艾琳幫忙可以嗎？」

他渴望這一天很久了，現在卻對此感到恐懼。能夠再次自主移動，奪回身體主控權，一定很美好。然而，那就表示他得獨自待在這間公寓，面對仍無法解釋的問題，而艾琳會離開他的視線，也聽不見她說話。他們有辦法擺脫彼此嗎？想想看，餘生都要跟這個人綁在一起，而且不是出於愛或激情，而是因為可怕的祕密。如果他打電話給警探……不對，如果他打電話給律師，說明情況，替他談好協議……不對，如果他打電話給堤路……

他在腦中放棄了每個荒謬的計畫。他的自白只會引發糟糕的醜聞，如果這件事曝光，想像一下《紐約時報》上，他的訃聞第一行會怎麼寫。

「先看我的醫生怎麼說吧。我得承認，獨自過夜我會有點緊張，萬一我又跌倒怎麼辦？」

「我想你可以戴那種偵測跌倒手環？」

我跌倒了，站不起來。傑瑞記得那則電視廣告爆紅時他二十幾歲，路克、塔拉和他還嘲笑過那個點子和粗糙的製作。為什麼他們會覺得好笑？為什麼他們會覺得不可能發生？他想到獅身人面獸的謎題：哪種動物起初四腳走路，接著變成兩腳，最後變成三腳。加上助行器，也可說最後變成六腳。

看吧，獅身人面獸，你也並非什麼都懂。不過跟牠對話的伊底帕斯也一樣。

他回答：「先聽醫生怎麼建議吧。」現在下午四點，算起來還要幾小時艾琳才會到，給他吃每晚的安必恩。

傑瑞在半夜醒來，聽到爭執的聲音。媽媽從來不會高聲怒罵。父母在深夜爭吵時，他如果想偷聽，都必須躡手躡腳跑到樓梯底端，即使在那兒也很難聽出他們爭吵的內容。

不過大多時候，他不會試圖偷聽，只會躺在床上，逼自己繼續睡。現在他也照做。他想，或許奧運泳將終於決定在這兒過夜，或者酋長在家斥責他的幫傭。巴爾的摩就是這樣，建起奢華的高樓大廈，卻可以隔牆聽到鄰居的聲音。

然後他意識到兩個聲音都是女生，來自樓下。躡手躡腳當然不可能，即使他能動，站在那道樓梯頂端也會緊張。

其中一個聲音很明顯是艾琳，只是跟平常聽起來不同，沒那麼平淡，更激動一點。我只是做了該做的事，少質疑我。

另一個聲音比較尖，但沒那麼大聲，聽不太清楚。她似乎在問問題，每句話的結尾都帶著一絲哀鳴。做？做？我們該怎麼做？

我沒有選擇。

老天，黎妮。

黎妮。黎妮。傑瑞認識叫黎妮的人，以前認識。「我叫黎妮，跟朱迪・布魯姆小說裡的迪妮押韻。」

他的床彷彿飄過夜空，帶他回到過去，就像鬼魂引領《小氣財神》裡的史古基穿越倫敦。他來到古徹學院的辦公室，黎妮戴著粗框大眼鏡，身材跟保齡球一樣圓潤。她要求來辦公室找他，說明為什麼下一堂課她不想參與討論，因為那天是沉默支持LGBTQ社群的日子。他想這是當年的簡稱，不過可能還沒加上T和Q。

黎妮，黎妮．布萊恩。她在班上有個朋友，一名纖瘦的女孩，兩人形影不離。一個好瘦，一個好胖，兩人並肩走看起來就像數字「10」。

瘦女孩名叫多利，至少她都用這個名字提交短篇故事，內容往往是乏味的小短劇，最後總是有人自殺。「多利是維多利亞的簡稱。」她跟他解釋過。「但我比較喜歡多利，因為跟『創意』押韻，我這輩子只想從事創意寫作。」

黎妮和多利。

艾琳和維多利亞。

怎麼回事？為什麼他過去的兩名學生會在他公寓的一樓爭執？她們其中一人怎麼會成為他的夜班護理師？為什麼維多利亞申請當他的助理時沒提到之前上過他的課？那時我也在學校，但我主修生物學。

到底是怎麼回事？

他一定是作夢或看到幻覺了，他要開始減少安必恩和羥考酮的用量，一定要，一定要。

「我要告訴他。」

對話聲戛然而止。他聽到東西墜落的重響，接著傳來傑瑞從未聽過的聲音，彷彿野生動物在橫衝直撞。他不想看到是誰發出那種聲音。

沉重緩慢的腳步聲從樓梯傳來。一定是艾琳。黎妮。她氣喘吁吁，手裡拿著笨重的物品。原來是哈特韋爾獎盃，他贏的第一個獎，獎盃造型是黃銅底座上的大理石書本，書上刻著他的名字和年分一九八六。過去三十五年中，獎盃放在他各個城市的書桌上，見證傑瑞實現年輕時的抱負。後來他也贏過其他獎項，但沒有一個像哈特韋爾獎那般擁有實質和象徵意義上的分量。

獎盃上黏了什麼，某種深色黏稠的液體，帶著蒼白的碎屑。他不想思考獎盃上黏了什麼。傑瑞瞥了時鐘一眼，現在晚上十一點三十分，愚人節還剩三十分鐘。如果這是糟糕的惡作劇，他倒不介意。

艾琳開口：「我又得再買冷凍櫃了。」

她把獎盃放在他的床頭櫃，走進廚房，端著一杯水和他的藥回來。她也拿來他的鈣片，通常他不會連吃兩晚。

他乖乖吞下。

就算再也醒不過來又怎麼樣？

一九八六年

「這樣安排多文明。」露西悄聲對傑瑞說。「不用什麼殘暴的入圍名單，不會為了娛樂他人逼你提心吊膽一整晚。只有晚宴、頒獎，然後『致詞』。我喜歡。」

傑瑞也很喜歡，但他努力裝作不在意。他曾短暫考慮不參加晚宴，差點氣死堤路。「你不可以變成那種作家。」他說。「我不是要你當該死的楚門．柯波帝，跟社交名流到處跑，還上《今夜秀》節目。但有人要頒獎給你，你就應該出席，而且表現得心存感激。老天爺，獎金有八萬美元，你可以一年不用教書。如果去墨西哥或哥斯大黎加，搞不好還能撐兩年。你不必拍馬屁，但你要參加，而且要心存感激。」

他確實心存感激，甚至花大錢買了正式的燕尾服。他在裁縫店的試衣間讓裁縫量測褲管內縫長度時，一個念頭竄過腦海，令他驚訝，接著恐懼，最後興奮不已。我會穿這件燕尾服很多次。我會贏得其他獎項，獲得極具聲望的榮耀。這只是我的第一本書。

不過，就算他想一走了之，專心寫作，露西也無法放下她的教職，更不可能讓他休短暫的學術假期去寫作。露西連一個晚上都不願意讓傑瑞離開眼前，所以她才在這兒。當他把堤路的話告訴她，表明自己非參加晚宴不可，即使地點在阿拉巴馬州的莫比爾，搭飛機去極為困難，而且不便宜，那時她就清楚表態了。

當時露西說：「你是說，我們要去。」

「我只是想讓妳不用忍受無聊的一晚。」

「是啦。」

於是她在這裡，挽著他的手臂，用眼神攻擊每個跟他說話的女人。露西從未表露一絲與傑瑞在工作上的競爭，現在卻突然嫉妒起其他女人，令他感到極為性感，又有點困擾。他看她穿著堅持在十字鑰商場精品店花三百美元買的洋裝——三百美元！她從不在衣服上花大錢。洋裝造型活潑，顯然是當前的流行款式，但並不適合她，出現在莫比爾更是格格不入。這裡的女人偏好超越時代的肥皂劇美感——華麗的髮型，挖低的胸線，很多閃亮的裝飾。

他跟其中一名評審打招呼後，露西嘶聲道：「你可以不用再看她的奶子了。」

「我沒看。」他確實沒有，但被她一說，他不得不看——好吧，的確值得一瞧。他向來不特別愛胸部，跟露西結婚後，他還以為自己就是喜歡纖瘦小胸的女人。

如果不是呢？

這個問題就像在裁縫店試衣間一閃而過的念頭——刺激、惡劣、美好。他與露西結婚時，他是「深具潛力」的新人，現在他開始展現他的潛力了。這只是他的第一本書，不是最後一本。難道露西真的會是這輩子最後一位跟他上床的女人嗎？當然，這是他許下的承諾。他不認為出軌的念頭算數，他頗肯定婚姻要成功，只能仰賴雙方各自活躍的內心世界，那些永遠無法共享的幻想。然而，他沒想過職涯上的成功會把那些幻想推近他，就像堅持要減肥時，有人把一盤布朗尼推給你。吃一塊就好，有什麼大礙？

胸部豐滿的女評審在傑瑞右側坐下。跟她說話幾乎不可能不盯著她的乳溝，他又必須跟她說話。堤路下了命令，他要表現得有禮。

露西從桌巾下把手放在他的鼠蹊部。感覺比較像威脅，不是挑逗。

「我們這個獎明明很有料，卻默默無名，實在好笑。」很有料的評審說。「我只能說跟地點有關。假如我們的基金會在紐約或芝加哥，這獎就會重要很多。你看，普立茲獎的獎金只有三千美元，評審都是新聞編輯，而我們的評審構成有歷屆得主、書評和學者。」

露西說：「包含。」

「什麼？」

「正確說法是包含，整體包含部分，不是構成。很多人都會講錯，我聽了就渾身不對勁。」

女評審若有所思地打量露西。「我差點忘了，」她說。「妳也寫作。」

「她寫得非常好。」傑瑞補上。「小說和詩都寫。」

「妳有——」

「我有出版過作品嗎？只有刊在文學期刊。」

「她在寫一本互相關聯的故事集，真的很了不起。」

「真不錯。」女評審把手放在傑瑞的前臂上。「你們這對夫婦最可愛了，頭腦和外貌都完美匹配。我說真的。」

她先告退離開，去跟委員會的人討論晚上的活動。

露西說：「你想要她嗎？」

「什麼？沒有！妳在說什麼？」

「你可以要她沒關係，但我要在場。」

「妳在說什麼？」

「我瞭解你，傑瑞。我可以感到你變得焦躁不安。我在想，如果我們一起，就沒問題。我們就這樣挺過你的……焦躁不安吧。」

「露西……不對，妳錯了。自從我贏了這個小獎，妳的情緒就亂成一團。這跟我們夫妻無關。請不要擔心，無論如何，我都不會拋下妳。」

露西從來沒有比這一刻看起來更像演員芭芭拉．史坦威。冷酷，審視情況，策劃陰謀。

「活動結束後，我們邀她一起回飯店，喝點小酒，看會發生什麼事。」

「別說蠢話了。」

「你沒什麼好損失吧？假如我錯了，或你決定不想參與，我們就跟給你八萬美元的好女士喝杯酒，我也可以為剛才粗魯的態度道歉。如果我說對了——」

傑瑞心想，我有什麼好損失？

我們有什麼好損失？兩小時後，他們三人躺在飯店不怎麼樣的天蓬床上咯咯笑。他讓妻子率先品嚐那對不得了的奶子。或許婚姻要如此才會長久，或許露西確實有理。我有什麼好損失？

「別忘了。」露西把口紅暈開的嘴湊向他。「我一定要在場。」

「當然，」傑瑞保證。「當然。」他彎下身，跟她頭靠著頭，兩人像飢餓的小貓般吸吮評審的胸部。

四月二日

「我猜，」隔天早上稍晚，當傑瑞終於承認不管體內灌了多少藥物，他都無法享受睡眠的慰藉時，艾琳說。「你想知道是怎麼回事。」

他想嗎？

「妳非說不可就說吧。」

「我會依照時間順序講。我知道你不會尊重我這樣講的藝術——」

「不，我覺得現在的情況下沒關係。」

他不確定現在幾點，只知道自己沒睡。他從光線判斷目前是清晨，窗外傳來車流和城市甦醒的聲音，但還不到尖峰時刻。

她在平常的位子坐下。「我和多利是多年好友，從古徹學院畢業後一直住在一起。她申請當你的助理，卻非常失望你不記得她，害她悲痛欲絕。我們聊到哪種男人會忘記七年前才教過的學生，然後我們意識到，你在工作坊關注的學生都是男生，還有那個叫夢娜的女生，因為她長得漂亮。」

全班也就她寫得最好。況且他不是關注所有的男生，只有寫得好的那兩個。不過他沒有立場反駁，真的沒有。他臥病在床，無法行走，連坐著都撐不到幾分鐘。他的「護理師」剛敲爛了他助理的頭，也就是她的朋友兼室友。

「我們發現，除非你被女生吸引，否則根本看不見她們。很多人讚揚你寫的『夢中的女人』改變了一個男人的一生，實在可笑。奧貝利不可能是你的創作，因為她太真實了，而你完全不懂真實的女人。一直有謠言說你偷了某個女人的人生，甚至偷了她真正的故事，所以我們決定對你精神施壓。」

「可是——妳怎麼知道我會意外受傷？」

她嘆了一口氣，將椅子拉近他的床。他忍不住縮了一下。

「你受傷不在計畫內，我們本來只打算寄信和打電話。但你就跌倒了。」

果然有信！然後他意識到只因證實信件存在就沾沾自喜有多愚蠢。

「於是我們臨機應變。」

「妳真的是護理師嗎？」

「不是，我之前在佛特大道的星巴克當咖啡師。不過你絕對想不到在網路上能學到什麼。很多資訊都是為那些家裡有人摔倒後不得不自行照看的人準備的。你要知道，大部分的人都請不起私人看護。」

難道她在抱怨他付優渥的薪水聘她來做她沒有資格從事的工作嗎？這是某種戰後嬰兒潮世代

跟Y世代之間的鬥爭嗎？

「可是……為什麼……晚上怎麼回事？」

「維多利亞昨天早上來，在你的辦公室找到瑪格的手機。我不小心忘了收起來。」

「那維多利亞為什麼會用瑪格的手機打給我？是維多利亞吧？」他現在回想起那個聲音，比維多利亞害羞的尖細嗓音壓得低，也說得出直述句。他這麼輕易就被騙了，或許問題在於他沒有聽進去女人說話。

「不是——好吧，沒錯，之前通常是維多利亞打給你，但最後一次是我。我想我忘了講這一段。瑪格的手機在她的包包裡，我清空所有內容了，很安全。我本來要賣給二手電器網站賺點錢，不知道為什麼那天晚上突然想對你惡作劇，我猜是想確認一下你的精神狀態吧。總之，我把瑪格的手機放在晚上我休息的客房，因為我不認為多利會進去。但昨天早上她進去了。」

「不過手機已經——」她剛才怎麼說的？「清空了，多利怎麼會注意到？」

「瑪格的手機殼很華麗，LV的，是什麼手提箱系列，新品要將近一千五百美元。我猜她起了疑心。總之，昨天我在這兒上班時，她在家搜了我的房間，找到瑪格的錢包，於是維多利亞跑來找我談，越講越歇斯底里，無法跟她講道理。」

講道理。是啊，無法跟她講道理說妳在掩蓋謀殺，好挫折喔。

「妳之前說妳把錢包丟進海港了。」

她聳聳肩。「我以為撒謊無傷大雅，我本來想在網上賣掉。」

他的頭疼得厲害，吃藥只讓他感到昏沉，沒帶來絲毫睡意。他覺得自己像在潛水、潛水、潛水，潛得好深，都不記得在找什麼了。

「艾琳，我殺了瑪格嗎？」

「對，所以你應該懂意外可能發生。」

意外。怎麼可能意外用巨大沉重的裝飾品把人敲死？維多利亞又不可能撞上哈特韋爾獎盃，或絆倒跌在上頭。艾琳注意到他盯著仍放在床頭櫃的獎盃，便拿去廚房洗水槽清洗。他在想要不要問她是否知道清洗黃銅大理石物品的正確方式，但決定保持沉默。

他的「非馬克白夫人」一邊忙著刷洗，一邊說：「或許我們該結婚。」

「什麼？」

「假如我們結婚，就不能互相指證。名義上的婚姻而已。我只是提出務實的解法，跟為了拿綠卡結婚沒什麼不同。」

他想尖叫，但誰會聽到？即便有人聽到又能怎麼樣？他殺了人，現在還是第二起凶案的共犯。他讓女人替他收拾善後，結果越收拾越亂。

「我為了寫書研究過伴侶特權，其實比大部分人想得複雜一點。」他沒有說實話，他對伴侶特權的瞭解其實都來自影集《黑道家族》的某一集，最近他一直在電視上看刪改後的重播。

「嗯嗯。」她擦乾獎盃。「好吧，無所謂，反正沒有人在問東問西。」

目前沒有。

「艾琳——還是我應該叫妳黎妮？」

「都可以。」

「我可以吃藥了嗎？」

「可以。改天我會把多利的車開到機場的長期停車場，再用現金搭輕軌回來城裡。」

傑瑞想起《黑道家族》也有一集演過這個手法，他也研究過一個當地的案子，本想以此為靈感寫小說。警方在長期停車場找到男子前妻的車，不過是在隆納·雷根華盛頓國家機場。警方推測他開車過去，再搭地鐵到華盛頓聯合車站，付現買區域列車票，避免留下任何電子紀錄。

絕對想不到在影音網站上能學到這麼多吧？絕對想不到從藝術作品能學到這麼多吧？

一九九九年

格雷琴那組皮製行李箱，從小到大整齊地排列在他們公寓外的走廊上，看起來簡直像電影《真善美》中馮崔普家的小孩準備要唱歌的模樣。她從不使用附輪行李箱，而這套華麗的皮箱是她從十四歲到十八歲每逢生日與聖誕節陸續收到的禮物。

「我要回紐約了，傑瑞。」她說。「而且我要跟你離婚。」

「為什麼？」

「因為我在雷曼兄弟控股公司得到非常好的工作機會。因為我不喜歡巴爾的摩。因為你不適合紐約。」

最後這句話最傷人。她說傑瑞不適合紐約是什麼意思？是在暗指他是二流的地方作家？沒錯，目前他的三本小說故事都發生在這兒，而且第二本和第三本表現不如預期。不是寫得不好，但也不是讀完他的第一本書後會期待的作品。格雷琴難道忘了，當初他們在紐約相識，是她找到普徠仕投資管理公司的工作，才堅持要搬來巴爾的摩嗎？他沒有拖著她過來，完全相反。

雖是這麼說，但他挺喜歡在巴爾的摩的生活。公寓寬敞，跟紐約相比價格不足一提。他在霍普金斯大學每學期教一門課，有很多時間寫作，格雷琴的薪水能支付主要開支。

「我很樂意搬回紐約，妳只要問我就好。」

「我不想要你跟我去。老天，傑瑞——你甚至不喜歡我。」

她沒說錯，他不喜歡她。她迂腐又不幽默，只讀他寫的小說，而且讀得不甘不願，就像傳統妻子得跟傳統先生的同事交流。他們的共通點只有性愛，但就連做愛也有些勉強，彷彿她痛恨自己這麼喜歡。

然而，一想到她要離開他就難以忍受。

「我們可以去諮商——」

「我不是你媽，傑瑞。」

「妳一點都不像我媽。」其實她們身材相似，但母親的大腿沒那麼粗。

「我是說，我知道你不想重蹈覆轍，像你爸讓一個又一個女人失望。」

「一個又一個女人……我不知道我有讓任何女人失望！」好吧，露西有，但要怪誰？

「我不能守著這段婚姻，好讓你向世界證明你有多好，傑瑞。我們不適合彼此，這不是罪。我們沒有小孩，離婚沒什麼大不了。」

傑瑞的腦袋有一部分想反駁，當夫妻一方的收入是對方的十倍，還坐擁俯瞰紐約格拉梅西公園的公寓，離婚當然是件大事。格雷琴欠他的。他能忍受跟她討嗎？他負擔得起嗎？他與露西結束婚姻時學到，即使簡單的離婚也有成本。

「我愛妳。」連他自己聽起來都不確定。

「你愛過我，我也愛過你。但我們不該在一起，傑瑞，很久以前就很清楚了。」

「有第三者吧？如果沒有第三者，妳不會這麼做。」格雷琴最近很常去紐約，聲稱是要去工作，但現在傑瑞很清楚那些出差是去做什麼。

「再見，傑瑞。我再聯絡你處理法律事宜。」

電梯門開了，裡面只有一台推車，顯然是格雷琴請樓下的人送上來的。她把馮崔普家的小孩們在推車上堆成整齊的金字塔。晚安，再見，拜拜，再會。她跟他握手，並婉拒了他想幫忙把推車推進電梯的提議。

他衝下八層樓梯，但跑到大廳時她已經走了。他別無選擇，只能去散步。今晚的秋夜很舒服，煙霧繚繞，空氣涼爽。他忘了穿外套，不過錢包在褲子後口袋。他可以繼續走，直至疲累到無法思考，無法感受情緒。

四月五日

第二個冷凍櫃送來，無線電鋸再次響起。傑瑞心想另一家慈善廚房是否會收到半頭牛，還是只有維多利亞還在附近徘徊時才需要這個詭計。他決定堅守不問不聽的原則。

在艾琳的催促下，他在維多利亞第一天沒來上班時打電話留言給她。維多利亞的手機現在躺在她車上的置物箱裡。聽到她已經與身體分離的聲音挺毛骨悚然，但他盡量維持語氣正常。

黎妮把瑪格的手機交給收購舊電器的公司，從頭到尾都用維多利亞的名字、地址和電子郵件帳號。傑瑞覺得她的做法聰明過頭了。

「要是電子郵件、簡訊或通話中有犯罪證據——」

「我說過了，瑪格的手機資料都清空了。至於我和多利，我們很守規矩，呃……計畫的時候從來不用簡訊或電子郵件聯絡。不過別忘了，現在你知道我們是室友了。假如有人來問，你要說你之前不知道，但維多利亞失蹤後，我必須告訴你。我們原本瞞著你，是因為擔心你不同意讓未受訓的人當你的護理師。」

這套說詞的好處在於至少部分屬實。為了母親，他與照護機構打過交道，早該知道艾琳收費這麼便宜必然有問題。傑瑞節儉的個性往往給他惹上麻煩。

艾琳——黎妮——說：「四十八小時後，我會通報她失蹤。」

「妳其實不用等那麼久就能通報，那只是電視劇演的。」

「嗯，但『艾琳』會相信是真的。我在扮演這個角色，你還沒搞懂嗎？」

喔，他當然懂。艾琳冷漠、不讀書、聽不懂笑話。黎妮的思路和動作都快多了，甚至可說有點魯莽，但她會讀書。

他還發現她也會寫作。

她說她會把自己的作品拿來給他看，希望他瞧瞧過去七年她的寫作技巧如何精進。他並不期待。他想到羅斯筆下的第二自我祖克曼，被猶太海軍兼益智遊戲節目參賽者艾文．佩普勒逼到信箱旁，要求作家讀他寫的書評——評論祖克曼的作品！羅斯的描述彷彿獅子逼近海明威，熱切地想分享他對《法蘭西斯．馬康伯快樂而短暫的一生》的看法。

可是艾琳/黎妮不是傑瑞筆下的角色，她本人就足夠活靈活現了。這個故事，她的故事，比她在學時寫出的任何作品都有趣多了。只要傑瑞繼續臥床，就只是故事的配角。

只要他繼續臥床，旁人怎麼能懷疑他做任何事？他用手機讀書，以前他絕不會這麼做，但他迫切想讀海森、倫納德和威斯雷克的作品。這些作家八成能寫出傑瑞這種（躺臥）狀態的男子會如何做掉惹麻煩的護理師，同時設計她成為唯一的嫌犯。他用智慧電視觀賞劇情以毫無破綻著稱的電影，並重讀克莉絲蒂的作品，那是他青春期的最愛，後來卻不讀了。根據Google搜尋資料顯示，她是歷史上第三暢銷的作家，僅次於第一名的《聖經》和第二名的莎士比亞，嚴格來說她不就是第一名嗎？聖經並非單一作者所寫，莎士比亞則沒有遺產。莎士比亞會怎麼寫這個故事？是喜劇還是悲劇？應該會有雙胞胎和偷聽的瘋狂巧合吧【註】。傑瑞有雙胞胎就好了。

不，傑瑞無法靠編劇解決眼前的問題。兩名女子在他的公寓慘死，其中一人死在他手下，他還坐在這兒無動於衷，任女人切開她們的屍體，帶到天知道哪裡去。八成是母親在大啖螃蟹後去的同一座焚化爐吧。他在網路上看到市政府即將關閉焚化爐的消息，以後大家要怎麼丟棄螃蟹殼和屍體呢？

註：此句出自莎士比亞早期的作品《錯誤的喜劇》，講述兩對自幼失散的雙胞胎兄弟，機緣巧合來到同一座城市，卻不知對方近在咫尺，從而引發一系列誤會、困惑和荒誕的劇情。

一九九〇年

「你去得成紐約嗎？」

「我實在沒辦法，塔拉。學期末了，我得交成績，有很多作業要讀——」

「老天，傑瑞，你只需要搭上火車。去程三小時，回程三小時，在他的病房待十五分鐘。」

廚房牆上的電話線很長，傑瑞可以邊跟塔拉說話，邊來回踱步。他講電話要來回踱步的習慣逼得格雷琴抓狂，但格雷琴今晚不在。她加入了大樓的讀書會，雖然傑瑞覺得比較像飲酒會。格雷琴總是等到最後一刻才開始讀，接著又抱怨選的作品。傑瑞沒有說，但他覺得讀書會的選書品味普通，他推測討論內容也不怎麼專精。真正的重點似乎是搭配主題的飲品。他們目前在讀《長日將盡》，傑瑞不得不承認他很欣賞這本書。石黑一雄只比他大四歲，他的第三本書就贏得布克獎！傑瑞正在依照堤路詳細的筆記修改第三本小說。他頗有信心，不過他對第二本小說也頗有信心，但讀者的反應卻只有「這不像他的第一本小說」。當然，不一樣正是重點。

「塔拉，他真的會知道我在場嗎？」

長長的沉默。「我不知道，傑瑞。我覺得他有感知到我在，但也可能是我一廂情願。不過我還是慶幸我去了，能跟他道別。我想你也會有同感。」

塔拉住在格林威治，說起來當然容易。她去探病不需要花一整天，現在也沒有工作，只有小嬰兒要照顧。塔拉大概很高興能體驗探望瀕死之人的狗血劇情，調劑她每天單調乏味的生活，不管她平常生活是什麼模樣。

「會很⋯⋯難受嗎？我是說見到他。」

「非常難受，我甚至擔心會抹去我對那個帥氣男孩的記憶。不過或許就該這樣，傑瑞。或許如果有更多人失去至親，事態就會改變。」

「好吧，塔拉，我明天會去。」

他掛掉電話，打電話給美國國鐵確認車班次。七點半有一班車，合理推算十一點能抵達安養院，下午四點回到家。他做得到。

隔天早上他到賓州車站排隊買票，告訴自己，我做得到。他從來不知道巴爾的摩有多少人要通勤。車站熙熙攘攘，擠滿了人，他開始擔心買票隊伍動得不夠快，他可能趕不上七點半的車。然後他開始希望趕不上。沒有人能怪他錯過火車吧？本來就沒有人在等他。其實別人怎麼知道他有沒有去？塔拉這種人不會背著他確認，她不會打電話給安養院問傑瑞．安德森有沒有去探望路克．奧特曼。他想起在普林斯頓大學開學當天與路克握手。「我知道，我看起來像納粹青年，不過我的家人在一九三〇年代逃出德國。」他老是要撥開眼前那一縷金髮。年輕的傑瑞想到室友如此帥氣，心不禁一沉。後來他們講起這件事總會大笑。

七點二十一分。七點二十二分。七點二十三分。快輪到他了。

沒有人確切知道這種病如何傳播。醫生說普通接觸不會傳染，但他們怎麼確定？他會要握路克的手嗎？他要說什麼？路克還聽得見嗎？

七點二十四分。

前往紐約的火車開始廣播時，他脫離隊伍，離開車站。他等了兩天才聯絡塔拉，描述他探訪瀕死路克的過程。

「看到他臉上的傷痕，」塔拉問道。「是不是很難受？」

「對，」傑瑞說。「非常不好過。」

「傑瑞，他臉上沒有傷痕。」

路克一週後過世。塔拉和傑瑞再也沒有聯絡。

四月

維多利亞不在後，她那一週五天的日程也一併消失，傑瑞不再知道今天是星期幾。不過他也無所謂。

「傑瑞？」

「嗯？」他仍不喜歡艾琳——黎妮——叫他名字的聲音。

「我們需要談談。」

他希望不是談結婚的事。

「好喔。」他繼續盯著他下載的小說《時間的女兒》。

「你把維多利亞的錢給我很合理吧？沒有她幫忙分攤，我可付不出租金。我們十五號就要繳房租了。」

「我怎麼把維多利亞的錢給妳？」他問。「我又動不到她的錢。」

「我是說她的薪水。既然你不用付給她了，何不付我兩倍的錢？」

他差點說好。他現在就是這麼軟弱，如此無力，無法清楚思考。幸好他在同意前看出破綻。

「艾琳——」

「黎妮。」

老天，真是累人。「黎妮，如果有人做鑑識會計調查，」他認為是這樣說沒錯。「發現妳的薪水大幅增加，看起來會很可疑，不是嗎？」

身為「艾琳」時，黎妮思考都搭配動作，像羅丹的雕塑沉思者，總是皺著眉頭，弓起身體。黎妮本人則是站著不動，手撐下巴。

她說：「我付不出房租。」

「妳可以再找室友啊？」

「不行，租約上只有維多利亞的名字。幾年前我有一點信用問題，我們覺得這樣安排比較好。法律上我站不住腳，如果再找新房客，我可能會惹上麻煩。」

所以她不介意分屍再棄屍，卻擔心因為租金鬧上法院。

「真是辛苦了。」他努力擠出同情的語氣。「但我不確定這是我的問題。」

「如果你沒有殺掉瑪格，我就不必殺維多利亞了。」

傑瑞挺確定她的論點存在謬誤，但他懶得去找。於是他改問先前問過的問題，希望能得到不同的答案。

「黎妮，我真的殺了瑪格嗎?那天晚上到底發生什麼事?」

她忿忿地衝下樓，彷彿他冒犯了她。她敲爛朋友的頭，卻無法忍受別人暗示她可能把拆信刀插進瑪格的眼睛。

不過連傑瑞都無法說服自己凶手是她。她為什麼要殺瑪格？難道所有人當中是瑪格想通了怎麼回事，回到公寓來跟艾琳對質？不，怎麼想都沒道理。

市話響了。是堤路。

「我收到你的版稅，會計也確認過了。你真的不能放棄對紙本支票的愛，讓我自動轉帳把錢存進戶頭嗎？」

他開口說：「不行——」然後他想起之前都是維多利亞替他兌現支票存進戶頭。他不想把這件事交給艾琳，不想讓她看到《夢中的女人》每半年能替他賺多少錢。「好、好，我想我願意改。我需要做什麼？」

「我只需要一些基本資訊。匯款編號和帳號。你的助理可以——」

「不行。」

「什麼？」

「維多利亞不在了，毫無預警就突然不來上班。不過我現在可以把資料給你，我的支票簿就放在床頭櫃抽屜。」

傑瑞意識到一旦開始撒謊，就永遠停不下來了。他對警探撒了瑪格的謊，現在又對堤路撒維多利亞的謊。他們共事這麼多年，他不曾騙過堤路，只會偶爾模糊帶過終結第一段婚姻的出軌事件。堤路一定會震驚不已，但不是因為傑瑞偷吃，而是他怎麼能搞砸大多數男人心目中的夢幻情境。

堤路認定男人生來不忠，他稱之為野獸的本性。但傑瑞這輩子只想當好人，不想像他父親。大多時候，他都能達到這個頗重大的目標。他認為兩次出軌——與雪儂．袖珍愚蠢的魚水之歡，以及他跟莎拉結婚期間的一夜情——都是受迫性失誤。他對兩起事件仍深感愧疚，更證明他不是反社會分子。

「傑瑞．安德森放棄紙本支票，簡直像網路上不時會傳的那個迷因呢。」

「什麼？」

「我需要說明『迷因』的意思，還是我想講的這一個就好？」

「我知道迷因是什麼，堤路，我只是不知道你在說哪一個。」

「我是想到大家撰寫訊息向旁人示警自己有危險，但歹徒看來沒什麼特別。你放棄紙本支票就很接近囉。如果你開始瘋狂稱讚《咆哮山莊》，我就知道肯定有人拿槍抵著你的頭。在你的作品裡看到『描摹』這個詞也一樣。」

傑瑞盡可能陪笑。重點是支票不會寄來，艾琳/黎妮不會看到他的收入紀錄。他現在很清楚黎妮對錢非常、非常感興趣。尤其是他的錢。

他很肯定她會拿錢包和手機殼去做傻事。

一九七二年

鞋盒來自貝維迪廣場的海斯鞋店，傑瑞認為他知道當初裝了哪一雙鞋：低跟的雙色異紋牛津鞋。母親的腳小巧精緻，尺寸六號。她自豪極了，每次他們去買他上學穿的新鞋，她往往也會替自己買一雙。海斯鞋店的店員最愛服務她了。傑瑞知道母親長得漂亮，但他盡量不去多想，然而每次看到店員用雙手捧著她的小腿，他又會記起她多漂亮，以及她明明想挑什麼男人都行，卻仍選了父親。

當然他不是在找這個鞋盒，誰會在食材儲藏櫃一盒盒捷安超市買來的普通義大利麵後面找鞋盒？他在找母親偷藏的巧克力，有點像玩遊戲吧。她會把巧克力藏起來，他找到後吃個幾塊，她假裝大發脾氣，然後又繼續藏。他不是在打探隱私，才沒有。他從未想過要監視母親。她唯一試圖隱瞞他的事便是父親有多糟糕。不過父親不在了，他已經離開快兩年了。

鞋盒很輕，輕得不像裡面裝有一雙六號的小鞋子。在好奇心的驅使下，傑瑞從架上拿下鞋盒並打開。

裡面都是開窗信封。帳單，六個月的帳單。他不太懂帳單，十四歲的男孩怎麼會懂？但他很快看出這些單據都沒繳。

他們賺不到我們的錢，他們賺的是那些付不起帳單之人的錢。

有一次他正努力理解為何一張簡單的塑膠卡能替代現金，為什麼店家會接受，母親便對他說了這句話。一九六〇年代，巴爾的摩只有一種簽帳卡，當地所有百貨都通用。他曾站在母親手肘旁，看店員用形似釘書機的鐵製機器壓住卡片。他覺得沒道理，只知道母親很驕傲他們不是店家賺錢的對象。

他才十四歲。他想把鞋盒塞回架上，繼續找她的巧克力。但最終，他在餐桌坐下，把帳單整理成好幾疊。看來她不時會在格羅市場用簽帳帳戶購物。這很奇怪，因為即使那間店就在他們家正對面，她也很少去買東西，總說太貴了。不過這種店會允許顧客簽帳。有幾張買衣服的帳單，都是買給他的，不過他在吉爾曼學院穿制服，所以沒有買太多。車貸。水電費。電話費。

那天是平日傍晚，天色陰暗，屋外颳著強風。當母親穿過廚房門看到他在做什麼時，她沒有顯得太驚訝，反而似乎鬆了一口氣。

她說：「傑瑞。」

「媽，去拿妳的支票簿，還有妳的薪資單。我可以帶我們脫離困境，並確保這種事再也不會發生。」

他終究做到了。他與債主協商好還款計畫，然後編了家用預算。他也找了份工作，在格羅市場當補貨員，這樣他不僅能貼補家用，偶爾還能把不能賣的商品帶回家，像是嚴重凹損或缺標籤的罐頭。母親總像參加挑戰賽一樣，用報廢品做出晚餐。那些晚餐談不上特別美味，但他們戲稱她有「勇往直前」的精神【註】，讓他敬佩不已。

每個月，他會坐在餐桌旁寫支票，再交給母親簽名。他注意到戶頭仍是父親的名字，令他擔心極了。

註："can-do"attitude 除了指勇往直前、積極面對困難的精神，此處亦是雙關，呼應前文提到的罐頭（can）。

四月

黎妮說：「我退掉我的公寓了。」

「什麼？」

「我說過了，沒有維多利亞我繳不出房租，況且你這裡空間這麼大。我跟菲蘿說我會住在這兒，直到你康復。」她皺起眉頭。「她問起維多利亞。我不喜歡她，有夠好管閒事。」

黎妮這番話令傑瑞毛骨悚然。之前他會同意這個說法，但現在他只擔心菲蘿的安危。曲線玲瓏又無辜的菲蘿，總令他想到罌粟籽瑪芬。雖然現在不能說這種話，但至少可以想吧？在他衰老的身體和腦袋中，允許存在年輕時的念頭、譬喻和代名詞，這樣會要求太多嗎？

「我沒有多餘的客房。」他表示。「妳也知道，家裡只剩我的辦公室和小書房，裡頭只有沙發床。」

「沒關係，我就睡你的床，反正你沒在用。」

他的床充滿懷舊的回憶，他不願意去想黎妮躺在上頭。他與莎拉短暫的婚姻期間，她教會他使用好床單床組有多重要。他現在的床只有基本的木床架，也沒買每晚都必須移開的多餘枕頭——這麼做到底有什麼意義？——但他仍懷念他的特大雙人床。他想離開這張笨重醜陋的病床，回到真愛的懷抱。可是——他也不想離開這張病床。真複雜。

「真的有必要嗎？」

「我說過了，沒有維多利亞我租不起房子。」

「多租一個月也不行？」

她搖搖頭。

「沒辦法的話……那也沒辦法了。」等事情過去，他可以買新的床單。事情會過去嗎？要怎麼結束呢？

「還有，我可以用你的電腦嗎？」

比起想到她躺在他床上，這項要求讓他更焦慮。

「妳是要——」

「我說過我在寫東西，寫完希望你給點意見。喔，我叫克勞德不用來了。他的工作我完全可以做，你絕對想不到——」

「在影音網站上能學到什麼。我懂，我懂。」

四月

黎妮現在住在樓下，傑瑞反而比較少見到她。真是奇怪，但他很高興。她上樓來照顧他時都穿自己的衣服，不是尼龍製的護理師服。她喜歡穿緊身牛仔褲和過短的上衣，顯得頗為臃腫。她有不少刺青，包括後腰上的玫瑰，傑瑞在她上衣撩起時看到的。他記得兒時讀的一本打油詩，有一首在講「小印度教徒」的褲子和上衣不夠長。老天，現在回想那首詩真糟糕，簡直跟《小黑人桑波》一樣糟。然而，傑瑞還是留著那本海倫·班尼曼寫的紅皮小書，因為那是母親送他的生日禮物，裡頭還題了字。看到她漂亮銳利的草書總令他無比歡欣，因而捨不得丟掉。這本書以後要讓普林斯頓大學保存嗎？或許可以備註為什麼他會留下來。

黎妮站在他的床尾，手上拿著一疊紙，清清喉嚨要吸引他注意。

「我想唸我的故事給你聽，跟以前上課一樣。」

「好。」他還能說什麼？

她又清清喉嚨。「故事名叫『白筋記，偉大的白人男性』。」

「嗯嗯嗯。」

「請等我唸完再發表意見。」

「我手上有稿子比較容易跟上。」

「你聽就好。」

申請上哈利・山德森教的專題課程應該是種榮譽。不久以前，他還是當紅炸子雞，被喻為二十一世紀初的美國文學代表。他在二〇〇一年出版的暢銷書既細微又宏觀，雖然故事聚焦在面臨早發中年危機的男子如何度過一個週末，作者似乎也預示了九一一恐怖攻擊和世界秩序會如何轉變。

班上有十個女生和兩個男生，並不奇怪。當時比茲利學院已男女同校將近二十五年，但大部分學生仍是女生。新生參觀校園時，男生會靠近其他男生，告訴他們：「中獎機率不錯，但獎品都不怎麼樣。」然而不知為何，哈利・山德森似乎只在乎那兩名男學生。兩名男學生和其中一位的女友——她叫莫娜，長得像山德森最出名的小說中描寫的角色。

她抬起頭，臉露期待。該從哪裡講起？說真的，該從哪裡講起？

「我注意到妳挑的名字跟我推測的實際靈感來源幾乎沒有差異。哈利・山德森是傑瑞・安德森，莫娜是夢娜——」

「喔，你就記得她。」

「妳讓我記起不少那個學期在古徹學院的回憶，畢竟也才七年。」而且她長得挺漂亮，又是班上明顯最優秀的學生。人生並不公平，黎妮。如果妳快三十歲了還不懂，那就麻煩了。「總之，為什麼要勉強遮掩他們的身分？如果妳要這麼貼近事實，何不寫回憶錄？」

「這是我的選擇。」她說。「我想要強調小說和現實只有一線之隔，所有小說都是挪用他人的人生經歷，所以透明化一點比較好。這些標籤有什麼意義？一切都是小說，一切都是事實。非常後設。」

傑瑞允許內心閃過《公主新娘》的一瞬。我不認為那個字是妳講的意思。

「那為什麼古徹學院逃過一劫？為什麼要叫比茲利學院？為什麼不叫……故徹雪院？」

「因為比茲利學院是小說《蘿莉塔》中那所私立學校的名字。」

「這有什麼關係？」

「因為你是我筆下的韓伯特．韓伯特，你會強暴莫娜。」

「什麼？」

「主題很一致呀。你強暴這個女人，把她的人生當成《夢中的女人》的靈感。譬喻啦。」

「沒有哪個女人的人生是《夢中的女人》的靈感。況且我在古徹學院教書時，那本書都出版快十五年了。」

「但你不是希望大家別發現某個女人的祕密嗎？你不是擔心瑪格要揭發那個祕密？」

黎妮的問題帶著詭異的虛假天真。她怎麼知道瑪格威脅要做什麼?他記得他跟瑪格起爭執，她用指甲刮傷他的臉，還說了奇怪的話。維多利亞在場，她聽到多少，又推論了多少?她告訴黎妮什麼?他仍不知道瑪格握有什麼可怕的祕密，或自以為掌握到什麼，但都不可能跟《夢中的女人》有關，因為本來就沒有祕密。

「妳不覺得把迪士尼動畫的夏威夷女主角名字用在華裔美籍女生身上不妥嗎?」

「這個嘛，後面我會提到，哈利跟他同輩的多數男人一樣，都對亞洲女人有扭曲的迷戀。我會寫很多莫娜和『磨蹭』的文字遊戲。」

當然會。

「所以，你覺得如何?」

他決定冒險說實話，差不多啦。「故事還沒開始。」

「什麼意思?」

「把我這個讀者放進教室，讓我看到角色，讓他們透過行動和對話刻劃自己。妳唸的段落聽起來像認真的摘要，只是在輕敲麥克風，清清喉嚨。妳開始唸之前真的清了喉嚨。讓故事開始吧，黎妮。」

出乎意料，她照做了。那天晚上，她拿了更多頁上來，內容進步不少。雖然還是不好，永遠都不會好，但她至少有聽進去，肯努力嘗試。她不到三十歲，與她同年時，傑瑞也還不是四十歲的那個作家。他當然寫得比她好，他十八歲就寫得更好了，但也還沒展現出未來的實力。他聽著黎妮朗讀新寫的篇章，發現自己回到二十幾歲，還是個嚴肅又深思熟慮的讀者，只希望在好的寫作課程取得終身職，坐擁一棟小房子，能休學術休假，結識志趣相投的伴侶。

這輩子他所有的女人當中，他最懷念露西。他費了很大的工夫才搞砸那段婚姻。要是哈特韋爾獎的評審沒那麼開放就好了。不過露西對於有意願配合的合謀者向來直覺很準，太準了。他們把其他女人帶上床的短暫飄然期間，他感覺自己彷彿加入吸血鬼邪教。背著露西跟雪儂．袖珍上床是唯一破除魔咒的方法，也是破壞婚姻的解法。露西帶壞他了，但他執意要當好人，他向來別無所望。

然而，露西最棒的地方在於她最初就在了，那時他的心願還很樸實，他記得他們在申利路可笑的狹小樓中樓度過的夜晚，用雜貨店買的三美元桶子喝便宜的酒。露西後來怎麼了？他記得她在哪兒當老師，在比較好的期刊發表作品，近來寫詩多於小說。傑瑞向來羨慕詩人和他們精簡的用字。

他批註黎妮的稿子，開出建議她讀的書單——法蘭馨．普羅斯的《藍天使》，理察．羅素的《直男》，約翰．艾文的《水法人》。他不喜歡學界諷刺文學，但如果她想嘗試，不如讀讀行家的作品。她真誠接受他的建議，令他感動。他意識到她其實不求別的，只希望多年前她覺得忽視她的作家兼老師能全心全意關注她。她和維多利亞規劃的愚蠢計畫只不過想博得注意。現在她在上一對一專題課程了，他幾乎有點享受。時隔好幾個月，他終於又忙碌起來，精神變得敏銳。我還沒死！我不想被推車推走。說來奇怪，他感覺這樣很好。

直到他想起，已經有兩個女人死了。

四月

隔了好久才有人問起維多利亞，著實令人難過。而且來詢問的人竟是她的房東。黎妮跟傑瑞說過維多利亞的父母都健在，但他們不親，她上一次交男友也超過一年了。黎妮處理掉維多利亞的手機前，替她註冊了交友軟體，撒下大網，專挑最惹人嫌的類型「往右滑」，並在維多利亞早就無法約會的一週後，在巴爾的摩一家酒吧約了人見面。假如他來，會被放鴿子，真有必要時交給他證明就好。

兩天後，黎妮把維多利亞的衣服裝成一箱，開車載去機場。她把衣服丟在市內幾個回收箱，將行李箱扔進垃圾桶，車子則停在長期停車場，鑰匙丟進下水道，之後搭輕軌回到城內。租金逾期未繳前，似乎沒有人注意到維多利亞已蛻去塵世的軀殼。原來黎妮根本沒有付她三月的租金，還忘了告訴傑瑞。

房東通過菲蘿那關搭上電梯只有短短兩分鐘，傑瑞和黎妮得抓緊時間確認他們商定的說詞。沒錯，維多利亞和黎妮住在一起。沒錯，傑瑞知情。可是房東知道嗎？即使他不知道，傑瑞仍覺得掩飾這一點不妥，隨口撒不必要的謊以後可能會反咬他們一口。

「交給我處理。」傑瑞不知道黎妮哪來的自信。在他看來，黎妮的隨機應變都太過直接，像

「被熊驅離」的舞台指示，只不過更接近「屍體一塊塊裝在保冷袋下台」【註】。

房東是面色蒼白的光頭白人男子，似乎不管什麼天氣都汗流不止。他的藍色牛津布襯衫縫線都濕了，額頭的汗水反射著光。他拿手帕去擦，簡直像爬了二十四層樓梯上來。

「抱歉打擾，但我很擔心。維多利亞是我數一數二負責任的房客，但她三月只付了一部分的租金，現在還失蹤了。她沒接我的電話，於是我去了公寓一趟，看來她不在家好一陣子了。」

「我知道。」黎妮說。「我跟她住在一起，直到我搬來這裡，全天候照顧安德森先生。」

「妳的名字不在租約上。」

「當時我失業，維多利亞好心收留我。」傑瑞注意到黎妮刻意不講時間。很好。「我們認識很久了，她在大學時就會這樣，偶爾消失。她——好吧，我不想侵犯她的隱私，但有時候她覺得她比醫生還懂自己需要什麼。不過她總是會回來，總是沒事。」

「妳有打電話給她的父母嗎？」

黎妮嘆了一口氣。「她這樣的時候，最不可能去找爸媽。我不知道該怎麼辦，也不知道怎麼告訴傑瑞先生。」她轉向他。「對不起，我一直期望她會回來，你也會同意她繼續做這份工作。社會對心理疾病太多偏見了，所以我才跟你說她碰到個人緊急狀況。仔細想想，其實也沒錯。」

沒錯，傑瑞也不願多想。頭被哈特韋爾獎盃打爛可是非常真實的個人緊急狀況。

房東一臉擔憂，卻也很困惑。「我是說，我必須開始跑驅逐住客的流程，我不能不照租約走。但我會給她時間回應，如果她回來——」

「希望如此。」黎妮還真的舉起右手，露出交叉的食指和中指。當然，小孩撒謊時也會比同樣的手勢，只是藏在背後。

傑瑞一時衝動地說：「我可以替她出這個月的租金。」

房東問：「為什麼你要出錢？」

黎妮怒目瞪他，深色雙眸明顯在問同樣的問題，但不完全是問句。她似乎在說：你表現得像有罪的蠢蛋。他的確是。

「她沒有來領薪水。我替她付這個月的租金，至少給她機會回來重新開始。等到五月，如果她再不回來……嗯，我想你就得驅逐房客了。」

這樣黎妮也有時間回去仔細檢查公寓，確保維多利亞沒有留下什麼會造成麻煩的東西。要是她有寫日記呢？傑瑞總向學生推廣寫日記，給他們看他從不離身的迷你名牌筆記本。

房東離開後，他把這個點子告訴黎妮，讓她稍微消氣。

「就我所知，她沒有寫日記的習慣，我想我也不會找到什麼。不過沒關係，你願意出租金真

註：「exit pursued by bear」是莎士比亞戲劇《冬天的故事》中著名的舞台指示，意為角色被熊驅趕退場。作者進一步將自己所遇情境加以誇張改寫為「exit in insulated freezer bags, body part by body part」。

的非常慷慨。」

黎妮的口氣卻似乎在暗示他的慷慨解囊令她不悅，她不想看他花錢在不會直接助益於她的事情上。他不禁注意到，她好像把他的錢視為己有。

「妳提到她的，呃……心理疾病。是真的嗎？」

「是，也不是。我是說，她在學校確實偶爾會失蹤。她有立普能錠【註】的處方，但這年頭幾乎每個人都在服藥。」

「她的東西會怎麼樣？」傑瑞問。「我是說等到最後。」

「如果她沒有回來領，房東八成會丟在路邊吧。」

如果？黎妮開始相信自己撒的謊了嗎？

「我們可以回去討論作品了嗎？」

註：Lexapro，治療憂鬱症與預防復發的藥物，也用於恐慌症、社交焦慮症、廣泛性焦慮症及強迫症治療。

四月十五日

傑瑞生平第一次申請延後報稅，感覺憂鬱極了。不過至少他終於知道日期了，因為會計師用電子郵件寄來他需要填寫並線上提交的表格。

傑瑞有會計師，卻拒絕找商務管理人幫忙，寧可自己管帳，盡量親自完成大部分的繳稅準備工作。堤路總是笑他蠢，但早在大家聽過馬多夫這種詐騙惡棍前，傑瑞就不希望別人碰他的錢。第一段婚姻後，他再也不合併財產。他訴請離婚時，莎拉堅持要做婚姻諮商，諮商師驚呼他的做法「很有趣」，口氣暗示她不認同，但傑瑞不在乎。

可是他的財務狀況今年格外複雜，除了賣掉紐約的公寓並買下另一間之外，母親的遺產也還在等待批准，不過應該不影響他要繳的稅。

你父親的遺產也還在等待批准。據說母親的遺囑執行人已經在盡快申請正式文件了，但還沒送達。

他瞥向幾乎空白的日程表。傑瑞向來習慣隨筆寫下當天工作的細節，例如他寫的文字、修稿時應該思考的點子等等，但他有好幾週、好幾個月沒東西可記了。只有黎妮的作品有進展。或許他可以記錄她的進度，記下他身為老師及編輯的成就。

四月三十日畫了亮紅色的圈圈，但沒有附註文字說明。看來是重要到不需要註記的日子，他卻絲毫不記得到時候會發生什麼事。不是生日或紀念日。然後他想起來了，那天他應該開始準備走路，先從坐輪椅開始，再轉用助行器。再過幾週，床邊的助行器終於會發揮原本的功用，不是當矛和盾的綜合體。他真的推了瑪格嗎？他真的殺了她嗎？他活了快七十年，絕對只有帶著愛與激情觸碰女人。好吧，那天跟瑪格也算某種激情吧。

黎妮端著他的午餐進來，是鮪魚沙拉三明治配一點胡蘿蔔。她準備的食物進步了，他現在才意識到她強迫他吃難吃的晚餐也是懲罰和精神折磨的一部分。

「等妳不在了，應該會很怪吧。」他感到心情開朗。

她問：「我要去哪裡？」

他想，那可不關我的事。「我剛看了日曆，再一週我就要學怎麼坐輪椅了。所以我才在用滑輪運動，鍛鍊上半身的力量，好撐著身子坐進或離開輪椅。」

「你還有很多事沒辦法做。」

「沒錯，但終有一天，我會準備好一個人生活。我想我會賣掉這間公寓，搬回紐約。」

床邊現在放著一張餐椅，方便他們一起「上課」。黎妮坐在椅子上說：「不行。」

「不行？」

「我沒地方可去。即使你繼續付錢——」

等一下，他要繼續付錢給她？他現在發覺他必然且無止境地被勒索了，恐慌之餘他漏聽了幾個字。

「——而且我不想住在紐約，我們不可能住到這麼大的房子。」

我們？我們？

「黎妮，妳以為這件事會怎麼結束？」

「我們永遠過著幸福快樂的生活。」她看到他的表情笑了。「開玩笑啦，但我們分不開了。還記得你在古徹學院要我們讀《亡命大煞星》，再播電影給我們看嗎？我們就像夫妻檔達克和卡蘿爾，但我們可以選擇，要像書中的他們，在一起卻很悲慘，還是像電影裡的他們，真心誠意陪伴彼此。」

黎妮剛說的這番話有太多資訊要消化，傑瑞只能專注在最不重要的部分。這位身材壯碩的平庸女子竟把自己比擬為一九七〇年代初期的女星艾莉・麥克洛。好，表示他是史提夫・麥昆，但——不，他不是達克。他不會搶銀行，也沒有殺人。

終於在這一刻，他發現自己沒想錯。他沒有殺瑪格。這個女人殺了她，留下屍體等他發現，希望他會歸責於自己。

「如果我們是達克和卡蘿爾，」他說。「電影版本，不是小說，那我們必須信任彼此。兩者主要的差異在這裡，對吧？書中他們總是無法相信彼此，但電影中他們互挺對方。我不想一輩子擔心妳會背叛我，我猜妳也感同身受。攤牌吧，黎妮。瑪格到底怎麼了？」

她想了一下，視線在房內亂竄。

「不准思考，不准掰故事。告訴我。」

文字從她口中一湧而出，嗖的一聲，像等不及坦白的小孩。「那天晚上剛過半夜，瑪格回來公寓。你說對了，她拿走門禁卡。我很肯定她喝了酒。我不確定她為什麼回來，可能是打算待在這裡，或要拿她知道的事找你對質，不管她知道什麼。她自己進來，然後——」她遲疑了一下。

「然後？」

「她逮到我們在床上。」

這句話毫無道理。自去年秋天以來，傑瑞就沒做過愛了，這點他非常清楚。他回紐約時跟瑪格有過一次愚蠢的糾纏，不過是她在河濱公園陰暗角落的長椅上偷襲他。傑瑞當然不可能跟任何人上床，就算可以，也不會是黎妮。她在亂說什麼？

「我偶爾給你的那顆藥，我說是鈣片的那一顆，其實是我的安眠藥。配上安必恩和你的止痛藥，會讓你睡得非常沉，有一次我還在你面前猛敲鍋子測試。總之，那些晚上，有時候我會爬上你的床。我沒辦法真的抱住你，而且我也尊重你的身體。不過我會躺在你旁邊，頭枕著你的肩膀。一下下而已，我覺得無傷大雅。」

「瑪格看到，妳就殺了她？」

「她大吼大叫，想拍我們的照片。我搶過她的手機好刪除照片。她好可怕，完全停不下來。她說你是變態，說她能證明你多糟糕，這件事只是給她更多證據，她要把她知道的事昭告天下。她很用力甩了我一巴掌，我真的看到黑色小東西繞著頭轉。不是星星，我不會形容那是星——」

「拜託，黎妮，現在不要糾結譬喻了。」

「我抓起拆信刀，我只是想自衛。然後就這樣了。」

傑瑞想起一句嘲弄被動語態的知名仿作：「句子給倒退跑，直到腦袋給捲得發暈【註】。」如同黎妮極度專注在描述挨打時看到的畫面，他發現自己一直想著那個字。捲（reels）。這個字當名詞可指一種舞蹈，但大多數的人會想到釣魚。釣魚用的捲軸很有條理，鬆開又捲起。他的思緒像旋轉陀螺，那種搖搖擺擺的鐵陀螺，一般人會上下甩動再拋出去。瑪格怎麼能說他是變態？他們是情投意合的成年人，反而是她喜歡挑戰極限，包括在河濱公園的最後一次。況且公然做愛不代表就是變態。他問心無愧，大概吧。即使是跟露西的安排，與雪儂・袖珍丟臉的一段情，那次背著莎拉偷吃，也都不至於讓他成為變態，懼怕羞辱與曝光。

「她有解釋她的意思嗎？」

註：「Backward ran sentences until reeled the mind」是美國編輯沃科特・吉布斯（Wolcott Gibbs）於一九三六年發表在《紐約客》雜誌的著名戲仿，諷刺當時《時代》雜誌經常使用的倒裝敘事風格。

「沒有。」黎妮說。「事情發生得太快。幸好她的手機沒上鎖，我刪了照片，然後恢復成原廠設定。」

一具女屍躺在她腳邊，她的第一反應竟然是刪光手機資料再重置。

他腦袋飛快一轉，輕輕開口說：「但妳不覺得……如果我們不要再，呃……住在一起，我認為比較安全。我們在一起太引人注意了。妳看，總有一天，我不會需要看護。」

「但你可以有女朋友呀。你不會是第一個愛上護理師的男人。」

他現在真的無話可說。況且他唯一想到是這種關係的男女只有亨利八世和凱薩琳·帕爾，這位都鐸王朝國王的歷任妻子中，只有帕爾活得比他久。

「總之，我很高興我們之間沒有祕密了，因為我有東西要給你看。」

她下樓去。傑瑞一度猜測她是否打算效仿史蒂芬·金筆下的反派安妮·維克斯，打斷他的雙腿，讓她能照顧他更久。不過他更懼怕黎妮希望他康復，希望他當她的男朋友。

她拿回來的不是大鐵鎚，而是一疊紙。算他運氣好吧，不過他還得再想想。

「我把之前寫的稿子丟了，我覺得還不夠突破。我想寫出像瑞秋·庫斯克的作品，模糊小說和回憶錄的界線。或像西納·赫迪。」

她開始朗讀：

傑瑞．安德森的新公寓顛三倒四——客廳在二樓，臥室則在下層。這個建案在二〇一八年公開銷售時，在宣傳手冊上宣稱有三百六十度的環景視野，但純粹只是炒作。

平心而論，她沒說她打算模糊她的小說和回憶錄的界線。她繼續唸，精準掌握傑瑞的內心世界和想法，簡直恐怖。他不禁思索，如果黎妮偷了他的作者之聲，他會怎麼樣。

不過平心而論——反正他也沒在寫了。

二〇一八年

「你有忙到沒辦法在真正的餐廳吃晚餐嗎？」瑪格把披肩裹得更緊。城市食堂在初秋夜晚感覺挺溫暖的，她卻表現得像她很冷。

「瑪格，食堂也是真正的餐廳。而且妳說得對，我時間很緊。我直接從賓州車站趕去公寓，確定明天的驗屋準備好了——」

「我很樂意陪你去呀。」

傑瑞知道，所以他才獨自完成。他不想跟瑪格在私人空間獨處，尤其不能在他的公寓。少了家具並不會阻止她。

「然後我去見堤路。今年秋天我本來要去柏林，現在顯然去不成了。」

他點了起司漢堡加洋蔥，她聞言挑起一邊眉毛，知道他不常這麼吃。她只點了一杯黑咖啡，啜飲幾口，留下艷紅的唇印，然後逕自拿他的薯條來吃。

「所以你真的要走了。」

「嗯，看來是這樣。一旦收到賣房子的錢，我必須盡快到巴爾的摩置產。我媽可能不久後就會進安寧病房，不過……醫生已經說了好幾個月——」

「我們一直沒有正式分手，」瑪格表示。「只是漸行漸遠。」

就傑瑞來看，他們已經分手好幾次，只是瑪格拒絕承認罷了。直到一個月前，她都還賴在他的公寓，最後是令人生畏的女房仲跟合作公寓管委會聯手逼她搬走。

「我無法想像妳在巴爾的摩。」傑瑞說完就後悔了。他連這種可能都不該提，可是他很有禮貌，禮貌過頭了。過頭了。他趕忙改變話題。「妳有轉寄我所有的信吧？妳還住在公寓的時候？我不希望有帳單流落在外。」

「當然有。老天，你總是這麼在意你的信。」

「有嗎？」他真的不覺得。

「你的信和帳單。帳單一定要準時繳，否則天知道會怎麼樣。你實在是乖寶寶，傑瑞。」

他看得出來她在嘲笑他，但不懂為什麼。

「老習慣了。」他說。「一直以來我都做得很好。」

「抱歉。」她朝他露出真誠的微笑。「今晚陪我走回家？外頭很舒服，我們第一次共度秋夜呢。」

「秋夜」這個詞使他心煩。好做作。但今晚確實舒適，況且散個步無傷大雅吧？「現在妳住在哪裡？」

「我住在朋友家，一〇二街和西區的交會口。我們可以穿過河濱公園。」

他照她的路線走，也不後悔在長椅上發生的事。瑪格如螳螂的四肢，她飢渴的嘴唇——他覺得自己能成功擺脫這段關係，還沒被她咬掉頭，實屬幸運。

四月

傑瑞努力逐步減少藥量。他必須保持敏銳的感官！不能再讓自己因為用藥過量陷入沉眠而錯過另一起謀殺。這次死的可能就是他。說來好笑，黎妮從來沒想過要盯著他吞下藥，也許她認為他已經成癮，或至少渴望每晚能忘卻一切。不管怎麼樣，他現在會把晚上的藥片含在舌下，等她急著下樓回到手稿旁，再把藥吐出來，塞進床頭櫃上的精裝書裡盡可能壓碎，將粉末撒在地毯上。黎妮現在連假裝打掃都不裝了，全留給每兩週來一次的清潔工，她是唯一仍會進出公寓的外人。清潔工能救他嗎？感覺難度很高，畢竟他連她的名字都不知道。卡洛琳娜？卡門？卡梅拉？不對，那是影集《黑道家族》中太太的名字。反正她的英文不太好，傑瑞又完全不會西班牙文。

傑瑞意識到，他在這段假婚姻中抽到了下下籤，他的「妻子」只提供他需要的最基本照護，把精力大多留給寫作。

而他發現，自己若成為妻子，可能也會是這樣。

只是家裡會更整潔一些。他向來注重衛生，即使獨居時也是。在紐約那幾年訓練他謹慎處理廚餘，免得引來蟑螂和老鼠。現在，臥床的他能看到廚房流理台上的碗盤越疊越高，還傳來陣陣臭味。她把某樣東西丟進垃圾桶卻懶得拿去扔，即便走到雜物間的垃圾滑槽只要幾步路。他腦中響起古早電視劇的主題曲：持續往上行，往上行。【註】他住在高檔公寓高樓，卻如身處貧民窟。

或許他有吃藥時情況還比較好。

不過，當凌晨兩點電話響起，他很慶幸自己還保持清醒。這次響的是他的手機，不是市話。黎妮，妳改變招數了嗎？他在手機鈴響的第一聲就接起電話。對方短暫沉默了一下，但他可以聽到話筒另一端的呼吸聲。要說什麼叫充滿懸疑的停頓，這就是了。他靜靜等待，心想如果「奧貝利」再跟他說話，他會怎麼做。那樣他就真的發瘋或精神錯亂了吧。因為「奧貝利」分別是由維多利亞和黎妮扮演，而如今維多利亞死了。不過，他一直沒看到維多利亞的屍體，只有聽了黎妮的片面之詞——

「傑瑞．安德森嗎？你是傑瑞．安德森嗎？」手機傳來陌生的女子聲音，他絕對沒聽過。她口齒模糊，看來是喝醉不小心打給傑瑞。

他說：「我是傑瑞．安德森沒錯。」他仔細聽。艾琳在樓下走動嗎？她會試圖偷聽嗎？他想到小時候，每當父親在臥房打電話，他會偷偷拿起廚房沉重的話筒，還必須用手指按住按鈕，把話筒緩緩滑出來，才不會發出「咯」一聲露餡。

「為什麼你不回我的信？為什麼要忽視我？我們可以好好商量，我沒有要惹你生氣，我只是想要公平——」

「妳是誰？」

女子激動的聲音繼續自顧自說下去。「我知道我應該請律師，但我沒錢。問題就在這裡，整個流程根本自相矛盾。」

「我不知道妳在說什麼。」然而他覺得他應該要知道。一個念頭挑動他的神經。信，信，什麼信？一切都起源於一封信，但根據黎妮所說，後來再也沒有來信了。難道她在亂動他的信？

女子哭了起來。「大家都說除非下定決心，否則不要下最後通牒。或許我太蠢了，或許大家會覺得我是壞人，但你才是壞人，傑瑞．安德森。不是因為……而是因為……因為我並不想要，那件事很噁心又不對，即使你沒有發現。我至今還是放不下，也沒辦法跟任何人說。」

「妳是誰？」

他的問題引發對方一陣更激烈的啜泣。「天哪，我這樣的人多到你記不得嗎？你真的是該死的變態。」

他放輕聲音，再試一次，同時豎直耳朵聽黎妮的動靜。「妳說妳寄信給我，妳寄到哪裡？」

「當然是紐約，你住的地方。」

「我以前住的地方，去年我就搬到巴爾的摩了。」

註：歌詞出自一九七五年首播的美國經典電視劇《傑佛遜一家》主題曲〈Movin' On Up〉，由女演員兼歌手賈納．杜波依斯（Ja'Net DuBois）創作並演唱。歌詞以描繪成功與階級躍升而聞名。

「喔。」懊惱的吸鼻子聲。

「妳怎麼知道這個號碼？」

她又抽抽鼻子，斷續喘了幾聲，最後冷靜下來。「線上搜尋。我花了三十美元，想看能查到你的哪些資訊，結果拿到你的地址和這支號碼。我以為你會回信，真的。一旦你知道……我以為你會做正確的決定。」

「知道什麼？妳是誰？」

但他的問題成功讓女子冷靜下來，結果她直接掛斷電話——更準確地說是按掉了通話。他的智慧型手機只能告訴他對方沒有顯示來電號碼。

黎妮直到早上十點才端來早餐，紙盤上放著吐司和炒過頭的蛋。他認出她眼中狂熱的光芒，她是感到終點線將近的作家。她沒洗頭髮，昨天的衣服沒換。傑瑞記得這種感受，不過不管他寫得多順，都不會忘記洗澡。

她問道：「昨天晚上我聽到你在跟誰說話？」她的語氣輕鬆，太輕鬆了。

「可能是我說夢話吧，我以前會，至少有人跟我說過。其實，我曾因為在夢中講了一些無聊的長篇大論而被取笑。」

「我有注意到。」

他再次想起她曾與他同床共枕的事，勉強忍住一陣哆嗦。多少次？只有一次嗎？每次她給他「鈣片」的時候嗎？

「等我的書寫完，」她回到她唯一感興趣的話題上。「你會拿給你的經紀人看嗎？」

「當然會，不過我稍微想了一下。」其實他才沒有想。「堤路可能不是最適合妳的經紀人。他的品味有些過時，我覺得妳的作品比較有商業市場。妳需要那種年輕的經紀人，懂得創造大眾對作品的興奮期待。」

她的臉色一沉。「你覺得我不夠好，你覺得我不夠資格，不能加入諾貝爾獎和普立茲獎得主所屬的經紀公司。」

「喔，當然不是，我完全沒有這個意思。況且堤路的客戶沒有一個是諾貝爾獎得主。」假如有，傑瑞不確定他能接受，因為那位作家無疑會是堤路的最愛，至少能贏得他最多的關注。「我認為這本書有潛力引起大量討論，甚至可能吸引多家出版社競標。」

他突然意識到，這本書經過一定的修訂後，可能成為他的自白以及求救訊息。如果艾琳繼續走自傳小說路線，或許他可以引導她全面招認。當然書中會有不幸的真相，就是他曾經以為自己殺了瑪格，還讓黎妮替他掩飾罪行。但——畢竟他遭到下藥，神智不清，完全由她擺布。假如堤路讀到這樣的內容——

「這樣吧，堤路應該是我們的首選，但我們要督促他多用點商業直覺，看到這本書的潛能。

為了達到目標，我有一個建議。我覺得要多描寫傑瑞的內心世界，但應該要寫得像夢，幾乎像感官失調。我可以告訴妳一些他過去的小故事。」

她慎重點了點頭。「應該可行。」

她下樓準備去寫作時——老天，她變瘦了，她一定完全沒吃飯——他故作輕鬆地喊她。「黎妮，妳檢查瑪格的包包時，裡面有給我的信嗎？」

她在樓梯頂端停下來。他真希望能推她一把，解決他所有的問題。送給樓梯另一個人肉祭品，或許他就能獲得自由。

「信？沒有。你為什麼要問？」

她不是說「沒有，沒有信」，而是先重複了一遍，然後才否認，接著問：你為什麼要問？

「我還在想，她宣稱握有我的把柄，或許她先寫信給我，後來才決定親自過來。她認為我做過什麼，但至今那件事仍然是個謎。我躺在這裡回顧自己的一生，直到瑪格過世，我始終想不出我做過的哪件事足以構成這樣的威脅。」

黎妮笑了。「真希望到了你的年紀，我也能這麼說。」

她似乎沒發現她現在就沒辦法這麼說了。她謀殺了兩名女子，其中一名是她將近十年的好友，然而她卻能全心投入寫作，累得安心入睡，反而是傑瑞要碾碎藥丸，盯著天花板，努力思索一切該如何結束。

一九七〇年

傑瑞在廚房等母親。他對自己說，我是這個家的大男人。他知道十二歲的孩子這樣想很奇怪，但今天開始就是這樣了。我是這個家的大男人。

母親拎著食材回來。她看起來漂亮又開心，他不想惹她難過，但她必須知道。

她問道：「你爸爸呢？」

「走了。」

「走了？他星期二才需要再出遠門呀。」

「他不會回來了，媽。我趕他走了。」

「你……什麼……傑瑞，我聽不懂。」她轉身背對他，逐一拿出食材，但她的雙手顫抖，還把牛奶放進儲藏櫃，跟湯罐頭一起放在層架上。

「媽，他有另一個家庭，一整個家庭──太太，兩個女兒。我聽到他跟她們講電話。」

「他白天打電話？在費率最貴的時候？聽起來不像你爸爸。」

「她打來的，指名受話人付費電話。好像出了什麼緊急狀況，我猜其中一個──」他頓了一下，不是為了找到正確的用詞，而是要鼓起勇氣說出口。「女兒摔斷手臂？我沒聽到全部，但聽了很多，夠多了。」

「傑瑞，你偷聽他講電話？我告訴你很多次不可以這樣。」

「媽，他有另一個家庭。」

「我相信是你誤解了，你爸爸向來容易吸引需要倚靠強人的女生。你確定他不是出去匯錢給她，或……」母親的想像力到這裡打住了，她終於再沒有藉口替丈夫辯解。

「媽，他走了。他收了全部衣服放進後車廂，然後走了。他要去她們那兒，不管在哪裡。」

「不。」母親說。「他會回來，他總是會回來。」

「我跟他說我們不要他回來了，我說他要選擇。他選了她們。」

他沒有告訴母親，他很得意能對父親發號施令。他也沒有太失望父親選擇離開，畢竟那驗證了他已知的事實。

「喔，傑瑞，你做了什麼好事？」母親緩緩走出廚房，然後跑了起來。她的臥室就在廚房旁，他可以聽到她在啜泣。

他從儲藏櫃救回牛奶，找到購物袋裡還沒拿出來的希爾特牌冰淇淋——他最喜歡的巧克力脆片口味——放進冷凍庫。他把買回來的食材一一放好，沖洗他的玻璃杯，放進洗碗機。

少了他對我們比較好，傑瑞對自己說，她會懂的。

四月

傑瑞上網查看他的支票存款帳戶，裡頭的錢超乎預期，不但有堤路的經紀公司線上轉來的版稅，還有一筆二十一萬五千美元的線上存款。到底為什麼我要抗拒這麼久？外幣付款？外幣總是不斷流入，有時更是大筆灌進來。德國人愛死他的作品了。

等一下……隔天有一筆九千五百美元匯出的紀錄，用的是叫Zelle點對點支付的平台。他花了一點時間找到那個網站，查看他在Zelle平台上的交易紀錄。總共只有這筆交易。

受款人是艾琳．瑞秋．布萊恩。

他如驢子吼道：「黎妮。」接著他用上父母希望小孩知道自己惹上多大麻煩的口氣說，「艾琳．瑞秋．布萊恩。」他甚至不確定他怎麼知道她的中間名。喔，等一下——她用Zelle平台匯款給自己的款項上就有寫。

她姍姍來遲，走到床邊時渾身散發甜美無辜的氛圍。

「有什麼事嗎？」

「怎麼有九千五百美元從我的帳戶匯給妳？」

「喔，我用了Zelle。跟Venmo或PayPal很像，但——」

「我不是問妳怎麼——」好吧，他確實有問。「我是想知道誰動了那筆錢，還有為什麼。」

「我動的。我用你的電腦，最近我在用的那台，而你把密碼都存起來了，所以我能使用很多功能。」

很、多、功、能。

「為什麼妳認為——」他決定慎選用詞。「妳應該匯出這筆錢？」

「我這麼努力寫書，但就算書賣得好，我也要好一陣子才會收到錢。」

「可是妳有護理師的薪水，更別說還有免費食宿。」

「不是永遠都有。你講得很清楚，我們不會永遠在一起。」

「妳不覺得那樣比較安全嗎？黎妮，我們必須分道揚鑣。我們不是達克和卡蘿爾。」

「我們可以是呀。」

他想到湯普森筆下的卡蘿爾，再想像電影裡的卡蘿爾。兩個完全不同的人物，卻同樣誘人。他該怎麼回覆不美麗的女人？他不知道。他對不美麗的女人從來不感興趣。性感與否本來就不公平，在他看來，也不存在「青菜蘿蔔各有所好」的道理。世上有許多沒人挑的青菜蘿蔔，不過傑瑞敢打賭，大部分都是男人。如果艾琳只是想找男人，她一定找得到，但她得不到他。就連她迅速精進的才華都無法吸引他，這才是終極的不公平。傑瑞六十一歲，因為功成名就而備受渴求。艾琳二十九歲，剛展露潛力，卻永遠無法靠文筆寫進男人的心。規則不是傑瑞定的，是規則造就了他。

「對不起，我無法想像這個結局。」

黎妮說：「好吧。」她走到床邊，拿走他的手機，拔掉市話線，一把抓起他的筆電。守舊的傑瑞、反社會的傑瑞、反社群媒體的傑瑞不敢相信失去這些東西令他的心臟跳得有多快。畢竟這些裝置是他與外界的唯一聯繫了。

黎妮說：「等我的書寫完，簽下合約，我們就說再見吧。」

傑瑞知道黎妮會怎麼說再見。

四月

天真的新手才會改變行事作風，更加嚴厲批評黎妮的作品，試圖爭取時間。傑瑞不是奧德賽的妻子潘妮洛碧，不會每晚扯破當天織好的布。他反其道而行，讚美那些還有改善空間的部分。黎妮的致命傷是隨意轉折劇情，他也忍住反感，視而不見。都很好，都沒問題。他越快把這本書交到堤路手上，就越快有機會脫身。他修改文稿時，會提出看似無關緊要的小建議，但堤路會懂，堤路看得出來，就像他曾開玩笑說的那樣。堤路知道傑瑞不管《牛津英語辭典》怎麼解釋，都堅持要用「字面上」（literally）和「滿懷希望」（hopefully）的原始意思。套用露西喜歡的獨特說法，堤路知道所有會讓傑瑞渾身不對勁的問題。他跟紐約編輯就「排屋」（rowhouse）這個詞已經吵了快四十年。只要是巴爾的摩人拼湊起來的詞，他都會在校稿欄中反駁，不讓編輯拆開。

他只需要說服黎妮接受一個小改變。

「我們把妳的書交出去時，」他說，「用我的名字吧。」

她像眼鏡蛇般挺起身，準備出擊。「你想偷我的作品嗎？」

「不是！我想給妳應得的注意。假如這本書以二十九歲新人女作家的名義出版，即使有我背書，讀者還是會充滿懷疑，甚至當成同人作品。但如果當作我的第一本自傳小說兼回憶錄，由於跟我一貫寫的作品相差甚大，大家會認真看待。等我們揭露真正的作者，表明我雖然授權但並未執筆——看哪！」他模仿魔術師的手勢。「大家會跌破眼鏡。」

他不確定為什麼用跌破眼鏡這種綜藝表演般的說法，但感覺很對。

「就像有位作家用假名提交傑茲．科辛斯基的小說《階梯》，卻遭所有主流出版社拒絕【註】。不過妳是反過來，所有人都會搶著要這本書。等我們公開詭計，宣布妳是我的學生，取得我的許可寫了這本書，大家只會更想看。」

他看黎妮試圖消化這個提議。她不笨，知道要懷疑他，但她從未發現他在她的整本書中埋下地雷，讓她親愛的書稿能拯救他。她不知道堤路無意間說過傑瑞使用哪些詞彙和主題會讓他擔心，所以傑瑞能藉此發出求救訊號。

或許他們比想像中更像湯普森筆下的達克和卡蘿爾呢。

二〇〇八年

格雷琴深夜喝醉開始會打電話給他。

「我看你又在約會了。」她劈頭就說。「我希望你知道報導刊在《第六頁》是因為她，不是你。她才有名。」

「對，她唯一的缺點。」

格雷琴繼續說：「叫她記得簽婚前協議。」

「我們也簽了婚前協議，妳堅持的。妳擔心保不住公寓和妳的收入。」

「不、不，才不是這樣。我很樂意均分一切，但你不願意共享寫作的收入。我資助你，你靠我的錢寫出《夢中的女人》，我是你的創業投資人，但我的投資都沒有回報。」

「隨便妳改寫歷史吧，格雷琴。」

註：《階梯》（*Steps*）是波蘭裔美國作家傑茲・科辛斯基（Jerzy Kosi ski）一九六八年出版的小說，一九六九年獲美國國家圖書獎。一九七五年，自由撰稿人查克・羅斯（Chuck Ross）以假名將其內容投稿多家出版方均遭拒，甚至包含原出版商。此事成為批評出版業對無名作者偏見及缺乏辨識力的經典案例。

格雷琴的生活過得不順。金融海嘯時她在雷曼兄弟控股公司工作，現在她失業又失意。

「嘿，私下說說就好——誰是奧貝利？我知道我們結婚期間你一定有跟別人上床。」

「格雷琴，我可沒有背著妳偷吃，換作是妳肯定不敢保證吧。沒有奧貝利這個人，她是我捏造的。」他的腦海飄過許久以前作家詹姆士．凱因的抱怨，有人質疑他抄襲漢密特時，他回答：「抄襲真的不是這樣做的。」

「跟我說實話，傑瑞。」

於是他說了。他把從未告訴任何人的故事講給格雷琴聽，連堤路都沒聽過。他告訴她夢中的女人的身分。

四月

黎妮說：「我不知道怎麼收尾。」

他安慰她：「結尾很難。」

「我覺得應該發生大事。」她用手比出爆炸的動作，嘴巴模擬煙火的聲音。傑瑞搖搖頭。

「容我分享我的觀察，妳一直有點偏好天外飛來一筆的劇情。」

她怒目瞪他。「你別忘了，我就是這本書的天外之神，我想怎麼寫都行。」

不知怎麼，這讓傑瑞想起特倫頓那座從火車上能看到的橋：特倫頓製造，世界享用。她聽起來像吃了虧，彷彿沒有人能理解她受的苦。恭喜啦，黎妮，妳現在是真的小說家了。

他放柔口氣。「文中很明顯『黎妮』才是幕後首腦，不是維多利亞，妳別突然這麼敏感。我只是建議妳繼續忠於妳寫的角色。最後不管怎麼發展，妳都準備好了。身為作家，我們不能打破我們創造的現實。」

她現在寫到她開始挪動他的資金，收走他的電子裝置。她懶得去想他的生活會變得多乏味。他重讀最喜歡的作品，觀看有線電視新聞台。他無法想像現在去閱讀新書，因為一讀可能就嚴正證明他死了，現在正身處為他打造的地獄中。

她癱躺在他床邊的椅子上。「我沒有對你完全坦白。」

從哪兒開始？還能有什麼沒說？

「嗯。」他應聲，之後決定冒險開個玩笑。「我們的關係不就始於謊言嗎？」

「你問我在瑪格的包裡有沒有找到信。」

他繼續等。

「有件事我得跟你說，但我就是想不出好的說法。」

他並非不怕。黎妮習慣用暴力把自己「寫」出困境。拆信刀戳眼，獎盃敲頭。他掃視房間，查看周圍有沒有致命的沉重物品。

不過少了他，她寫不完這本書。沒有他，她也賣不出這本書。他就像《天方夜譚》靠講故事保命的雪赫拉莎德，先發制人拖延無法避免的結局。只要小說的命運未決，她就必須留他一命。

「我相信妳，黎妮。妳會做出對的決定，妳會想出聰明的解法。」

看她圓潤的臉聽到讚美時整個亮起來，他幾乎感到過意不去，但他只是想活下去。「講故事」應該算馬斯洛需求層次的哪一層？嚴格來講，他猜是接近窄小的頂端，自我實現的部分。然而對傑瑞來說，感覺卻像最底層的需求，連水、食物和居所等基本需求都仰賴他釐清自己人生的故事。

四月二十九日

今天是傑瑞完全無法移動的最後一天。明天醫生會來，評估他復原的狀況。如果評估結果良好，雖然支架還不會拆掉，但他可以開始學習如何把身體挪上輪椅。他猜想評估結果是否真的會是良好。黎妮堅持她能重現克勞德替他做的復健運動，但誰知道呢？

他感覺像住在感官剝奪艙。他知道天氣，只因為有線電視新聞台在螢幕角落會顯示氣溫。今天預計會落在攝氏二十五到三十度之間，是這個季節少見的高溫。然而，公寓內沒有天氣可言。如果他要求，黎妮有時會拉開通往露台的門。他的露台。他買下公寓時天氣極冷，因此在外頭只待過不到一小時。他曾想像自己傍晚坐在那裡，欣賞晚霞染紅巴爾的摩，也許偶爾喝上一杯干邑白蘭地。這是他和瑪格交往時養成的嗜好，瑪格喜歡喝酒，又不愛一個人喝，便強迫傑瑞陪她。很符合瑪格的性格。他也想過等天氣好一些，他可以把划船機放到露台上，或許罩個防護套。

划船機。他瞪著那台機器。淪落到這個地步的元凶就是你。要是身體健全，他絕不會任這兩個年輕女生欺凌，她們的計策很快就會失效。她們自認精神虐待他會有效果，實在誇張。奧貝利不存在，為什麼大家不相信？他記得他發現菲利普．羅斯竟以一位真實女性為原型創作出布蘭達．帕丁金時，他非常失望。難道純粹的想像不存在嗎？除了母親與自己，傑瑞的作品從未以真實人物為原型。何必呢？就他來看，一旦寫了便會一去不復返，很快就會導致讀者的低劣行為，猜測影射人物是誰，那不是跟賈桂琳．蘇珊沒什麼兩樣了嗎。

他沒了手機和筆電，但小啞鈴還在。他拿起來，心不在焉舉了幾下。他其實必須小心不要鍛鍊過度。他的肌肉痠痛，肩膀隱隱作痛，但他的上半身力量增強不少，能為下個階段的復健打好基礎。

黎妮外出去辦神祕的差事。他努力思考怎麼善用她不在的時間，卻想不出來。如果他能解鎖病床輪子的剎車……但這樣他會讓自己處於危險吧？一旦輪子解鎖，他會往哪去？怎麼控制病床？就算他有辦法操控病床，但床身太寬，無法將他帶到廚房去使用最近的電話，他還得冒險滑過樓梯口。

即使到了電話旁，他又要打給誰，說什麼？救命，我在自家公寓遭到挾持，控制我的女人已經殺了兩個女生，事後我還共謀掩飾罪行。當初找到瑪格的屍體時，他就該堅持報警。但那一天，他被藥物影響得神智不清，遭黎妮反將一軍。現在，他只得繼續用手邊的精裝書碾碎藥丸，保持清醒。幸好黎妮完全沒起疑。反正她不會翻開他的書來看，打掃也沒有仔細到看得出桌上、床單、地毯上殘留的粉塵。老天，這公寓的味道！他倒是希望五感之中能喪失嗅覺。

黎妮約一個小時後回來。他聽到說話聲，好像有人跟她一起。醫生是今天來嗎？他又搞錯日期了嗎？

然而，與黎妮一同進入公寓的女子看來跟她同齡，推著一個小登機箱。她留了一頭金髮，長得頗眼熟，或者只是大眾臉。她是傳統的美女，大家會說長得天真無邪的那種。

「我猜你記得金姆．卡帕斯。」黎妮說。「照理說，我該讓你們私下好好敘舊，但我沒時間給你們隱私了，畢竟我需要知道故事怎麼結束。」

女子顯得非常困惑，她看向黎妮，再看看病床上的傑瑞，又轉向黎妮。「可是他寄了電子郵件給我。」她再次轉向傑瑞。「對吧？你說你想做對的事。你替我買機票，還是頭等艙，希望證明你的意圖正當。你說要不是受傷，你會來見我，但如果我想要那筆錢，我必須到巴爾的摩跟你討論該怎麼安排。」

金姆．卡帕斯。金姆．卡帕斯。他認識叫金姆的人嗎？那筆錢。什麼錢？傑瑞閉上眼，看到一隻貓盯著他，書封面上的貓。是那次在哥倫布飯店酒吧的女孩！她怎麼會在這裡？黎妮怎麼找到她的？

「看來我還是得重新介紹你們認識。」黎妮幾乎忍不住得意地笑出來。「金姆，我必須跟妳說，傑瑞根本沒收到妳的信。妳把信寄到他在紐約的地址，是他的前女友讀了。我猜她打算用信的內容讓傑瑞難堪，但現在信在我手上。我得說，妳寫的故事真不賴。」

「那才不是故事，」名叫金姆的女子說。「我說的是事實。」

「喔，我完全相信。他基本上在飯店房間強暴了妳，不管怎麼看都糟透了——」

「強暴！」傑瑞大叫。「我邀妳上來房間，妳也來了。後來發生的事絕對是你情我願。如果我沒記錯，妳還帶了保險套，妳選擇要性交，妳——」

她是那種一激動就會漲紅臉的白皙金髮女生。「我有試著拒絕，但你不理我。當時的情況讓我不知所措。除非我，呃……回應你到某種程度，不然你不會放我離開。於是我選了最簡單、最快的方法。」

「當時的情況？不管當時還是現在，妳都成年了。妳去了男人在飯店的房間，遇上在酒吧喝了幾杯酒後去男人房間通常會發生的事，似乎也毫不在意。事後想想，我覺得妳其實在找我，妳去那間飯店就是為了找到我。我不會讓這件事演變成『#MeToo』事件。」

「對，我希望見到你，但——不是為了做那種事。我想見你，想瞭解你這個人，不過以防萬一，我用了假名。我以前也想當作家——」

老天，這個世界上還有人不想當作家嗎？

「從我十幾歲以來，你就是我人生中遠大的標竿。我讀了你寫的所有作品。我祖父總是說：『都在妳的基因裡了。如果妳舅舅做得到，妳也可以。』」

祖父。舅舅。什麼？

黎妮笑了。她很滿意她的傑作，居然還真的欣喜地搓了搓手。「傑瑞，金姆是你同父異母妹妹的女兒，你父親在遺囑中排除了她的家人。他們有提出異議，但拿不出理由——你父親有權利將財產全留給你母親。於是金姆的母親、祖母、阿姨——你父親大半輩子一起同住並資助的家庭變得無依無靠，反倒是你繼承了根本不需要的一大筆錢。金姆的祖父一直說她會繼承的遺產足以付清大學學貸。是好人就應該幫幫她。」

傑瑞想起兒時把玩父親的樣品箱時，曾從其中一張小椅子扯下一根長長的金髮。那是這名女孩母親的頭髮嗎？他腦中浮現自己悄悄拿起話筒，偷聽父親先對另一位妻子說話，之後換女兒們，他安慰摔斷手臂的那一位。那是這名女孩的母親嗎？父親對女孩說話的口氣讓傑瑞鐵了心，那種溫柔和甜蜜的語氣他從未聽過。或許天下父親對待女兒和兒子本就不同，但傑瑞覺得自己在那一刻知道了父親的心在哪裡。也正因如此，他要求父親離開博維克街的家，但心中仍抱有一絲希望，期待父親會說：「不，你搞錯了。我選擇你！我選擇你！」

接著，他看到自己和這名女子在飯店房間。他的外甥女。他的胃翻滾不止，但再怎麼樣都應該是她要負責。他們你情我願，他不需要為她的後悔負責。他不知情。他並非看著她長大的父執輩，甚至完全不知道她的存在。

不過伊底帕斯也完全不知道他和妻子柔卡絲塔是母子關係，而眾神並未因此放過他。

傑瑞腦袋轉得飛快。他必須讓房內其中一名女子站在他這邊。他必須讓對的女子站在他這邊，即使要他口是心非也行。

「黎妮，妳太殘忍了，妳不應該欺騙這位小姐，用虛假的理由找她過來。妳應該告訴我她寄信來，裡頭寫了什麼。我確實會想做對的事。」

他拚命維持聲音平穩，一邊猜想當初如果繼續拒絕金援瑪格，她打算公開事件的哪一部分。外甥女的身分確實令人不舒服，但#MeToo運動的角度或許更有新聞價值。連續出擊——總有低俗的八卦網站會喜歡報導這種事件，接著較傳統的媒體便能採取拐彎抹角的立場，報導事件的存在而非事件本身。不過這件事會納入黎妮的小說嗎？這是結尾的高潮嗎？

我必須贏得這位年輕女子的支持，她是我唯一的希望。要我說什麼都行，只要讓她能留下來救我。

「金姆，非常抱歉我們家的男人害你們家的女人受苦，首先是我父親，之後又換我。沒有文字能描述妳承受的傷害。」

她僵硬地說：「謝謝。」

「我們的確需要好好談談。黎妮，可以麻煩把金姆的行李拿下樓，順便幫我們準備一些小點心嗎？」

「她不需要——」黎妮自己停下來，但傑瑞注意到她說的話。她本來要說金姆不需要房間過夜。黎妮幫她在其他地方訂房了嗎？還是今天結束前，金姆會為了黎妮的故事犧牲？「好吧，我拿下樓。」

傑瑞指向床邊的椅子，他腦中將其稱為「黎妮之椅」。他瞥向床頭櫃。黎妮沒有想到要拿走他的筆記本和太空筆。

「跟我說說妳的母親、我的妹妹吧。」他說。「我完全不瞭解父親的另一個家庭。」不出所料，她一臉困惑。當她讀了傑瑞草草寫給她的紙條，她的表情變得更困惑了。黎妮很危險，她會試圖傷害妳。別管我說的話，注意看我寫的內容。

「希望妳不介意我記筆記。」等黎妮回來觀察他們，他想準備好手拿筆記本的理由。

「呃……沒關係。我媽媽——她跟她媽媽一樣，非常有趣、外向、活潑。我妹妹也是。我一直希望我的性格像她。我是家裡的書蟲，我想寫作，於是唸了藝術創作碩士，但最後只有欠下五萬美元的學貸。」

「我也是藝術創作碩士，不過最近覺得這種學位根本是詐騙。」他寫下：解開輪子的鎖，動作快，不要讓她注意到妳在做什麼。「喔，我的筆掉了，滾到床下了。妳能幫我撿嗎？」

她跟上狀況了。她鎮定下來後反應很快。黎妮已經上樓了，她走進廚房，一面喃喃自語。她替他們準備的「小點心」是兩罐氣泡水和一盤餅乾，沒有抹醬，沒有起司，連花生醬都沒有，只有餅乾。她把盤子放在傑瑞吃飯用的附輪托盤上。他小心將托盤擺在他和客人之間，不像平常橫越床上。

「我說黎妮呀，妳講得對，金姆不該在這裡過夜，畢竟妳在用主臥室，書房又只有沙發床，一定不舒服。況且金姆大概不想住在我家，而誰能怪她呢？我會替她在四季飯店訂房間。」

兩名女子同聲說：「四季飯店。」金姆的口氣訝異，黎妮則明顯不悅。她真的很討厭他把錢花在她以外的人身上。

「對。可以請妳回樓下拿她的行李嗎？」

「現在嗎？」

「不麻煩的話。」

她才轉身，他就寫下：把床對準樓梯，等黎妮快爬到頂端，盡全力把床推向樓梯，然後趕快逃走。

她一臉懷疑又害怕，誰能怪她？傑瑞草草寫下：她殺了兩個女生，她也會殺了妳。**快逃**。

他又補上：把助行器給我。

砰、砰、砰。黎妮拖著金姆的行李箱走上樓梯，像要處罰箱子。或許她很失望精心設計的驚喜沒有帶來她期待的大場面。好吧，傑瑞有試著警告她別太相信直覺。

「就是現在。」

不得不說，他的外甥女很強壯，但他必須自己完成任務。他把作為激勵目標的助行器當成船槳，即使笨重又難用，他仍用力抵住地面。他或許永遠不會用上半身的力氣撐起身體坐上輪椅，但此刻他充分利用這股力量。他只需要用力推個兩、三下，就能藉著金姆推動的軌跡移動。病床往前衝，在黎妮爬到樓梯口時撞上她的腹部。她試圖將行李箱砸向他，但反應太慢，準頭太偏，箱子滾到一旁。病床撞得她往後跌下龍骨梯，完全符合傑瑞的計畫。

但傑瑞沒料到床會繼續滑，越滑越快，像從電影《賓漢》跑出來的失控馬車，輾過黎妮的身體——喔，他沒聽過如此可怕的破裂擠壓聲，他只打算撞昏她，沒有要輾死她——然後撞上樓梯對面的牆，力道大到把他從床上彈起來——

一九九九年

傑瑞在散步。格雷琴離開以後，每晚他都散步好幾個小時。他不想念她，但他很生氣，覺得遭到冒犯。她竟敢離開他？

他不怎麼親近大自然，喜愛紐約勝過其他城市，但四月底是他短暫喜歡戶外和巴爾的摩的時節。天氣仍有些酷涼，至少在北巴爾的摩，空氣中彌漫著花香與泥土的氣息。他穿過懷門公園，走到巴爾的摩藝術博物館的雕塑花園。

他通常會沿著史多里小溪旁的步道漫步，那條小徑最終會通往冷泉巷和阿隆索酒吧。

他並不想念格雷琴。她說得對，他沒有愛過她，甚至不喜歡她。格雷琴只是備胎，不是為了撫慰他失去露西，而是讓他暫時忘卻紐約、對路克生病的焦慮，以及塔拉搬去鄉下的事實。格雷琴是他的避風港。婚姻本來就是為了安全而設計的，是符合經濟效益的選擇。傑瑞在第二段婚姻中宛如珍·奧斯汀筆下的女主角，為了安逸而求偶。他覺得他無法冒險認識另一個露西，表面理智正經，卻總帶有一絲狂野。後來他才明白，正是這股狂野嚇跑了他。他認為要寫出露西寫的詩必然要有點性癖，但傑瑞無法過那種生活。

後來路克過世，塔拉不再跟他說話，他只剩下格雷琴。不，他不想念她，但他怨恨她引誘他回到巴爾的摩，又拋棄他。這不公平。婚前協議也是，傑瑞同意放棄格拉梅西公園的公寓所有權，現在格雷琴打算賣了房子，搬到市中心。

今晚公園都是小孩。傑瑞不想要孩子，但女人最終幾乎都想生孩子。格雷琴必然是為此離開他。然而他若不想變成父親那樣，最好的辦法就是不當父親。他一直努力善待伴侶，忠於婚姻，大多時候他覺得自己都有達標。他沒背叛格雷琴，算是一大成就。她起初是他最撩人的床伴，白天一身套裝的她與夜晚床上貪婪的身體落差之大，更加吸引他。可隨著她的薪水增加，他的收入停漲，她似乎對他逐漸失去興趣。她不尊敬他。她離開時，他們的性生活早已陣亡。

他懷疑她有情夫，遠在紐約。他甚至不在乎。

阿隆索酒吧今晚很安靜。酒吧最近剛翻修過，原本昏暗溫馨的小酒館變得現代，這讓傑瑞感到頗為失望。他比較喜歡原本的樣子。他和露西曾住在半條街外，兩人都愛極了酒吧難吃的披薩，難吃到現在他還想吃。他們還吃過太鹹的起司條，努力張大嘴咬住幾乎跟頭一樣大的起司漢堡。然後他們會去對街的美國影帶店，帶店員推薦的一部電影回家。傑瑞現在散步仍會走進來，聽從店員的建議選片。上週他看了一部叫《天生笑匠》的電影，這部片令他意外，因為直到最後幾分鐘，他才意識到自己不確定是在看喜劇還是悲劇。那時他在心裡橫跨時空對路克說：「你看，藝術這麼厲害，可以創作出讓人無法預料接下來會發生什麼的故事。」

他很常在腦袋裡對路克說話。

他坐在吧檯，喝他預計喝的兩杯啤酒之一，這時他注意到一對情侶面對面坐在雅座。女子大約二十歲，像混血兒。他從未見過這樣的人——亞洲臉孔，但臉上有雀斑，肌膚是溫暖的橄欖色。她不算是傳統意義上的美女，卻是更令人著迷的存在，生動活潑的臉永遠看不膩。

坐在她對面的男人則像是另一個版本的他。四十歲上下，頭髮茂密，白人。兩人的視線緊密交纏，彷彿周圍的一切都不存在。男子說話，她笑，但他們沒有互相碰觸，擺明刻意不碰彼此。這種得體的行為試圖說服旁人他們只是朋友聚餐，沒有別的。

然而，這是傑瑞見過數一數二情色的場景。這又是路克所謂之前的瞬間，這兩個人還沒有睡過。女子在判斷是否要跟這名男子上床，決定權在她，不是他。她的腦袋轉呀轉，決定如球跳呀跳。球會落在哪？這名女子是誰？她像是幻想，一道幻影，對面的男人也許是為了折磨傑瑞才把她變出來的。她可能跟他上床，但她永遠不會是他的人，她永遠不會屬於任何人。她就像水銀，會從男人指間流過的珍寶。

然後，在毫無防備的一刻，她從男子的盤子裡拿了一根薯條吃掉。傑瑞發現他幾乎硬了。女子的動作並不調皮或煽情；嚴格來講薯條是陽具形狀，不過軟趴趴的，阿隆索酒吧的薯條更是切成波狀表面又沒炸熟。不，重點是她假定這個男人的食物是她的。她會從這個男人身上得到她想要的一切，然後離他而去。她的做法不會刻薄貪婪，她不是拜金女，她想要男子滿足她的歡愉，別無其他，而她也會回以同樣的歡愉。她會表現得大方真摯，但沒有人能擁有她。

傑瑞願意犧牲一切，只為了認識這樣的女人。

他付了第一杯啤酒的錢，沒有喝第二杯就走了。他必須趕回家，他必須寫作。去他的極繁主義，還有模仿湯瑪斯·伍爾夫的人，其中最糟的就是最近的湯瑪斯·伍爾夫本人了。去年秋天，愛麗絲·麥克德莫特擊敗伍爾夫贏得國家圖書獎，有人試圖把結果渲染成文學界醜聞，宣稱伍爾夫是輸給政治正確。不，麥克德莫特用她人性化的故事指出一條明路，但她太謙虛，沒有大肆宣傳她的寫法。傑瑞要寫文章說明小說文類該走的方向，然後秀給大家看。

他會秀給大家看。

腦袋轉呀轉，決定如球跳呀跳，跳呀跳。球會落在哪？你會追到女孩嗎？頒獎台上會宣讀你的名字，你會贏得重要獎項嗎？大眾會記得你的名字嗎？他們會怎麼記得你？有人會記得你嗎？

一切都還在之前的時刻。生命在這一刻最為豐富，充滿可能和——說吧，觀眾朝螢幕尖叫——期待。路克一直想跟傑瑞說的就是這件事。

然後球找到落點，故事開始，同時結束。

二〇一九年九月二十七日

「我必須承認，」堤路說。「我完全沒料到是這樣的作品。結合了通俗與文藝——還是自傳小說。」

「不過你喜歡吧？而且你會開放競標？」

「班要是知道他沒有優先權會很難過呢，不過——沒錯。」

「他沒有權利認為我們欠他這本書。」

「說得好。嘿，我得知道——哥倫布和上床的事，是真的嗎？」

「天哪，當然不是。這是小說，幾乎所有的劇情都沒發生。」

「這個嘛，病床的確輾過那名護理師，殺了她。瑪格．巧索依舊行蹤不明，助理也是。警方在機場找到她的車了吧？」

「這部分我不予置評，我只希望這種情況下結局是可行的，符合前面寫的內容。」

「喔，沒問題。我是說，敘事口吻不同，但這就是重點吧？傑瑞．安德森以瘋子護理師的口吻寫作，假裝成她，然後編輯她寫的內容。我太喜歡這種駭人的感覺了。總之，第一輪我會發給五個編輯，我想女性會對這個故事更有共鳴。」

「你覺得多快能完成？」

「喔，一週內就能賣出去。這是傑瑞．安德森的遺作，與外甥女共同執筆。我是說，我知道妳只寫了最後一部分，但誇大妳的貢獻無傷大雅。還要附上妳的照片。完全無傷大雅。」

金姆笑了，假裝害羞垂下眼。堤路在跟她調情嗎？真不專業。這些老男人都沒有新招嗎？

「謝謝，堤路。我知道交給你就沒問題了。」

「我想爭取兩本書的合約，妳覺得妳還能寫一本嗎？」

「可能吧，我們先看出版社對這本的報價再說。」

金姆離開堤路的辦公室。今天是燦爛的九月天，清純理想的秋日，最適合散步了。很好，因為她借住在崔恩堡公園附近的朋友家，叫不起計程車。不過她很快就會有錢搭計程車了。現在她要用走的，走累了再搭地鐵前往目的地。

傑瑞過世那天，她首先且唯一的直覺反應便是快點離開，遠離這些瘋子。她抓了行李箱，確認鎖好門，然後從停車場離開大樓。仔細想想，黎妮也是這樣帶她進來的。黎妮真的打算傷害她嗎？為什麼她用傑瑞的電子郵件帳號，隱藏自己的身分——和真正的意圖——邀她來巴爾的摩？去年她寫給傑瑞的信在哪？金姆在公寓附近的小公園坐了將近一小時，努力思索該怎麼做。

最後她回到大樓，跟櫃檯表明她是傑瑞．安德森的外甥女，從俄亥俄州過來，舅舅在等她。畢竟他替她買了機票，不是嗎？櫃檯聯絡住戶但沒人回應時，她堅持要派人上樓，讓她進去。他在等她，他受傷臥病在床，或許出事了。櫃檯遭她使喚的女子終於同意派門房陪金姆上去。

她讓可憐的門房發現樓梯底端的屍體，自己則迅速將傑瑞丟到地上的筆記本收進口袋。她盡可能不動聲色去找自己寫的信，但沒有找到。後來等她再次獲准進入公寓，她找到看來是艾琳藏匿東西的地方。行李袋放在主臥室更衣間深處，幸好懶惰的警探錯過了。袋子裝滿物品。黎妮就像喜鵲，囤積閃亮的事物和罕見的初版書。她在裡頭找到柏金包、手機殼，沒錯，還有金姆的信。瑪格的東西漂亮精緻，金姆理解為什麼黎妮會留下來，但她毫不猶豫將那些東西丟進附近工地外的垃圾桶，然後碎掉了自己寫的信。

金姆還找到一份稿子，不過她在傑瑞的電腦上也找到一份，早已讀過了。她很意外調查傑瑞之死的凶案警探對他的電腦毫無興趣，也不太在意動機或原因。這樣對她來說也好，因為警方沒有想到要看電梯的監控錄影，否則便會看到她稍早跟黎妮一起抵達。警察覺得現場重點都在物理證據和順序，軌跡與血濺方式。艾琳明顯先死，病床壓斷了她的喉頭。傑瑞從床上摔到地上時，頭部受了致命傷。二樓地上的磨擦痕跡、傾倒的助行器，在在顯示他如何移動沉重的病床。

喔，警方確實仔細盤問了金姆，讓她差點忍不住想要求律師介入。電視劇總說要找律師，但她覺得堅持找律師會顯得很可疑。幸好事實或多或少能佐證她的說詞。事發當天下午她從哥倫布抵達，近期剛相認的舅舅替她買了機票，電子郵件可以證明。他想跟她討論祖父的遺產。機場距離公寓只有車程二十分鐘，她為什麼這麼晚才到？她說她打算搭大眾交通工具，卻徹底失策，最後大半段路都用走的。她很滿意這個藉口。假如警方真的調查她的手機定位，判定她人在附近，仍會符合她的說法。她最喜歡的犯罪播客節目教會她電信基地台的所有知識。

警方最終判定是「嫌犯死亡減刑」謀殺，由州檢察官結案：男子殺了女子，過程中自己意外死亡。「更怪的事都發生過。」金姆來詢問結果時，一名警探告訴她。「妳該瞧瞧維基百科上那些詭異的死亡案件。」沒人知道他為何殺她，與他失蹤的女友和助理是否有關。警探仍對事件原委不感興趣。他們推測傑瑞一月跌跤後變得疑神疑鬼，可能精神失常——他曾諮詢私家偵探，還看了神經科醫生。看來他有服用無處方的藥物，混合用藥可能有危險，不過毒素檢測沒問題，解剖也發現傑瑞的致死傷只有腦部外傷。如果他活著看到某些網路媒體怎麼報導他的死亡，應該會自殺吧。

金姆寫完她在傑瑞電腦上找到的稿子。她覺得算是幫了他一個忙，給他最後的話語權，拯救他免於成為病態的笑梗，或變成維基百科詭異死亡案件頁面上另一起詭異死亡案件。金姆真希望她沒看那糟糕的網頁，她尤其忘不了有個小男孩的頭卡進旋轉餐廳的地板。為什麼警探要告訴她這份清單？老天，男人真惡劣。

她沒有告訴堤路她寫了書中更多的段落。哥倫布的回憶，傑瑞飯店房間的夜晚。這部分原稿中沒有，她覺得省略這一段很傷人。她碰過最糟糕的事怎麼能不是他重要的回憶？她也加了其他劇情，創造了一些回憶，讓他的形象更柔和。完成後，她發現她終於有些同情傑瑞．安德森了。

長久以來，她花了好多精力恨他，但他可能救了她一命，同時犧牲了自己。或許不是刻意的，但他自認勇敢，自視為英雄，總該有點意義。

兩本書的合約。感覺不夠，又太多了。金姆不缺自信，她可以再寫一本小說，她攻讀藝術創作碩士時就寫過了。《龍骨梯》大半部分都由她撰寫修訂，堤路對書名有些意見，但金姆委婉堅持以這個書名提交作品，聲稱是傑瑞的決定。她搞不清楚自己想要什麼。她記得傑瑞描述人行道上繩索綁住的錢包——假定是傑瑞寫的意象，不是艾琳。她還不到三十歲，不想花一輩子追尋繩索綁的錢包。她在傑瑞的公寓住了幾週，整理房子準備出售。書架上擺滿他各種語言和版本的作品，她發現隨著日子過去，這些書也逐漸失去權威和魅力。她猜就像住在美景附近，例如連綿的山脈或海邊，總有一天你將不再注意當前的美景。

她走到中央公園北端，這時陽光消失，風勢漸強，西方的天空一片陰暗，彷彿暴風雨將至。她走進地鐵車站，腦中迴盪著一首曲調：你一定要搭A線地鐵。這不像她會想的歌詞，她甚至不確定自己怎麼知道這首歌，只記得詞曲創作歌手林—曼努爾·米蘭達唱過，但為什麼他寫的音樂劇《漢密爾頓》會提到A線地鐵？或許她是聽到傑瑞的聲音。或許傑瑞會永遠跟著她，在她耳邊低語，在她腦中塞滿他老人家的擔憂和怪癖。

老天，她怎麼會知道「怪癖」這個詞？這麼詭異又老套，不像三十歲的人會用的詞。難道她撰寫傑瑞·安德森，結果變成他了嗎？這可不是她所期待的結果。

作者後記

現在或許我們能開始看清了？

我總是記得小說《波特諾伊的怨訴》最後一句是這樣寫的，而我總是搞錯。精神科醫生明顯是在反問波特諾伊是否準備好「開始」，而不是看清。無論如何，心理諮商已經救不了傑瑞·安德森了。

如果你想嘗試推測傑瑞·安德森是誰，歡迎參考本書作者的照片。我們年紀差不多，都在巴爾的摩長大，共享許多小小的經驗，但大的事件毫無關聯。這本書講的是作家腦袋裡發生的事，就我來看，也是我寫的第一本恐怖小說。

過去幾年，我開始重新運用我珍愛的作品，試著研究如何推展這些著作在我腦中開啟的對話。這本書明顯受到史蒂芬·金的《戰慄遊戲》啟發，還有羅斯的《被解放的祖克曼》和瑪格麗特·米謝爾·杜科爾的《名為遺產的小說》。

不過我覺得這本小說主要誕生於佛羅里達州聖彼得堡一間已夷平的民宿客廳。十五年來，「作家在天堂」寫作會（Writers in Paradise）的講師每年一月在此相聚一週，喝酒聊天，聊天喝酒。

「我的」出版團隊給予我一如往常的支援，我經常提及他們的名字，在此就不贅述了，因為我八成會漏掉誰。我也感謝家人和許多朋友的協助，不管是在現實生活中還是社群媒體上。其實瑪莎．弗蘭克爾（Martha Frankel）正是透過臉書幫我跟喬．多納休（Joe Donahue）牽上線，他說明雙側股四頭肌撕裂如何康復，對我極有幫助。我的鄰居喬伊斯．瓊斯（Joyce Jones）和安德魯．斯托爾巴赫（Andrew Stolbach）剛好是醫生，也幫了不少忙，偶爾還附帶食物和酒。

兩位巴爾的摩居民贏得競標，得以在書中使用他們的名字。他們的捐款直接貢獻給我女兒的學校了。謝謝兩位，提路．維格納拉加（Thiru Vignarajah）和莎拉．科圖拉（Sarah Kotula）。

我在二〇一九年開始寫這本書時，本來希望把故事設定在我所謂的近現代，但疫情讓我別無選擇。開始撰寫新書卻同時懷念自己的日常生活，實在奇怪。等我寫完這本小說，我的女兒已經在家「遠距上學」，表示我必須清晨就起床寫完當天的頁數。二十幾年前我還在全職工作時，就是這樣寫作的。

結果呢？我很喜歡。

蘿拉．李普曼

巴爾的摩，二〇二〇年

Dream
Girl

夢中的女人／ 蘿拉・李普曼（Laura Lippman）作；
蘇雅薇譯. -- 初版. -- 臺北市：蓋亞文化有限公司，2025.05
面； 公分. --（Laurel；7）
譯自：Dream Girl
ISBN 978-626-384-183-3（平裝）

874.57 114002165

Laurel 007

夢中的女人

作　　者　蘿拉・李普曼（Laura Lippman）
譯　　者　蘇雅薇
封面設計　莊謹銘
總 編 輯　沈育如
發 行 人　陳常智
出 版 社　蓋亞文化有限公司
地址：台北市 103 承德路二段 75 巷 35 號 1 樓
電話：02-2558-5438　傳眞：02-2558-5439
電子信箱：gaea@gaeabooks.com.tw
投稿信箱：editor@gaeabooks.com.tw
郵撥帳號 19769541　戶名：蓋亞文化有限公司
法律顧問　宇達經貿法律事務所
總 經 銷　聯合發行股份有限公司
地址：新北市新店區寶橋路二三五巷六弄六號二樓
電話：02-2917-8022　傳眞：02-2915-6275
港澳地區　一代匯集
地址：九龍旺角塘尾道 64 號龍駒企業大廈 10 樓 B&D 室
電話：+852-2783-8102　傳眞：+852-2396-0050
初版一刷　2025年05月
定　　價　新台幣 440 元
Published and printed in Taiwan

ISBN 978-626-384-183-3